Diogenes Taschenbuch 21305

de
te
be

F. Scott Fitzgerald

Der ungedeckte Scheck

Erzählungen 1931-1935

Aus dem Amerikanischen von Christa Hotz und Alexander Schmitz

Diogenes

Die in Buchform veröffentlichten Originalgeschichten sind dem Band »The Price was High« (1979) entnommen.
Hinweis am Ende dieses Bandes.
Umschlagfoto: Gloria Swanson und Lionel Barrymore.

Deutsche Erstausgabe

80/85/36/1
ISBN 3 257 21305 0

Inhalt

Unentschlossen

I

Diese hier trug einen horizontblauen Schweizer Skianzug, der allerdings die unverkennbare Hand eines Pariser Meisters nicht verleugnen konnte. Darüber leuchteten ihre schneewarmen Wangen und ihre Augen, die weniger selbstsicher als tapfer blickten. Mit seiner Mütze klopfte Tommy McLane Schnee von seiner dunklen, sträflingsartigen Kleidung. Bereits überlegte er sich, daß er mit Rosemary hätte ausgehen, um Rosemary und die beiden »albernen Gänse« unten im anderen Hotel hätte herumtanzen können, umgeben vom Schimmer offenen silberglänzenden Haares, zum einschmeichelnden Geflüster von »I'm Getting Myself Ready for You«. Wenn er mit Emily zusammen war, empfand er stets eine schwache Sehnsucht nach der jungen Rosemary und jener Art Tanz, die sich in und um Rosemary und die beiden »albernen Gänse« zu drehen schien. Er wußte genau, was dort alles geschah – nicht viel; nur eine begrenzte Anzahl Dinge, nur ein angenehmer Haufen kleiner Dinge, die die Stunden ausfüllten und sich zu kleinen Melodien bald hierhin, bald dorthin bewegten. Doch er vermißte es; nach vier Jahren war es wieder neu für ihn, und er vermißte es. Ebenso dachte er, wenn er mit Rosemary zusammen war und ihr das Leben mit seinen Scherzen zum Spaß machte, an Emily, die fünfundzwanzig war und einen Freiraum mit sich herumtrug, den er betreten konnte, um mit ihrer und seiner Persönlichkeit allein zu sein, reif, kompliziert und vertrauensvoll und fast verliebt.

Vor dem Fenster färbte die einsetzende Dämmerung den Schnee auf den Tannen lila; und weil die Welt rund ist, oder aus irgendsoeinem Grund, lag auf diesem hohen Berg, dem Dent de Sowieso, noch immer rosiges Licht. Warm eingepackte Kinder platschten zurück in ihre Hotels zum Abendessen, als habe die Natur genug von ihnen und wolle sich in stiller Würde umziehen. Unten im Tal sah man schon helle Fenster und verschwommene Aureolen von den Häusern und Hotels der Stadt.

Er trennte sich von Emily am Eingang zu ihrem Hotel. Noch nie war sie so attraktiv, so liebenswert, so gelassen erschienen, wenn man ihr eine halbwegs faire Chance gab. Es ärgerte ihn, daß er schon wieder an Rosemary dachte.

»Wir treffen uns um halb acht unten in der Bar«, sagte er, »aber zieh dich nicht groß um.«

Tommy zog sein Jackett an, setzte seine Mütze auf und trat in das Schneetreiben hinaus. Der Schneesturm kam ihm gelegen; er atmete feuchte Flocken ein, die er gegen den immer dunkler werdenden Himmel nicht mehr erkennen konnte. Drei heransausende Kinder auf einem Schlitten schreckten ihn mit einem Warnruf in irgendeiner fremden Sprache auf, und er schaffte es gerade noch, ihnen aus dem Weg zu springen. Er hörte sie an der nächsten Kurve aufkreischen, und dann, etwas weiter weg, hörte er Schlittenglocken im Dunkeln den Hügel heraufkommen. Alles hier war sehr angenehm und vertraut, dennoch erinnerte es ihn nicht an seine Geburtsstadt Minneapolis, weil das Automobil diese Seite des Lebens im amerikanischen Nordwesten bereits vollkommen ruiniert hatte, als er noch ein Säugling war. Es war angenehm und vertraut, weil die letzten fünf Tage hier zwischen exotischen Bergen einige der glücklichsten Augenblicke seines Lebens mit einschlossen.

Er war siebenundzwanzig; stellvertretender Direktor und Kandidat für den Posten des Direktors einer New Yorker Bank in Paris, oder man würde ihm als Alternative im nächsten Frühjahr Chicago mit höherem Gehalt anbieten. Er war mit dem Gedanken hier herauf in einen der beschwingtesten Orte der ganzen Schweiz gekommen, daß er sich, wenn er sich zehn Tage lang um nichts anderes zu kümmern brauchte, vielleicht verlieben würde. Er konnte es sich leisten, sich zu verlieben, aber in Paris wußten das alle, mit denen er sich traf, weshalb er instinktiv analytisch und übervorsichtig geworden war. Hier fühlte er sich frei; schon am ersten Abend hatte er mindestens ein Dutzend Mädchen und Frauen gesehen, »die in Frage kamen«; am zweiten Abend war es noch immer ein halbes Dutzend; am dritten Abend waren es noch drei, darunter ein Neuzugang – Emily Elliot aus dem anderen Hotel. Heute, am Stefanstag, hatte es sich auf zwei reduziert – Emily und Rosemary Merriweather. Er hatte das alles tatsächlich auf einem Blatt Papier notiert, als säße er in seinem Büro am Place Vendôme, hatte sie addiert und subtrahiert, Plus- und Minuspunkte festgehalten.

»Zwei wirklich bemerkenswerte Mädchen«, sagte er zu sich selbst, in einem Ton nicht unähnlich dem schwerfälligen Knarren seiner großen Stiefel auf dem Schnee. »Absolute Klasse, alle beide.«

Emily Elliot war geschieden und fünfundzwanzig. Rosemary war achtzehn.

Sie fiel ihm sofort auf, als er sein Hotel betrat – eine blonde, hinreißende Südstaaten-Schönheit wie so viele, die vor ihr gekommen waren, und so viele, die noch kommen würden. Sie stammte ursprünglich aus »N'Oaliins«, lebte jetzt jedoch in »Athens, Dschodscha«. Zum erstenmal hatte er mit ihr am Heiligabend gesprochen, nach einer vergeblichen Suche nach irgend jemandem, der ihn ihr hätte vorstellen, nach irgendeinem Mittel, mit dem er die Mauer aus halbstarken Feriengästen hätte durchdringen können, von der sie hermetisch umschlossen zu sein schien. In Gesellschaft eines anderen Mannes starrte er sie quer durch den Raum hindurch an, maß sie mit bewundernden Blicken, offen und provozierend. Binnen kurzer Zeit sprach sie mit ihrem Begleiter; beide durchquerten den Raum und setzten sich an den Tisch neben ihm, Rosemarys Rücken keine drei Zentimeter von ihm entfernt. Sie schickte ihren jungen Mann mit irgendeinem Auftrag fort; Tommy sprach sie an.

Am nächsten Tag riskierte er ihrer beider Leben, indem er mit ihr hinter sich die große Bobbahn hinunterraste.

Jetzt fiel er Rosemary auf, als er hereinkam. Sie kreiste langsam durch die letzten Augenblicke der Cocktailstunde, mit einem jungen Levantiner, der ihm mißfiel. Sie trug Weiß, und ihr Gesicht leuchtete weiß auf, wie das eines Engels unter einer Bogenlampe. »Wo bist du gewesen?« sagten ihre großen Augen.

Doch Tommy war raffiniert; er nickte ihr und den beiden »albernen Gänsen«, die an ihm vorbeitanzten, nur leicht zu und fand einen Platz in einer der hinteren Ecken. Er wußte, daß jemand, der so erschöpfend bewundert wird wie Rosemary, auf gleichgültiges Verhalten zwangsläufig mit Interesse reagiert. Und schon kam sie auf ihn zu, wobei sie ihren beleidigten Partner an einem eingehakten kleinen Finger hinter sich herzog.

»Wo bist du gewesen?« wollte sie wissen.

»Sag diesem Ithaker, er soll seine Piaster zählen gehen, dann rede ich Tacheles mit dir.«

Sie schenkte dem verdutzten Südländer ein heilsames Lächeln.

»Es stört dich doch nicht, Schatz, wenn ich den hier auslasse? Bis später.«

Nachdem er gegangen war, protestierte Tommy: »›Schatz‹! Du nennst ihn ›Schatz‹? Warum nennst du ihn nicht ›Schmalz‹?«

Sie lachte süß auf.

»Wo bist du gewesen?«

»Skilaufen. Aber das heißt noch lange nicht, daß du jedesmal, wenn ich nicht da bin, mit einer ganzen Horde Gigolos aus Kairo tanzen gehen kannst. Warum hält der eigentlich beim Tanzen seine Hand parallel zum Boden? Glaubt er, er muß die Wogen glätten? Glaubt er, der Boden schwingt hoch und knallt ihm eine?«

»Er ist Grieche, Schatz.«

»Na und? Und du läßt das Wort ›Schatz‹ besser waschen und bügeln, bevor du es das nächste Mal für mich gebrauchst.« Er kam sich sehr geistreich vor. »Komm, gehen wir hinauf in mein Boudoir«, meinte er.

Er hatte ein Schlafzimmer, ein Bad und einen winzigen Salon. Kaum hatten sie die Schwelle zu letzterem überschritten, als er auch schon den Riegel vorschob und sie in die Arme nahm, aber sie entwand sich ihm.

»Du bist da oben in dem anderen Hotel gewesen«, sagte sie.

»Ich mußte ein Mädchen zum Dinner einladen. Wußtest du eigentlich, daß du heute abend mit mir essen gehst?... Du bist schön.«

Es stimmte. Ihr Gesicht, erst gerötet von der Kälte und dann wieder warm geworden beim Tanzen, bildete eine Palette lieblicher, zarter Rosatöne, ein Strauß Nelken, die in allen möglichen Schattierungen vom Weiß ihrer Nase bis hinauf zu den Schläfen erblühten. Ihr Atmen war sehr jung, als sie sich ihm näherte – jung, erwartungsvoll, aufregend. Ihre Lippen waren leicht aufgesprungen, aber weich in den Mundwinkeln.

Kurz darauf saß sie mit ihm in einem einzigen Sessel. Und nur für eine Sekunde formten sich auf seinen Lippen Worte, die er fast nicht für sich zu behalten vermochte. Er wußte, daß sie in ihn verliebt war und ihn wahrscheinlich auch heiraten würde, doch das alte Grauen vor dem Gebundensein stieg in ihm hoch. Er würde diesem Mädchen so viele Dinge sagen müssen. Er sah sie aufmerksam an, hielt ihr Gesicht dicht unter seines, und wenn sie in diesem Moment irgend etwas Weises oder Witziges gesagt hätte, hätte er vielleicht gesprochen, aber sie blickte lediglich mit dem Schleier kindlicher Leidenschaft in ihren Augen zu ihm auf und sagte: »An was denkst du grade, Schatz?«

Der Moment ging vorüber. Übergangslos wurde sie wieder zu nichts weiter als einem Teil dessen, was der Tag an Spaß und Aufregung beinhaltet hatte. Sie war begehrenswert hier oben, aber das war sie auch unten in der Halle. Die Berge verhexten ihn, beraubten ihn seiner Entschlossenheit.

Indem er sie eng an sich zog, sagte er leichthin: »Ithaker gefallen dir also, hm? Wahrscheinlich sind da unten in New Orleans alle Jungs Ithaker?«

Während sie sein Gesicht heftig zwischen Daumen und Zeigefinger zusammendrückte, wanderten seine Gedanken bereits zurück zu Emily im anderen Hotel, keine fünfhundert Meter weit weg.

II

Tommys Dinner fand nicht in seinem Hotel statt. Nachdem sie sich in der Bar getroffen hatten, rodelten alle hinunter ins Dorf in einen altmodischen Schweizer Gasthof, eine Ansammlung von Holzschnitzereien, Uhren, Bierseideln, Fäßchen und Geweihen. Es gab andere Gesellschaften wie die ihre, die der gemeinsame Plan verband, Fondue zu essen – eine ausgesprochen unverdauliche Form von geschmolzenem Käse – und Gewürzwein zu trinken, worauf man sich mit den Rodeln hinten an Pferdeschlitten hängen und einige Meilen hinüber nach Doldorp zu einem Ball der Einheimischen fahren würde.

Seine eigene Gesellschaft bestand aus Emily; ihrem

Cousin, dem jungen Frank Forrester; dem jungen Grafen de Caros Moros, einem Freund von Rosemary – sie spielte Pingpong mit ihm und lauschte hingerissen seinem Gitarrespiel und seinen Geschichten, wie er seine unzufriedenen Landsleute in Andalusien mit dem Maschinengewehr niedergemäht habe –; einem Hockeyhelden der Universität von Cambridge namens Harry Whitby, und schließlich den beiden »albernen Gänsen« – Kalifornierinnen, die in Montreux zur Schule gingen und jetzt ihre Ferien hier oben verbrachten, ängstlich darauf bedacht, ein Abenteuer zu erleben. Sechs Amerikaner, zwei Europäer.

Die Stimmung war gut. Ein paar graumelierte Herren aus den goldenen neunziger Jahren sangen am Klavier mehrstimmige alte Lieder, das Fondue machte Spaß, der Wein stieg zu Kopf und löste die Zunge, Rauch kräuselte aus den braunen Wänden und ließ die helle Kleidung der Gäste mit den Farben des Raumes verschmelzen. Sie befanden sich alle auf einem Schiff mit einem bestimmten Ziel, dessen Hafen unmittelbar voraus lag; die Gesichter der Mädchen und jungen Männer spiegelten dieselben unschuldigen, faltenlosen Erwartungen der großen Möglichkeiten wider, die diese Situation, diese Nacht naturgemäß in sich bargen. Die Südländer verwandelten sich mit Leichtigkeit in Amerikaner, die Engländer kostete es etwas mehr Anstrengung. Dann war alles vorbei, und einhundert Fünf-Pfund-Stiefel stapften auf die Gespanne zu, die vor der Tür warteten.

Einen Moment lang blieb Tommy zurück, vertieft in ein Gespräch mit Emily und doch geplagt von plötzlichen Gewissensbissen wegen Rosemary. Sie hatte zu seiner Linken gesessen; als er sie zuletzt gesehen hatte, hörte sie dem jungen Caros Moros zu, der auf seiner äußerst leicht zu transportierenden Gitarre spielte. Draußen im klaren Mondlicht sah er, wie sie ihren Rodel an einen der vorderen Pferdeschlitten band. Die Gespanne fuhren eins nach dem anderen los; er und Emily erwischten eines, und auf den scharfen Knall der Peitschen hin zogen die Pferde an, stemmten sich gegen die Dunkelheit. Schemenhafte Gestalten liefen und stolperten an ihnen vorüber, die jüngeren Leute schubsten sich gegenseitig herunter, landeten in Wolken aus weichem Schnee, keuchten dann hinter den Pferden her, um sich außer Atem auf einen Rodel zu werfen, oder andernfalls lauthals zu jammern, man ließe sie ganz allein zurück. Zu beiden Seiten lagen die Felder friedlich da; der Raum, durch den sich die Kavalkade bewegte, war hoch und grenzenlos. Nachdem sie offenes Land erreicht hatten, ebbte der Lärm etwas ab; womöglich lauschten Ohren atavistisch auf Wolfsgeheul aus den Wäldchen auf der anderen Seite der schneebedeckten Weite.

In Doldorp blieb er mit Emily im Eingang stehen und sah zu, wie die anderen hineingingen.

»Lauter einmal Geschiedene mit einmal Geschiedenen«, bemerkte sie. »Wer glaubt noch an die Ehe? Ich, ja. Ein schneidiges Mädchen – wird bis neun angezählt und kommt doch wieder hoch für die nächste Runde. Aber die nächsten zwei Jahre lang nicht; ich bin hier herübergekommen, um mir über einiges klarzuwerden.«

Zwei Jahre schienen Tommy eine lange Zeit zu sein, doch er wußte auch, daß Mädchen mit schöner Regelmäßigkeit nicht meinten, was sie sagten. Er und Emily beobachteten die Ankunft von Mr. Cola, Spitzname Capone, umringt von seinem Harem bestehend aus Ehefrau, Töchtern, Freundin der Frau und drei Siamesen. Dann gingen sie hinein.

Drinnen herrschte ein gewaltiges Gewimmel – Bauern, Hotelangestellte, Ladeninhaber, Fremdenführer, Auswärtige, Kuhhirten, Skilehrer und Touristen. Jeder setzte sich hin, wo er gerade Platz fand, und Tommy sah Rosemary inmitten einer größeren Gruppe junger Leute auf der anderen Seite des Saales; sie schien etwas müde und blaß, saß zurückgelehnt da, mit geöffnetem Mund und starrem, schläfrigen Blick. Als jemand mit Emily davontanzte, ging er hinüber und bat sie um diesen Walzer.

»Ich möchte nicht tanzen. Ich bin müde.«

»Dann suchen wir uns einen Platz, wo wir die Jodler hören können.«

»Ich höre sie von hier aus.«

»Was habe ich verbrochen?« wollte er wissen.

»Nichts. Ich habe dich ja nicht einmal gesehen.«

Ihr derzeitiger Partner lächelte ihn gewinnend an, aber Tommy wurde langsam ärgerlich:

»Habe ich dir nicht erklärt, daß dieses Dinner für ein Mädchen war, das besonders nett zu mir gewesen ist? Ich habe dir doch gesagt, ich würde einen großen Teil des Abends ihr widmen müssen.«

»Dann widme mal schön. Ich gehe sowieso bald.«

»Mit wem?«

»Capone hat einen Schlitten.«

»Ja, geh ruhig mit ihm. Du fährst mit ihm, und er

überfährt dich; du kannst ganz hübsch in die Tinte geraten, wenn du nicht aufpaßt.«

Ihn überfiel ein leichtes Unbehagen. Das Geheimnisvolle, das ihr an diesem Nachmittag gefehlt hatte, erfüllte sie jetzt um so intensiver. Ehe er so schwach werden konnte, ihr noch einen weiteren Vorteil zuzugestehen, drehte er sich um und forderte eine der »albernen Gänse« zum Tanzen auf.

Die »alberne Gans« langweilte ihn. Sie bewunderte ihn; sie hatte die Angewohnheit, hinter ihm die Hände zusammenzuschlagen und hörbare Seufzer auszustoßen. Nachdem die Melodie geendet hatte, machte er ihr ein dick aufgetragenes Kompliment, um sie für seine geistige Abwesenheit zu entschädigen, und führte sie an ihren Tisch zurück. Die Nacht war ruiniert. Er erkannte, daß es Rosemary war, die ihn am tiefsten bewegte, und sein Blick wanderte quer durch den Saal zu ihr hinüber. Er redete sich ein, daß sie ihn eifersüchtig machen wollte, aber er haßte die Art, wie sie mit dem jungen Caros Moros flirtete; und es gefiel ihm noch viel weniger, als er kurze Zeit später feststellen mußte, daß die beiden verschwunden waren.

Er sprang auf und stürzte zur Tür hinaus in eine Szenerie aus sanft fallenden Schneeflocken, wartenden Schlitten, die Pferde geduldig in ihrem erstarrten Geschirr, und einem kleinen, aufgeregten Knäuel von Schweizern um Mr. Colas Gespann.

»Salaud!« hörte er. *»Salaud Français!«*

Anscheinend hatte der französische Reiseleiter, seit langem als Mitglied des Cola-Trosses akzeptiert, den Nachmittag zusammen mit seinem Herrn hinter einem Glas verbracht; der Reiseleiter hatte das nicht überlebt. Cola war gezwungen gewesen, ihn nach draußen zu begleiten, wo er prompt zu einer Schimpfkanonade gegen die Schweizer ansetzte. Das waren doch alles Boches. Warum waren sie nicht in den Krieg eingetreten? Ein Menschenauflauf bildete sich, und da er auch einige Schweizer einschloß, die sich im gleichen Zustand befanden wie der Franzose, begann die Angelegenheit kompliziert zu werden; die Frauen fühlten sich nicht wohl in ihrer Haut, die Siamesen lächelten untereinander diplomatisch vor sich hin. Einer der Schweizer war auf eine Kufe des Schlittens gestiegen, lehnte sich über Colas Frau hinweg und schüttelte seine Faust ins Gesicht des Reiseleiters. Mr. Cola stand im Schlitten auf und protestierte in heiserem Amerikanisch, ›was das Ganze eigentlich sollte‹.

»Dreckige Franzmänner!« schrien die Schweizer. »Jaja, und bei eurer Revolution, habt ihr da etwa nicht die Schweizergarde bis auf den letzten Mann niedergemacht?«

»Nichts wie weg hier!« brüllte Cola. »He Kutscher, fahrn Sie sie doch einfach übern Haufen! Sachte, ihr dort! Hände weg von dem Schlitten... Sie halten endlich das Maul!« – letzteres zu dem Reiseleiter, der immer noch wilde Verwünschungen murmelte. Cola schaute ihn an, als überlegte er, ob er ihn nicht einfach der Meute zum Fraß vorwerfen sollte. Im nächsten Augenblick hatte sich Tommy zwischen den entrüsteten Schweizer Patrioten und den Schlitten gezwängt.

»Egal, was die sagen! Fahrn Sie los!« schrie Cola wieder.

»Wir müssen die Mädels hier rausbringen!«

Im Bewußtsein, daß Rosemarys Augen ihn aus einem Bärenfellmantel heraus anstarrten und daß Caros Moros neben ihr saß, hob Tommy seine Stimme:

»*Ce sont des dames Américaines; il n'y a qu'un Français. Voyons! Qu'est-ce que vous voulez?*«

Doch das Massaker der Schweizergarde war so leicht nicht aus der Welt zu schaffen.

Tommy hatte eine Erleuchtung. »Aber wer hat versucht, die Schweizergarde zu retten? Na? Los, raus damit!« rief er. »Ein Amerikaner – Benjamin Franklin! Der hätte sie beinah gerettet!«

Seine absurde Behauptung schallte laut und überzeugend durch die elektrisch geladene Atmosphäre. Der Vorkämpfer der Märtyrer war momentan baff.

»Ein Amerikaner hat sie gerettet!« schrie Tommy. »Ein Hurra auf Amerika und die Schweiz!«, dem er rasch, an den Kutscher gewandt, hinzufügte: »Fahren Sie los jetzt – aber schnell!«

Mit einem Ruck fuhr der Schlitten an. Zwei Männer klammerten sich einen Moment lang an ihm fest, um schließlich doch loszulassen, worauf das Gefährt ungehindert hinter den flott trabenden Pferden herglitt.

»*Vive l'Amérique! Vive la Suisse!*« brüllte Tommy.

»*Vive la Fra –*« begann der Reiseleiter, aber Cola steckte dem Mann seinen Fellhandschuh zwischen die Zähne. Einige Minuten lang fuhren sie zügig dahin.

»Lassen Sie mich hier aussteigen«, sagte Tommy. »Ich muß zum Ball zurück.« Dabei sah er Rosemary an, doch sie wich seinem Blick aus. Sie war ein weiches Pelzbündel dicht neben Caros Moros, der gerade seinen Arm um sie legte, so daß beide zu einer einzigen pelzigen Masse verschmolzen. Der Anblick war grauenvoll; sie hatte sich in die begehrenswerteste Frau der

Welt verwandelt, und er wollte all ihre Jugend und Frische für sich allein. Am liebsten hätte er Caros Moros auf die Füße gerissen und aus dem Schlitten geworfen. Er begriff, wie töricht es gewesen war, so lange mit ihrer Unschuld und Aufrichtigkeit zu spielen, bis sie ihn jetzt kaum noch beachtete, seine Anwesenheit kaum noch bemerkte.

Als er sich vom Schlitten hinunterschwang, sangen Rosemary und Caros Moros leise:

... I wouldn't stoop
To onion soup;
With corn-beef hash I'm all
through --

und der Spanier blinzelte Tommy zu, als wollte er sagen: »Wir wissen schon, wie man dieses kleine Mädchen behandeln muß, stimmt's?«

Der Reiseleiter sträubte sich gegen Colas Griff und krächzte dann undeutlich: »Biib wa Fwance.«

»Lassen Sie Ihren Handschuh in seinem Maul«, sagte Tommy grimmig. »Bis er dran erstickt.«

Er marschierte los, die Straße hinunter, im Ganzen hundeelend.

III

Sein erster Impuls am nächsten Morgen war es, sie sofort anzurufen; sein zweiter, stolz in seinem Zimmer zu schmollen und gegen jede Hoffnung zu hoffen, sein eigenes Telefon würde klingeln. Nach dem Mittagessen ging er hinunter, wo ihn der unsympathische Grieche ansprach, der am Nachmittag zuvor – vor einer Ewigkeit – zur Cocktailstunde mit ihr getanzt hatte.

»Sagen Sie, spielen Sie gern Pingpong?«

»Kommt ganz drauf an, mit wem«, gab Tommy grob zurück. Augenblicklich tat es ihm so leid, daß er dem Mann nach unten folgte, um eine halbe Stunde lang die weißen Pusteblumen-Bällchen zu traktieren.

Um vier lief er auf Skiern zu Emilys Hotel hinüber, wobei er beschloß, das andere, intensivere Bild aus seinen Gedanken zu verdrängen. Die Eingangshalle wimmelte von kostümierten Kindern aus verschiedenen Hotels, die sich dort zum Kinder-Weihnachtsball versammelt hatten.

Es dauerte lange, bis Emily herunterkam, und als sie herunterkam, wirkte sie gehetzt und abwesend.

»Es tut mir leid. Ich habe meinen Kindern die Kostüme angezogen, und jetzt muß ich ihnen helfen, in dieser Orgie Anschluß zu finden, weil sie beide sehr schüchtern sind.«

»Setz dich erst mal und komm wieder zu Atem. Reden wir über die Liebe.«

»Ehrlich, Tommy, ich kann jetzt nicht. Bis später.« Und rasch fügte sie hinzu:

»Warum gehst du nicht zu deiner kleinen Südstaatlerin? Gestern abend hat sie dich doch scheinbar sehr beschäftigt.«

Nach einer halben Stunde gehemmter Polonaisen kam Emily zu ihm zurück, doch Tommys Geduld war erschöpft, er stand im Begriff zu gehen. Sogar jetzt noch zeigte sie ihm deutlich, daß er sie bei völlig unpassender Gelegenheit um ihre Zeit und Aufmerksamkeit bat, und diese Unverfügbarkeit machte sie wieder so geheimnisvoll wie Rosemary.

»Heute war ein anstrengender Tag, in vielerlei Hinsicht«, erklärte sie ihm auf dem Weg zum Ausgang. »Ich kann darüber mit dir nicht sprechen.«

»Ach, ja?« Menschen hatten so viele Beziehungen. Man wußte nie, wieviel Raum man tatsächlich in ihrem Leben einnahm.

Draußen traf er ihren jungen Cousin, Frank Forrester, der gerade seine Skier anschnallte. Zusammen stießen sie sich ab, um gemächlich einen matschigen Hügel hinabzugleiten.

»Ich sag Ihnen was«, platzte Frank heraus. »Ich heirate nie. Ich habe zuviel davon gesehen. Und falls mich je ein Mädchen nach meiner Meinung fragt, dann sag ich ihr, sie soll die Finger davon lassen.« Das Thema ließ ihn nicht mehr los: »Zum Beispiel meine Mutter. Sie hat zum zweiten Mal geheiratet, und was macht *er*? Er spioniert hinter ihr her und besticht ihre Dienstmädchen, damit sie ihre Post öffnen! Und dann Emily. Wissen Sie, was ihr passiert ist? Eines Nachts kam ihr Mann nach Hause und sagte zu ihr, sie würde ihm die kalte Schulter zeigen, aber dem könne er leicht abhelfen. Und dann hat er unter ihr Bett einen Haufen Schuhe und so aufgeschichtet und das Ganze angesteckt. Wenn das Leder nicht so fürchterlich gestunken hätte, dann wäre sie glatt verbrannt.«

»Das sind erst zwei Ehen.«

»Zwei!« grollte Frank. »Genügt das etwa nicht? Und jetzt glauben wir, daß Emilys Mann sie bespitzeln läßt. Da ist so ein Kerl, der uns im Speisesaal ständig beobachtet.«

Als Tommy in die Auffahrt zu seinem Hotel hineinstemmte, fragte er sich, ob er auf Frauen überhaupt anziehend wirkte. Gestern noch war er sich dieser beiden sicher gewesen, glaubte sie um den Finger gewickelt. Während er sich zum Dinner umzog, wurde ihm klar, daß er beide wollte. Es war eine Schande, daß er sie nicht beide haben konnte. Würde ein Mädchen nicht lieber die Hälfte von ihm haben wollen als einen vollständigen Harry Whitby oder einen ganzen Ithaker mit einem Topf Pomade als Zugabe? Das Leben war einfach miserabel organisiert – besser gar keine Frauen als nur eine Frau.

Er rief »Herein!« auf ein Klopfen an seiner Salontür hin und entdeckte, indem er sich mit einer Hand an seiner Fliege um die Ecke lehnte, die beiden »albernen Gänse«.

Er zuckte zusammen. Hatten sie ihn von Rosemary geerbt? War er ihnen zugefallen, nachdem das erstklassierte Paar seine Ansprüche aufgegeben hatte? Nahmen sie allen Ernstes an, er würde sie zum Maskenball heute abend begleiten?

Er zog sein Jackett an und ging hinüber in den Salon. Sie trugen Fantasietrachten à l'Arlésienne, mit hohen, schwarzen Bänderhauben und gestärkten Schürzen.

»Wir kommen wegen Rosemary«, sagten sie ohne Umschweife. »Wir wollten nur wissen, ob Sie nicht irgend etwas unternehmen könnten. Sie ist den ganzen Tag im Bett geblieben und hat gesagt, sie kommt nicht zu der Party heute abend. Könnten Sie sie nicht wenigstens anrufen?«

»Warum sollte ich?«

»Sie wissen ganz genau, daß sie einfach verrückt nach Ihnen ist, und sie hat sich noch nie in ihrem ganzen Leben so elend gefühlt wie letzte Nacht. Zuerst hat sie Caros Moros' Gitarre kaputtgeschlagen, und dann wollte sie überhaupt nicht mehr mit Weinen aufhören.«

Ein selbstzufriedenes Leuchten breitete sich über Tommy aus.

Impulsiv wollte er zum Hörer greifen, aber merkwürdigerweise um mit Emily zu telefonieren, damit er erfüllt von seinem wiedergewonnenen Selbstvertrauen mit ihr sprechen konnte.

Die »albernen Gänse« bewegten sich zur Tür. »Sie rufen sie an, ja?« drängten sie ihn respektvoll.

»Ja, sofort.« Er legte jeder einen Arm um die Schultern, wie ein Operettentenor, und küßte das Rouge auf ihren Wangen. Nachdem sie gegangen waren, rief er Rosemary an. Ihr »Hallo« klang schwach und verängstigt.

»Tut es dir leid, daß du mich gestern abend so schlecht behandelt hast, Baby?« fragte er. »Nicht mal ein richtiges Wickelkind würde –«

»*Du* hast dich schlecht benommen.«

»Kommst du zu dem Ball heute abend?«

»Oh, ich komme, wenn du dich anders benimmst. Aber ich brauche Stunden, bis ich fertig bin; ich liege noch im Bett. Ich kann erst nach dem Dinner herunterkommen.«

Damit war Rosemary wieder sicher im unerschütterlichen Gewahrsam seiner Vorstellungen untergebracht, und er rief Emily an.

»Tut mir leid, daß ich heut nachmittag so kurz angebunden war«, sagte sie ohne abzuwarten.

»Bist du in mich verliebt?«

»Was – nein, ich glaube nicht.«

»Nicht mal ein kleines bißchen?«

»Ich mag dich sehr.«

»Meine liebe Emily. Was ist das für eine Geschichte mit dem Bespitzeltwerden?«

»Oh, ein Mann kam in mein Zimmer hereinspaziert – vielleicht nur aus Zufall. Aber er beobachtet uns ständig.«

»Ich ertrage es nicht, daß du belästigt wirst«, sagte er. »Bitte, ruf mich sofort an, falls irgend etwas Greifbares passiert. Ich würde mit Vergnügen hinaufkommen und ihn kopfvoran in den Schnee stecken.«

In der Leitung herrschte beredtes Schweigen.

»Ich wünschte, ich könnte jetzt bei dir sein«, sagte er sanft.

Nach einem kurzen Augenblick flüsterte sie: »Ich auch.«

Er besaß keinerlei Grund zur Klage; die Situation befand sich wieder im Lot; alles war von neuem so wie vor vierundzwanzig Stunden. Während er allein zu Abend aß, hatte er das Gefühl, in Wahrheit säßen beide Mädchen neben ihm, eines an jeder Seite. Die Dekorationen des Maskenballs verliehen dem Speisesaal einen unwirklichen Schimmer, denn heute abend sollte das letzte große Ereignis der Feiertags-Saison stattfinden. Die meisten der jüngeren Leute, die dieser Zeit wirklich Farbe gaben, traten tags darauf bereits wieder die Rückreise zu ihren Schulen an.

Und Tommy spürte, daß irgendwann an diesem

Abend – doch in wessen Begleitung vermochte er nicht zu sagen – ein Augenblick kommen würde, vielleicht der Augenblick. Wahrscheinlich erst sehr spät, wenn das Orchester und das, was von der Gesellschaft übriggeblieben war – die Jugend, die Crème der Gesellschaft –, in die Bar umziehen würden, wo Abdul mit typisch orientalischem Vergnügen am Zwielicht die Beleuchtung in eine Art Kontrapunkt ummodeln würde, dessen Gegenstimme die glitzernde Reflektion des Mondlichts darstellte, die von der Eisbahn durch die großen Fenster hindurch zurückprallte. In eben diesem Licht hatte Tommy mit Rosemary einige Stunden nach ihrer ersten Begegnung getanzt; er erinnerte sich an die geheimnisvolle Dunkelheit, in der die glühenden Zigarettenenden grün oder silbern wurden, wenn die Lampen rot leuchteten, an das Gefühl von Schnee draußen vor dem Hotel und an das gelegentliche weiße Band, das sich über die Tanzenden legte, wenn eine Tür geöffnet und geschlossen wurde. Er erinnerte sich an sie in seinen Armen und an die wehmütige Melodie des Orchesters:

That's why my mother made me
Promise to be true

und an die anderen Gesichter, die in der Dunkelheit verschwommen an ihm vorbeizogen.

She knew I'd meet someone
Exactly like you.

Jetzt dachte er an Emily. Sie würden in der Hotelhalle ein sehr langes, ernsthaftes Gespräch führen. Dann würden sie sich wegschleichen, um noch viel ernsthafter miteinander zu reden, doch dabei würde sie ihm ganz nahe sein. Möglich war alles – alles.

Allerdings stellte er sich die zwei getrennt voneinander vor, und heute abend würden beide hier sein, jede voll im Blickfeld der anderen. Komplikationen wie gestern abend durften sich einfach nicht mehr ergeben; er mußte die Fälle mit Geschick und Überlegung koordinieren.

Nach dem Dinner schlenderte er den Korridor hinunter, auf dem sich bereits Feen und Fratzen drängten, die üblichen Schwärme von Kolombinen, Clowns, Bauersleuten, Piraten und glutäugigen Spanierinnen. Er selbst verkleidete sich nie, und der Anblick eines Mannes im Narrenkostüm stimmte ihn traurig, aber einige der Mädchen sahen reizender aus als in Wirklichkeit, und sein Herz machte einen Sprung, als er am Ende des Ganges eine schneeweiße Ballerina erblickte, die sich als Rosemary entpuppte. Doch gerade in dem Moment, da er auf sie zugehen wollte, kam eine andere Gruppe aus der Garderobe, und zu ihr gehörte Emily.

Er überlegte rasch. Keine von beiden hatte ihn gesehen, und die eine zu begrüßen, während die andere nur ein paar Meter weiter weg stand, hätte einen denkbar schlechten Start bedeutet, denn er hatte sich für jede eigene Begrüßungsworte zurechtgelegt – Worte, die man nur unter vier Augen aussprechen konnte. Mit beachtlicher Geistesgegenwart stürzte er in die Herrentoilette, um dort angespannt zu warten.

Nach ein paar Minuten verließ er sein Versteck wieder und pirschte vorsichtig durch die Halle. Als er an der Lounge vorüberkam, sah er, mit einem Seitenblick, daß Caros Moros bei Rosemary saß und daß sie ungeduldig Umschau hielt. Emily blickte von ihrem Tisch auf, erkannte ihn und nickte ihm zu. Ohne auch nur einen einzigen Muskel im Gesicht zu bewegen, starrte Tommy über sie hinweg und ging weiter. Er beschloß, so lange in der Bar zu bleiben, bis der eigentliche Ball begonnen hatte; es würde einfacher sein, wenn sich die beiden in der Menge aus den Augen verloren. In der Bar rief ihn ein dankbarer Mr. Cola zu sich; Mr. Cola schlug verzweifelt die Zeit tot, derweil sein Harem draußen auf ihn wartete.

»Ich lasse sie alle psychoanalysieren«, sagte er. »Ich hab jemanden aus Zürich herkommen lassen, und der schafft eine pro Tag. Ich hab mein Lebtag noch keinen so trübseligen Haufen Weiber erlebt; ich kann sie mitnehmen, wohin ich will, immer wird gejammert. Ein Bekannter von mir hat mir gesagt, er hätte seine Frau psychoanalysieren lassen, und seither sei sie viel leichter auszuhalten.«

Tommy hörte nur mit halbem Ohr hin. Gerade hatte er bemerkt, daß Emily und Rosemary, als hätten sie sich vorher abgesprochen, gleichzeitig in die Bar geschlendert kamen. Blindlings und atemlos stürmte er hinaus in den Ballsaal. Eine der »albernen Gänse« tanzte an ihm vorbei, und er packte sie dankbar.

»Rosemary hat Sie gesucht«, erzählte sie ihm, indem sie mit dem geschmeichelten Ausdruck von Siebzehn zu ihm aufblickte.

Binnen kurzer Zeit kam es ihm albern vor, mit ihr zu tanzen, doch vergingen, vielleicht weil sie seinen reiferen Jahren soviel offenkundige Ehrerbietung entgegenbrachte, noch drei weitere Tänze, ohne daß sie jemand abklatschte. Langsam fühlte er sich wie ein Mann, der einen Kinderwagen vor sich herschiebt. Er entwickelte eine starke Abneigung gegen ihr altmodisches Kostüm, dessen Perücke ganze Wolken von Puder in seine Nase hochpuffen ließ. Sie roch sogar jung – nach sehr reiner Babyseife und Pfefferminzbonbons. Wie bei beinahe allem, was er während der letzten beiden Tage unternommen hatte, konnte er sich auch hier im nachhinein nicht mehr erklären, warum er sie überhaupt abgeklatscht hatte.

Er sah Rosemary mit Caros Moros tanzen, dann mit anderen Partnern, dann wieder mit Caros Moros. Mittlerweile hatte er eine geschlagene halbe Stunde mit der »albernen Gans« verbracht; sein Vorrat an Fröhlichkeit ging zu Ende, und sein Lächeln wirkte allmählich gezwungen, als ihn endlich jemand abklatschte. Verdrossen und deprimiert sah er sich um und entdeckte, daß Rosemary und Caros Moros verschwunden waren, worauf er abrupt den Entschluß faßte, um ihre Hand anzuhalten.

Er begab sich auf die Suche, durchpflügte die Menschenmenge so verbissen wie ein Schwimmer die Brandung. Gerade als er zu guter Letzt einen Blick auf das spitze weiße Häubchen und die darunter hervorquellenden blonden Locken erhaschte, wurde er von Frank Forrester angesprochen:

»Emily schickt mich, Sie zu suchen. Ihr Mädchen hat angerufen, irgend jemand hätte versucht, in ihr Zimmer einzudringen, und wir glauben, daß es derselbe Mann ist, der sie im Speisesaal andauernd beobachtet.«

Tommy starrte ihn ausdruckslos an, und Frank fuhr fort:

»Finden Sie nicht auch, Sie und ich sollten gleich hinaufgehen und ihn kopfvoran in den Schnee stekken?«

»Wohin gehen?«

»In unser Hotel.«

Tommys Blick kreiste hilfesuchend um den Saal. Es gab nichts, was er im Augenblick weniger gern getan hätte.

»Wir möchten schon gern wissen, woran wir sind – so oder so.« Und dann, als Tommy immer noch zögerte: »Sie haben doch wohl nicht den Mumm verloren, oder? Ich meine, ihn kopfvoran in den Schnee zu stecken?«

Es gab kein Entkommen. Tommy warf einen letzten, kurzen Blick zurück auf Rosemary, die mit Caros Moros auf die Tanzfläche zurückkehrte.

In Emilys Hotel erwartete sie das Dienstmädchen in der Eingangshalle. Anscheinend hatte sich die Schlafzimmertür ganz langsam einen Spaltbreit geöffnet und dann rasch wieder geschlossen. Da war das Mädchen nach unten geflohen. Wortlos stiegen Tommy und Frank die Treppe hinauf und näherten sich dem Zimmer; an der Türschwelle angelangt, atmeten sie leise ein und stießen die Tür auf. Das Zimmer war leer.

»Ich glaube, hier hat jemand eine blühende Fantasie«, schimpfte Tommy. »Da können wir genausogut wieder zurück –«

Er brach ab, denn im Flur waren leichte Schritte zu hören, und ein Mann kam gelassen ins Zimmer spaziert.

»Ach je!« entfuhr es ihm jäh.

»Aha!« Frank trat hinter ihn und schloß die Tür. »Haben wir dich.«

Der Mann blickte erschrocken vom einen zum anderen.

»Ich muß das falsche Zimmer erwischt haben!« rief er, und dann, mit unbehaglichem Lachen: »Natürlich! Mein Zimmer ist genau über diesem, und ich bin wieder im falschen Stock gelandet. In meinem letzten Hotel habe ich im dritten gewohnt, deshalb bin ich noch daran gewöhnt –«

»Warum interessiert Sie dann jedes Wort, das wir bei Tisch reden?« wollte Frank wissen.

»Ich sehe Sie einfach alle gern an, weil Sie so nette, gutaussehende, wohlhabende Amerikaner sind. Ich komme seit Jahren in dieses Hotel.«

»Wir vergeuden bloß unsere Zeit«, sagte Tommy ungeduldig. »Gehen wir zum Geschäftsführer.«

Damit war der Eindringling mehr als einverstanden. Es stellte sich heraus, daß es sich um einen Kohlehändler aus Berlin handelte, ein langjähriger und geschätzter Gast des Hauses. Sie entschuldigten sich; man war nicht nachtragend; jetzt mußten sie aber zusammen etwas trinken. Erst nach zehn Minuten konnten sie sich losreißen, und Tommy schlug auf dem Rückweg zum Ball ein entsprechend ungestümes Marschtempo an. Seine Wut konzentrierte sich hauptsächlich auf Emily. Warum sollte man überhaupt jemandem nachspionieren? Welcher Sorte Frauen spionierte man denn nach? Er hatte das Gefühl, all dies gehörte zu einem Plan Emilys, ihn von Rosemary fernzuhalten, die mit jeder verstreichenden Sekunde in Caros Moros' Armen immer weiter und weiter in einen jungen spanischen Traum hineintanzte. An der Auffahrt zum Hotel verabschiedete sich Frank.

»Kommst du nicht mit zurück zum Ball?«

»Der ist vorbei; im Ballsaal brennt kein Licht mehr. Wahrscheinlich sind alle nach Doldorp weitergezogen, weil hier am Sonntagabend immer schon so früh Schluß ist.«

Tommy hetzte die Auffahrt zum Hotel hinauf. Im düsteren Zwielicht des Büros kämpfte sich gerade ein letztes Paar in seine Überschuhe hinein; der Ball war vorbei.

»Für Sie, Mr. McLane.« Der Nachtportier händigte ihm ein Telegramm aus. Tommy starrte es einen Moment lang an, ehe er es aufriß.

GENF SCHWEIZ 2.1.31

H.P. EASTBY HEUTE NACHT AUS PARIS EINGETROFFEN STOP ANWESENHEIT BEI FRÜHEM LUNCH MONTAG UNBEDINGT ERFORDERLICH STOP ANSCHLIESSEND MITREISE NACH DIJON

SAGE

Für einen Augenblick begriff er nicht. Als er den Sinn der absolut indiskutablen Entscheidung erfaßt hatte, packte er den Portier bei beiden Armen.

»Sie kennen doch Miss Merriweather. Ist sie mit nach Doldorp gefahren?«

»Ich denke schon.«

»Besorgen Sie mir einen Schlitten.«

»Jeder Schlitten in der ganzen Stadt ist dort hinüber gefahren, in einigen haben zehn Leute gesessen. Die letzten Herrschaften hier haben gar keinen Schlitten mehr bekommen.«

»Ich zahle, was Sie wollen!« schrie Tommy außer sich. »Überlegen Sie!«

Er schleuderte fünf große Silberdollar auf den Empfang.

»Wir haben noch den Bahnhofsschlitten, aber die Pferde werden morgen früh um sieben schon wieder angespannt. Wenn Sie zu den Stallungen hinübergehen wollen und Eric fragen, ob –«

Eine halbe Stunde später klingelte der vielsitzige verglaste Schlitten hinaus auf die Straße nach Doldorp, besetzt mit einem einsamen Fahrgast. Nach einer Meile schoß ein erster offener Schlitten auf seinem Nachhauseweg an ihnen vorbei, und Tommy lehnte sich hinaus, starrte angestrengt in die anonymen Pelzbündel hinein und rief »Rosemary!«, ein energischer, aber vergeblicher Aufruf. Nach einer weiteren Meile kamen ihnen langsam immer mehr Schlitten entgegen. Manchmal wehte eine spöttische Antwort zu ihm zurück; manchmal ging seine Stimme im Refrain von »Jingle Bells« oder »Merrily We Roll Along« unter. Es war hoffnungslos; mittlerweile folgten die Schlitten einander in so kurzen Abständen, daß er deren Insassen nicht mehr einzeln zu mustern vermochte; und dann hörten die Schlitten auf zu kommen, und er saß aufrecht in dem großen, leichenwagenähnlichen Gefährt, schaukelte einer Stadt entgegen, die, wie er wohl wußte, nicht mehr barg, was er suchte. Ein letzter Refrain klang ihm in den Ohren:

Good night, ladies,
Good night, ladies,
Good night, lay-de-es,
I'm going to leave you now.

IV

Er wachte um sieben auf, weil ihn der *valet de chambre* an der Schulter rüttelte. Die Sonne legte goldene, grüne und weiße Wellenbänder auf den Wildstrubel, als er ungeschickt nach seinem Rasiermesser tastete. Das gewaltige Fiasko der letzten Nacht überflutete ihn, und er glaubte sogar die Dohlen draußen auf dem weißen Balkon »du fu-hurst zu weit hi-naus« krächzen zu hören.

Verzweifelt erwog er, sie anzurufen, wobei er sich zugleich fragte, ob er einem noch völlig verschlafenen Mädchen am Telefon etwas würde erklären können, das persönlich zu erklären ihm schon schwergefallen wäre.

Doch inzwischen war es Zeit geworden abzureisen; er fuhr in einem überfüllten Schlitten weg, zusammen mit anderen Gesichtern, die der weiße Morgen fahl wirken ließ.

Sie kamen an der klirrend blaßgrünen Eisbahn vorüber, wo den ganzen Tag über die Wiener Walzer schmetterten und sich die schreienden Farben vieler Schulen grell vom blaßblauen Himmel abhoben. Dann folgte der Bahnhof, voll von gefrorenem Atem; er saß im Erste-Klasse-Wagen des Zuges, der sich immer weiter von dem kleinen Tal entfernte, vorbei an rosigen Tannen und frisch gefallenem, diamantenübersätem Schnee.

Schräg ihm gegenüber weinten Frauen leise um ihre auf Zeit verlorenen Kinder, die sie für ein weiteres Semester dort oben im Internat zurückgelassen hatten. In einem etwas weiter entfernten Abteil erspähte er plötzlich die zwei »albernen Gänse«. Er rutschte hastig nach hinten; das konnte er an diesem Morgen einfach nicht ertragen. Doch so leicht sollte er nicht davonkommen. Denn gerade, als der Zug Caux passierte, hoch oben auf seinem einsamen Grat, kamen die »albernen Gänse« den Gang entlang und entdeckten ihn. »Wen sehen wir denn da!« Sie tauschten untereinander einen Blick aus. »Wir haben gar nicht gewußt, daß Sie auch im Zug sind.«

»Wissen Sie«, begann die Ältere – die, mit der er am Abend zuvor getanzt hatte –, »was wir gern tun würden?«

Offensichtlich handelte es sich um etwas sehr Gewagtes, denn die beiden erlitten einen Kicheranfall, den sie krampfhaft zu unterdrücken versuchten.

»Was wir gerne tun würden«, fuhr die »alberne Gans« fort, »wäre, Sie zu bitten, ob – wir haben uns gefragt, ob Sie uns wohl ein Foto schicken würden.«

»Von was denn?« fragte Tommy.

»Von Ihnen.«

»Sie fragt nur für sich«, erklärte die andere »alberne Gans« indigniert. »So frech wäre ich nie.«

»Ich habe seit Jahren keins mehr von mir machen lassen.«

»Es kann ruhig ein älteres sein«, hakte die »alberne Gans« schüchtern nach.

»Und hören Sie«, sagte die andere: »Wollen Sie nicht eine Minute mitkommen und Rosemary auf Wiedersehen sagen? Sie weint sich immer noch die Augen aus, und ich glaube, es würde sie freuen, wenn Sie wenigstens kämen, um ihr Lebewohl zu sagen.«

Er schnellte nach vorn, als hätte der Zug scharf abgebremst.

»Rosemary!«

»Sie hat auf dem ganzen Weg bis nach Doldorp geweint, und auf der ganzen Rückfahrt auch, und dann hat sie Caros Moros' Reservegitarre kaputtgeschlagen; und jetzt fühlt er sich schrecklich, weil er noch einen ganzen Monat da oben bleibt, und das ohne Gitarre.«

Aber Tommy war weg. Während sich der Zug im Zickzackkurs langsam dem Genfer See näherte, ließen sich die beiden »albernen Gänse« schicksalsergeben in seinem Abteil nieder.

»Und dann –« sagte er gerade. »Nein, beweg dich nicht; es stört mich nicht im geringsten. Du gefällst mir so. Hier, nimm mein Taschentuch... Hör zu, wenn du unbedingt nach Paris mußt, wäre es denn da nicht möglich, daß du über Genf und dann Dijon fährst?«

»Oh, das täte ich schrecklich gern. Ich möchte dich nicht aus den Augen lassen – jedenfalls jetzt nicht.«

In diesem Augenblick – vielleicht aus purer Gewohnheit, vielleicht weil die beiden Mädchen in seinem Bewußtsein mit der Zeit untrennbar miteinander verschmolzen waren – erschien vor seinem geistigen Auge ein deutliches, lebendiges Bild von Emily. Wäre es nicht besser für ihn, die beiden zusammen zu sehen, ehe er eine so bedeutsame Entscheidung traf?

»Willst du mich heiraten?« brach es verzweifelt aus ihm hervor. »Sind wir verlobt? Können wir das nicht schriftlich festhalten?«

Mit dem Klang seiner eigenen Stimme verblaßte das andere Bild für immer aus seiner Erinnerung.

Klassenwechsel

I

Ohne die Stadt zu offensichtlich identifizieren zu wollen: sie liegt im Osten, unweit von New York, ihre Bedeutung als Finanzplatz steht in keinem Verhältnis zu ihrer geringen Einwohnerzahl. Die Verantwortung dafür tragen drei Familien, mit all ihren Verästelungen und zwei Industriezweigen, die sie fast völlig kontrollieren; da gibt es eine Jadwin Street und ein Jadwin Hotel, einen Dunois-Park, einen Dunois Brunnen, ein Hertzog Hospital, einen Hertzog Boulevard.

Die Jadwins sind die wohlhabendsten; ihr Bannkreis reicht noch meilenweit über die Stadt hinaus. Allerdings hat nur einer der vielen Brüder und Vettern mit dieser Geschichte zu tun.

Er wollte sich die Haare schneiden lassen und ging, natürlich, zu Earl, im Frisiersalon im Jadwin Hotel. Ein schwarzer Hausbursche sprang aus seiner Lethargie hoch, die arbeitenden Friseure erwiesen ihm die Ehre eines verstohlenen Blicks, die Augen des Inhabers traten bei seinem Anblick für einen Moment fast aus den Höhlen.

Nur Earl, der gerade einem kleinen Jungen die Haare schnitt, verlor nicht die Fassung. Er klopfte seine Schere an seinem Kamm ab und ging zu Philip Jadwin hinüber.

»Noch fünf Minuten, Mr. Jadwin«, sagte er ohne jede Unterwürfigkeit. »Wenn Sie nicht hier warten wollen, rufe ich Sie oben in Ihrem Büro an.«

»Schon gut, Earl; ich warte.«

Philip Jadwin saß mit glasigen Augen da; einunddreißig, auf eine gewisse schwerfällige Weise gutaussehend, fleißig und ein wenig schüchtern. Er war in eine Schreibkraft in seinem Büro verliebt, wagte es jedoch nicht, die Sache ernst werden zu lassen, und zuweilen machte ihn das todunglücklich. Seit kurzem war es etwas besser; er hatte sich in der Hand, doch je weiter er sich von der jungen Frau zurückzog, desto vorwurfsvoller wurde ihr Gesicht. Mit einundzwanzig oder mit vierzig wäre er vielleicht mit ihr nach Elkton, Maryland, durchgebrannt, aber er war in einem konventionellen Alter, hermetisch umschlossen vom konservativsten Zweig der Familie. So etwas kam gar nicht in Frage. Als er sich in Earls Stuhl setzte, betrat ein dunkelhäutiger Mann mit langen Greifarmen den Frisiersalon, sagte »Hallo, Earl«, ließ den Blick über Jadwin huschen und ging nach hinten zur Maniküre. Sobald er vorbeigegangen war, lächelte Earl ihm nach, ein Lächeln, wie es der Rücken einer stadtbekannten Größe unweigerlich auslöst.

»Er hat mir heute eine halbe Flasche Whisky geschenkt«, sagte Earl. »Sie war schon angebrochen, und er wollte sie nicht mit sich herumtragen.«

»Schneiden Sie mir aber nicht mein Ohr ab«, sagte Jadwin.

»Da machen Sie sich mal keine Sorgen«, Earl sah kurz zum hinteren Teil des Geschäfts hinüber und runzelte die Stirn. »Er läßt sich ziemlich oft maniküren.«

»Das ist aber auch eine hübsche Maniküre.«

Earl zögerte. »Ich sag's Ihnen im Vertrauen, Mr. Jadwin, sie ist meine Frau – seit einem Monat jetzt –, aber weil wir beide im selben Geschäft arbeiten, hielten wir es für besser, nichts davon zu erzählen, solange wir hier sind. Der Chef könnte was dagegen haben.«

Jadwin gratulierte ihm: »Sie haben eine wirklich hübsche Frau.«

»Ich seh's nicht gern, wenn sie diesen Schnapsschmugglern die Nägel macht. Zugegeben, dieser Berry ist kein übler Kerl – er hat mir gerade eine halbe Flasche Whisky geschenkt, wenn sie der Nigger dort nicht schon ausgetrunken hat – aber ich sag Ihnen, ich mag nette Leute.«

Da Jadwin keine Antwort gab, wurde Earl bewußt, daß er das Maß an Geschwätzigkeit, das er sich selbst zugestand, überschritten hatte. Er arbeitete wortlos und einwandfrei, mit flinken, beruhigenden Händen. Er war ein dunkelhaariger, gutaussehender junger Mann von sechsundzwanzig Jahren, ein vorzüglicher Friseur, zuverlässig und ohne schlechte Angewohnheiten, außer Wetten bei Pferderennen, was er aufgegeben hatte, als er heiratete. Doch nach dem heißen Handtuch verlieh ihm der stimulierende Rest des Alkohols in seinen Adern den Mut, einen Gedanken in die Tat umzusetzen, der ihn seit Jadwins Erscheinen beschäftigt hatte. Er mochte zusammengestaucht werden, mochte sogar einen Kunden verlieren, aber man schrieb das Jahr 1926, und die Börse regte inzwischen die Fantasie der unterschiedlichsten Klassen an. Außerdem hatten ihn schon viele dazu aufgefordert, darunter auch seine Frau.

»Hert-wins Vorzugsaktien scheinen zu steigen, Mr. Jadwin«, wagte er schließlich zu bemerken.

»Ja.« Jadwin dachte gerade wieder an das Mädchen in seinem Büro, oder er hätte kein altes Familienprinzip gebrochen, indem er sagte: »Aber passen Sie mal nächste Woche auf, wenn –« Er brach ab.

»Gehen sie noch höher rauf?« Earls Augen leuchteten aufgeregt auf, aber seine Hände, die das Haarwasser einmassierten, bewegten sich kraftvoll und ruhig.

»Natürlich, ich glaube an sie«, erwiderte Jadwin vorsichtig, »aber nur als typisches Spekulationsobjekt.«

»Selbstverständlich«, stimmte Earl fromm zu. »Kein Gesichtspuder, richtig.«

Am Abend, auf dem Heimweg in der Straßenbahn, erzählte er Violet davon: »Wir haben zweitausend Dollar. Ich glaube, dafür kann ich den neuen Laden im Cornwall-Gebäude bekommen, mit drei Plätzen. So um die zwanzig Stammkunden würde ich schon mitnehmen. Verstehst du, ich könnte doch diese Aktien kaufen und dann darauf Geld leihen, um den Laden zu kaufen. Oder aber, ich vertraue darauf, was er mir gesagt hat, und riskier's, sie gegen Sicherheitsleistung zu kaufen. Ich sag dir, der gibt nicht oft solche Tips; er ist der Vizepräsident von Hert-win. Sein alter Herr ist Cecil Jadwin, weißt du... Was würdest du denn tun?«

»Wär schon schön, einen Haufen Geld zu machen«, sagte Violet, »aber verlieren wollen wir das Geld ja auch nicht.«

»Du bist eine große Hilfe.«

»Naja, es wäre schon schön, einen Haufen Geld zu haben. Aber die Entscheidung triffst du.«

Er traf die konservative Entscheidung, denn er war zufrieden mit seinen Aussichten, arbeitete gern in der freundlichen, geschwätzigen Atmosphäre des Salons, liebte seine Frau und seine neue Existenz mit ihr gemeinsam in einer neuen kleinen Wohnung. Er traf die konservative Entscheidung, und dann schnellte Hertwin in zwanzig Stunden um zwanzig Punkte nach oben. Hätte er gegen Sicherheitsleistung spekuliert wie einer seiner Kollegen, dem er den Tip anvertraut hatte, hätte er seine zweitausend mehr als verdoppeln können.

»Warum bittest du ihn nicht nochmal um einen Tip?« schlug Violet vor.

»Das hätte er nicht gern.«

»Es tut ihm ja schließlich nicht weh. Nach meiner Meinung bist du verrückt, wenn du ihn nicht nochmal fragst.«

»Ich trau mich nicht.«

Nichtsdestotrotz verschob er die Verhandlungen über den Laden im Cornwall-Gebäude.

Eines Tages, etwa eine Woche später, kam Philip Jadwin in einer miserablen Stimmung in den Laden. Das Mädchen in seinem Büro hatte seine Kündigung eingereicht, und er wußte, daß damit etwas zu Ende ging und wieviel ihm das ausmachte.

Earl, der ihm die Haare schnitt und ihn rasierte, wurde langsam schwummrig zumute; er fühlte sich genauso, als habe er vor, Mr. Jadwin um Geld zu bitten. Die Rasur war beendet, das heiße Handtuch – im nächsten Augenblick würde es zu spät sein.

»Ich frage mich, ob Hert-win nochmal so schnell nach oben geht«, sagte Earl mit seltsamer Stimme.

Da fuhr Jadwin aus der Haut. Indem er sich im Stuhl aufsetzte, sagte er mit leiser, aber wütender Stimme: »Wofür halten Sie mich eigentlich – für einen Rennbahn-Tipster? Ich komme nicht hierher, um mich belästigen zu lassen. Wenn Sie Ihre Kunden halten wollen, dann –«

Er stieg vom Stuhl herunter und begann, seinen Kragen anzulegen. Earl reichte das vollauf. Wider sein besseres Wissen und Taktgefühl war er damit herausgeplatzt, und jetzt stand er errötend da, mit bebenden Lippen, den Frisierumhang in der Hand.

Jadwin, der vor dem Spiegel seine Krawatte band, tat es plötzlich leid; er hatte an diesem Morgen bereits drei Leute angeschnauzt, und jetzt wurde ihm klar, daß es an ihm selbst liegen mußte. Er mochte Earl gern; schon seit drei Jahren war er sein Kunde, und es bestand durchaus eine gefühlsmäßige Beziehung zwischen ihnen, eine Art körperlicher Sympathie in jenen Augenblicken, da Earls Hände über sein Gesicht glitten, in der scharfen Rasierklinge, die auf seine Empfindlichkeit Rücksicht nahm, oder dem Kamm, den die letzte, perfektionierende kleine Geste mit Stolz zu erfüllen schien. In Earls Stuhl konnte er sich ausruhen, fand er vollkommenen Frieden, sobald er unter einem Frisierumhang und einer Schicht Seifenschaum verborgen war, seine Augen vertrauensvoll geschlossen, seine Sinne aufnahmebereit für die angenehmen Düfte von Wässerchen und Seife. Zu Weihnachten bedachte er Earl stets großzügig. Und er wußte, daß Earl ihn mochte und respektierte.

»Schauen Sie«, sagte er mürrisch, »ich sage Ihnen was, aber passen Sie auf, daß Sie dabei nicht Ihr letztes

Hemd verlieren, weil es auf dieser Welt nichts absolut Sicheres gibt. Lesen Sie morgen die Zeitung; wenn das Appellationsgericht im Fall Chester gegen die Eisenbahnen entscheidet, dann können Sie mit einer Menge Aktivitäten bei allen Hert-win-Aktien rechnen.« Und fügte bedachtsam hinzu, »glaube ich. Und jetzt fragen Sie mich nie wieder etwas.«

Und so platzte Earl mitten ins Goldene Zeitalter hinein.

II

»Sehen Sie den da, der gerade hinausgeht?« sagten die Friseure drei Jahre später zu ihren Kunden. »Hat früher hier gearbeitet, aber im letzten Jahr aufgehört, damit er sich um sein ganzes Geld kümmern kann. Philip Jadwin hat ihm ein paar Tips gegeben... Wiedersehn, Earl. Schau öfter mal rein.«

Er schaute oft rein. Er mochte den vertrauten Kosmetikgeruch aus der Maniküre-Ecke, wo die Mädchen in ihren weißen Berufsschürzen saßen, blitzsauber, den schwachen Duft von Lippenrot und Kölnischwasser ausströmend; er mochte das glänzende Nickel der Stühle, den Anblick eines Kästchens voller scharfer Rasierklingen, das scherzhafte Geläster auf Kosten des farbigen Hausburschen, das einem die Zeit vertrieb. Manchmal saß er einfach nur so herum und las eine Zeitung. Heute abend allerdings hatte er es eilig, er mußte auf eine Party, weshalb er in seinen Wagen stieg und heimfuhr.

Es war ein hübsches Haus in einer neuen Siedlung,

nichts übertrieben Großes, denn Earl warf sein Geld nicht zum Fenster hinaus. Im Gegenteil, er hatte sogar noch zwei Jahre länger in dem Frisiersalon gearbeitet, als er es nötig gehabt hätte, und Zehn-Cent-Trinkgelder von Männern angenommen, deren Geschäft er ein dutzendmal hätte aufkaufen können. Er kündigte, weil Violet darauf bestand. Sein Beruf vertrug sich nicht mit dem farbigen Dienstmädchen und dem Wachhund, der großen Maschine für draußen und den vielen kleinen lauten Maschinen fürs Haus. Die Johnsons konnten Bridge spielen und fuhren recht häufig nach New York. Er war für mehr als hunderttausend Dollar gut.

Er blieb einen Moment in seinem Vorgarten stehen, in den Gedanken versunken, daß alles wie ein Traum war.

Genauer vermochte er seine Gefühle nicht zu deuten; er war nicht einmal sicher, ob der Traum ihn glücklich oder unglücklich machte – Violet war für beide davon überzeugt, er mache sie glücklich.

Sie zog sich gerade um. Sie achtete sehr auf ihr Äußeres; ihre Nägel leuchteten blutrot, und sie ließ sich jeden Tag eine Wasserwelle legen oder ondulieren. Als Maniküre war sie phlegmatisch gewesen, als junge Ehefrau jedoch war sie äußerst lebhaft; sie hatte vergessen, daß ihre Lebensumstände je anders ausgesehen hatten, und betrachtete jeden Schritt nach oben als eine Rückkehr in die Welt, aus der sie stammte, genauso wie wir uns selbst oft vormachen, wir gehörten der Klasse unseres distinguiertesten Freundes an.

»Ich hab heute vielleicht was Komisches gehört –«, begann Earl. Aber Violet unterbrach ihn scharf: »Du solltest lieber langsam deinen Smoking anziehen. Es ist schon halb sieben.«

Sie waren kurz angebunden und unaufmerksam miteinander, weil die Welt, in der sie sich bewegten, neu und verwirrend war. In der Öffentlichkeit genierten sie sich beinah rührend wegen einander, obwohl Earl noch immer mit dem Chic seiner Frau prahlte und sie mit seiner Fähigkeit, Geld zu machen. Von dem Tag an, da sie das neue Haus bezogen, nahm Violet das Verhalten eines Menschen an, der sich an einen Code hält, an gesellschaftliche Gepflogenheiten, die sie mühelos, Earl aber absolut nicht verstand. Sie ihrerseits konnte nicht verstehen, daß sie beide sich von ihrer Position im Vakuum aus darauf beschränken mußten, ihre Umwelt kurzsichtig und aus einer gewissen Entfernung zu beobachten und dann zu versuchen, sie zu imitieren. Ihre Freunde befanden sich in derselben Lage. Man bemühte sich gegenseitig, Mangel an Individualität beim anderen dadurch aufzupolieren, daß man sagte, Der-und-der hätte wirklich viel Sinn für Humor oder Die-und-die gäbe wirklich jedem Kleid das gewisse Etwas, aber die neue Umgebung hatte ihre Persönlichkeit abstumpfen, absterben lassen, als Preis für den Übertritt in die Mittelklasse.

»Aber ich hab wirklich was Komisches gehört«, beharrte Earl beim Umziehen, »über Howard Shalder. Ich hab in der Stadt gehört, er wär ein Schnapsschmuggler; er wär Berrys Chef.«

»Ach, nein?« sagte sie ungerührt.

»Also, was hältst du davon?«

»Ich hab's gewußt. Viele nette Leute sind heutzutage Schnapsschmuggler – sogar Leute der Gesellschaft.«

»Also ich sehe keinen Grund, warum wir mit einem Schnapsschmuggler befreundet sein sollten.«

»Aber er ist doch gar nicht wie ein Schnapsschmuggler«, sagte sie. »Sie haben ein schönes Haus, und sie sind viel vornehmer als die meisten Leute, die wir kennen.«

»Nun sieh mal, Violet. Würdest du je zu diesem Ed nach Hause gehen, der uns damals den Maiswhisky verkauft hat, als wir –«

Empört drehte sie sich vom Spiegel weg: »Du glaubst doch wohl nicht, daß Mr. Shalder heimlich mit Flaschen von Tür zu Tür hausieren geht, oder?«

»Wenn er ein Schnapsschmuggler ist, sollten wir nicht mit ihnen rumziehen«, fuhr Earl eigensinnig fort. »Die netten Leute werden nichts mehr mit uns zu tun haben wollen.«

»Du hast selber gesagt, was für ein reizendes Mädchen sie wäre. Sie trinkt ja nie, nicht mal einen Schluck. Du warst doch derjenige, der sich mit ihnen angefreundet hat.«

»Naja, egal jetzt; ich geh jedenfalls nicht zu einem Schnapsschmuggler nach Hause.«

»Und ob du das wirst, wenigstens heute abend.«

»Heute abend muß ich ja wohl«, erwiderte er unwillig, »aber ich seh's nicht gern, wenn du dich so dicht neben ihn setzt und Händchen hältst – auch nicht zum Spaß. Seine Frau hat's auch nicht gern gesehen.«

»Ach, hör doch auf!« rief Violet ungehalten. »Können wir wirklich kein einziges Mal ausgehen, ohne daß du dir die größte Mühe gibst, uns den ganzen Spaß zu verderben? Wenn dir die Leute nicht passen, die wir kennen, warum lernst du dann niemand anderen kennen? Warum lädst du nicht mal ein paar von den Jadwins und die Hertzogs ein, wenn du sowas Besonderes bist?«

»Wir müßten doch wirklich auch Freunde haben können, die keine Schnapsschmu – –«

»Wenn du das noch einmal sagst, schreie ich.«

Als sie eine halbe Stunde später ihren Gartenweg hinuntergingen, konnten sie das Radio in Shalders Haus »The Breakaway« spielen hören. Es war ein erstklassiges Gerät, doch in Earls Ohren verhießen diese Klänge nicht unbedingt einen gelungenen Abend, denn wenn er sein eigenes Radio andrehte, konnte er genau dieselbe Musik haben. Drei schnittige Wagen standen vor dem Haus; einer war gerade vorgefahren, und sie erkannten ein Paar, das sie schon einmal dort getroffen hatten – einen Italoamerikaner, Leutnant Spirelli und seine Frau. Leutnant Spirelli trug eine Offiziersuniform. Howard Shalder, ein großgewachsener, bulliger junger Mann mit ausgesprochen kräftigem Bartwuchs und polternder Stimme, demonstrierte Gastfreundschaft auf den Stufen seiner Vordertreppe. Wie alle Menschen, die vom Erweisen persönlicher Dienstleistungen gelebt haben, vermochte auch Earl die relative Bedeutung von Menschen sehr genau einzuschätzen; weil er ein wirklich liebenswürdiger Mann war, zeigte sich das nicht in Versnobtheit. Dennoch deprimierte ihn beim Überqueren der Straße der Anblick des Kauderwelsch-Italieners in seiner unangebrachten Uniform, und erneut fühlte er Zweifel daran in sich aufsteigen, ob er die Leiter hinaufgeklettert war. Im Frisiersalon hätten Shalder wie Spirelli einfach zu seiner Arbeit gehört; sie auf diese Weise zu treffen schien zu implizieren, sie stünden auf demselben Niveau, er wäre so wie sie. Ihm gefiel das nicht. Er fühlte sich als ein Mitglied von Mr. Jadwins Klasse – zwar nicht als Gleicher unter Gleichen mit Mr. Jadwin, aber als Teil des Systems, dem Mr. Jadwin angehörte.

Er überquerte die Straße etwas hinter Violet. Die Sonne war noch gelb, doch schon lag Abendruhe in der Luft, waren die Rufe von Vögeln und Kindern nur noch gedämpft und deutlich unterscheidbar zu hören. Nicht einmal der gelangweilteste Gefangene eines goldenen Käfigs hätte sich eingesperrter vorkommen können als Earl in dem Moment, da er dieses Haus betrat, um sich zu amüsieren.

In genau derselben Stimmung befand sich, etwas später an diesem Abend, auch Mr. Philip Jadwin, nur daß er nicht kam, sondern ging. Das Dinner mit anschließendem Ball im Country Club hatte er als ungewöhnlich banal empfunden; es hatte sich um eine äußerst feuchte vorhochzeitliche Angelegenheit gehandelt, und da er nicht trank, dauerte es nicht allzu lange, bis er es nicht mehr aushielt. Den Ball zu verlassen entwickelte sich zu einem lästigen Hindernislauf – er wurde von einem Langweiler festgenagelt, der ihm eine rührselige Geschichte über einen persönlichen Kummer erzählte; er wurde von einer Frau in die Enge getrieben, die darauf bestand, mit ihm zusammen die Auffahrt hinunterzuspazieren, um mit ihm über Investitionen zu sprechen, und das trotz der ostentativen Tatsache, daß in jedem zweiten geparkten Wagen Pärchen verschiedene Stadien der Intimität teilten. Endlich allein, fuhr er die Hauptstraße entlang und atmete die herrliche Juninacht ein.

Er fand das Leben ziemlich langweilig, interessierte sich zwar fürs Geschäft, betrachtete es jedoch in letzter Zeit als irgendwie sinnlos, für sich, der bereits so reich war, noch mehr Geld zu verdienen. Ein Ende des Booms war nicht abzusehen, alles schien von allein zu laufen; er bereute es, daß er seinen persönlichen Wünschen nicht mehr Aufmerksamkeit gewidmet hatte. Vor drei Jahren hätte er dieses Mädchen aus seinem Büro heiraten sollen, das nur in seine Nähe zu kommen brauchte, um ihm das Herz bis zum Hals schlagen zu lassen. Er hatte Angst gehabt. Inzwischen waren drei der Verwandten, vor denen er Angst gehabt hatte, gestorben, und ein Vetter von ihm hatte seine Stenographin geheiratet, wofür man ihn nicht sonderlich gemaßregelt hatte, und sie war ihm obendrein noch eine wunderbare Frau.

An genau diesem Morgen hatte Jadwin entdeckt, daß das Mädchen, das er begehrt hatte, ohne den Mut zu besitzen, es auch zu nehmen, unterdessen geheiratet und ein Baby bekommen hatte. Er traf sie auf der Straße; sie war verlegen, schien nicht geneigt, ihm ihren neuen Namen oder ihre Adresse zu nennen. Er wußte nicht, ob er sie noch liebte, aber für ihn verkörperte sie Wirklichkeit, oder zumindest einen Menschen aus einer Zeit, in der ihm alles wirklicher erschienen war. Die wohlbehüteten Kinder der reichen Oststaaten-Familien altern früh; mit vierunddreißig war Philip Jadwin schon nicht mehr sicher, ob er überhaupt Gefühle besaß.

Immerhin empfand er noch genug, um bald darauf

im hellen Mondschein anzuhalten, in einem Notizbuch eine Adresse nachzuschlagen und den Wagen in eine neue Richtung zu steuern. Er wollte sehen, wo sie lebte, er wollte sie belauschen, vielleicht, falls Licht brannte, Zeuge einer glücklichen häuslichen Szene werden. Außerdem, sollte er sie in armseliger Umgebung antreffen, könnte er ihrem Mann unter die Arme greifen. Ein großartiges Mädchen; irgend etwas war an ihr, das ihn immer packte – vielleicht nur einmal im Leben –

Er bog in eine neue Straße ein, gesäumt von schmucken roten Backsteinhäusern; es schien Jadwin, als hätte dieses Land oder das angrenzende Grundstück vor ein paar Jahren einmal ihm gehört. Langsam fuhr er an den erleuchteten Häusern vorbei, starrte nach der Nummer. Es war kurz nach zehn.

Nr. 42, 44, 46 – da. Er bremste ab, um das hell beleuchtete Haus zu betrachten, aus dem Radiomusik in die Nacht hinaus strömte. Er fuhr ein kleines Stück an ihm vorbei und stellte den Motor ab; dann konnte er im Innern festliche Stimmen hören, und in einem Fenster sah er den schwarzen Rücken eines Mannes vor einer pilzförmigen gelben Lampe. Keinerlei Anzeichen von Armut; das Haus sah gemütlich, der Rasen gut gepflegt aus, und die Nachbarschaft schien angenehm. Jadwin war froh.

Er stieg aus seinem Wagen, schlenderte vorsichtig den Bürgersteig entlang auf das Haus zu und blieb im Schatten der Hecke stehen, als die Haustür aufging, aufleuchtete, zuknallte und einen Mann auf den Stufen zurückließ. Er trug einen Smoking, aber keinen Hut. Er kam den Gartenweg herunter, und da Jadwin jetzt weiterschlenderte, trafen sie aufeinander. Sie erkannten sich sofort.

»Na sowas, hallo, Mr. Jadwin.«

»Hallo, Earl.«

»Sososo.« Earl war etwas angetrunken, und er atmete die Nachtluft so konzentriert ein, als schlucke er Medizin. »Die feiern eine Party da drin, aber ich bin gegangen.«

»Wohnen hier nicht die Shalders?«

»Genau. Großer Schnapsschmuggler.«

Jadwin fuhr zusammen. »Schnapsschmuggler?«

»Genau, aber wenn der glaubt, er kann –« Er unterbrach sich, um dann betont würdevoll fortzufahren: »Ich wohne gleich da drüben. Das Haus mit der Kol-Kolonnade.« Dann fiel ihm ein, daß Mr. Jadwin den Grundstein zu diesem Haus geliefert hatte, was ihn noch stärker ernüchterte: »Vielleicht erinnern Sie sich –«, begann er, aber Jadwin unterbrach ihn:

»Sind Sie sicher, daß Shalder Schnaps schmuggelt?«

»Todsicher. Gibt's ja selber zu.«

»Was sagt – wie findet seine Frau das?«

»Sie wußte nichts davon, bis sie verheiratet waren. Sie hat mir das heute abend erzählt, nachdem sie einen Cocktail getrunken hatte – ich hab sie dazu überredet, einen Cocktail zu nehmen, weil sie sich so aufgeregt hatte, weil Shalder und meine –« Wieder wechselte er übergangslos das Thema: »Hätten Sie nicht Lust, mit zu mir zu kommen, auf eine Zigarre und einen Drink?«

»Wie – nicht heute abend, danke. Ich muß weiter.«

»Ich weiß nicht, ob Sie sich noch an den Börsentip erinnern, den Sie mir vor drei Jahren gegeben haben,

Mr. Jadwin. Mit dem fing das hier alles an.« Er wies mit der Hand auf das Haus und ließ die Geste in einem Halbkreis enden, als schließe er das andere Haus und seine Frau dabei mit ein.

Eine Woge von Widerwillen überspülte Jadwin. Er erinnerte sich an die Episode, und wenn das hier das Resultat davon war, bedauerte er es. Er war ein einfacher Mann mit einfachen Neigungen; seine Liebe zu Irene hatte sich auf sie gegründet, als Reaktion auf das komplizierte Äußere der Mädchen, die er kannte. Es schockierte ihn, sie hier in einer Atmosphäre zu finden, die bestenfalls eine schäbige Imitation der anderen war. Er verzog das Gesicht, als sich Explosionen schrillen Gelächters in die Nacht entluden.

»Und glauben Sie mir, ich bin Ihnen sehr dankbar, Mr. Jadwin«, fuhr Earl fort. »Ich habe immer gesagt, falls wir einen Sohn haben sollten –«

»Wie geht es Ihnen denn so?« fragte Jadwin hastig.

»Oh, großartig. Ich hab 'ne Menge Geld gemacht.«

»Was tun Sie denn?«

»Eigentlich lese ich nur die Börsenberichte«, erwiderte Earl entschuldigend. »Um ehrlich zu sein, ich hätte schon gern irgendeinen hübschen Posten. Meinen Job im Frisiersalon mußte ich ja aufgeben; irgendwie schien der nicht zu dem ganzen Zaster zu passen, den ich gemacht hab. Aber das hat mir doch immer irgendwie leid getan. Nehmen Sie zum Beispiel Doktor Jordan. Er hat mir gesagt, er hätte über dreihunderttausend Dollar in Wertpapieren und macht trotzdem noch seine Fünf-Dollar-Hausbesuche. Und dann gibt's da so einen Dienstmann in der First National –«

Beide fuhren herum; eine Frau mit einer kleinen

Reisetasche in der Hand kam den Kiesweg von der Rückseite des Hauses herunter. Wo er in den Bürgersteig mündete, blieb sie einen Augenblick im Mondschein stehen und blickte auf das Haus zurück; dann, mit einer seltsamen, verzweifelten Bewegung ihrer Schultern, machte sie sich rasch den Bürgersteig entlang auf den Weg. Ehe Jadwin oder Earl reagieren konnten, öffnete sich die Vordertür, und ein breitschultriger Mann im Smoking stürzte heraus und hinter ihr her. Nachdem er sie eingeholt hatte, hörten sie Bruchstücke einer Unterhaltung; aufgeregt und schmeichelnd auf seiner Seite, ruhig und verächtlich auf der ihren:

»Ich sage dir, du spinnst dir was zusammen!«

»Ich gehe nur zu meiner Schwester. Was bin ich froh, daß ich das Baby zu ihr gebracht habe.«

»Ich sage dir doch, ich hab nicht –«

»Du kannst nicht vor meinen Augen und in meinem Haus eine andere Frau küssen und deine Freunde auf meinem Bett ihren Rausch ausschlafen lassen.«

»Jetzt – jetzt schau doch mal, Irene!«

Nach kurzer Zeit gab sie auf, zuckte geringschätzig die Schultern und ließ ihre Tasche fallen. Er hob sie auf, und sie gingen gemeinsam den Kiesweg hinauf, auf dem sie herausgekommen war.

»Das war sie. Das war Mrs. Shalder«, sagte Earl.

»Ich habe sie erkannt.«

»Dabei ist sie eine so fabelhafte junge Frau. Dieser Shalder – irgend jemand müßte mal was gegen ihn unternehmen. Ich würde am liebsten reingehen und meine Frau herausholen.«

»Warum tun Sie's nicht?« fragte Jadwin.

Earl seufzte. »Wozu? Es gäbe nur Streit, und morgen wäre wieder alles beim alten. Ich war auf 'ner Menge solcher Parties, seit ich hier herausgezogen bin, Mr. Jadwin. Da ist morgen immer alles wieder beim alten.«

Da spuckte das Haus noch einen Gast aus. Es war Violet, die ihren Abgang mit einem schrillen Kommentar zu den Leuten im Innern unterstrich, bevor sie die Tür zuknallte.

Es war, als hätten die anderen, indem sie das Haus hinten durch die Küche betraten, sie zur Vordertür hinausgedrängt. Als sie den Gartenweg herunterkam, sah sie Earl.

»Also diese Bande will ich nie mehr sehen«, begann sie wütend.

»Schhht!« warnte Earl sie. »Sieh mal, Vi; ich möchte dich gern mit Mr. Jadwin bekanntmachen. Ich hab dir von ihm erzählt. Meine Frau Violet, Mr. Jadwin.«

Violets Benehmen schlug um. Ihre Hand sprang an ihr Haar, ihre Lippen teilten sich zu einem zuvorkommenden Lächeln.

»Oh, wie geht es Ihnen, Mr. Jadwin; freut mich wirklich. Ich hoffe, Sie entschuldigen mein Aussehen; ich war –« Sie brach diskret ab. »Earl, warum kannst du Mr. Jadwin nicht auf einen Drink zu uns bitten?«

»Oh, das ist sehr freundlich von Ihnen, aber –«

»Unser Haus ist gleich das dort drüben. Für Sie sieht es wahrscheinlich nicht nach viel aus.«

»Es sieht sehr hübsch aus.«

»Ja«, sagte Violet, die ihr Gehirn nach Gesprächsthemen durchkämmte... »Ich hab in der Zeitung gelesen, daß Ihre Schwester bald heiratet. Ich kenne eine

Frau, die sie sehr gut kennt – eine Mrs. Lemmon. Kennen Sie sie?«

»Ich fürchte, ich –«

»Sie ist sehr nett. Sie hat ein nettes Häuschen an der Penn Street.« Wieder glättete sie ihr Haar. »Herrjeh, ich muß ja aussehen – dabei habe ich mir heute nachmittag eine Welle machen lassen.«

»Jetzt muß ich aber weiter«, sagte Jadwin.

»Sind Sie ganz sicher, daß Sie keinen Drink möchten?« fragte Earl.

»Nein, ein andermal.«

»Naja, dann gute Nacht«, sagte Violet. »Wenn Sie mal vorbeikommen wollen auf einen Drink – wir würden uns sehr freuen, wenn Sie einfach ganz zwanglos hereinschauen.«

Gemeinsam überquerten sie die Straße, und er sah, daß das Zusammentreffen mit ihm den unerfreulichen Abend vorübergehend aus ihren Gedanken vertrieben hatte. Earl schritt federnd aus, und Violet betastete ununterbrochen verschiedene ihrer Körperteile. Keiner der beiden schaute sich um, als ob das nicht fair wäre. Die Party im Haus der Shalders war noch immer in vollem Gang, aber in einem Schlafzimmer im oberen Stock brannte jetzt Licht, und als Jadwin seinen Wagen anließ, starrte er einen Moment hinauf.

»Alles ist so furchtbar durcheinander«, sagte er.

III

Nirgendwo in Amerika bekam man den Börsenkrach empfindlicher zu spüren als in dieser Stadt. Da sie das Hauptquartier des Hert-win-Imperiums darstellte, und da jedermann das Gefühl hatte, irgendwie dazuzugehören, entwickelte der Sturz enorme Proportionen. In diesem düsteren Herbst schien es, als wäre jeder Einwohner der Stadt mehr oder minder stark betroffen.

Earl Johnson ging schon in der ersten Runde zu Boden. Zwei Drittel seines Vermögens schmolzen gleich mit den ersten Kursstürzen dahin, während er hilflos zusehen mußte, verzweifelt nach jedem Ratschlag in den Zeitungen, jedem wilden Gerücht auf der Straße griff. Seiner Meinung nach gab es nur einen Menschen, der vielleicht in der Lage gewesen wäre, ihm zu helfen; hätte er noch als Friseur gearbeitet und Mr. Philip Jadwin rasiert, hätte er ihn »Was soll ich jetzt am besten tun?« fragen und die richtige Antwort erhalten können. Einmal sprach er sogar in seinem Büro vor, aber Mr. Jadwin war beschäftigt. Er ging nicht noch einmal hin.

Als er einen Friseur aus dem Salon im Jadwin Hotel traf, konnte er das Grinsen hinter den mitfühlenden Worten beim besten Willen nicht übersehen; es war nur menschlich, seinen kurzlebigen Höhenflug als komisch zu empfinden. Allerdings begriff er erst nach einigen Monaten wirklich, was geschehen war, als sich seine Besitztümer eins ums andere in Luft auflösten. Weg war das Automobil, weg war das mit Hypotheken belastete Haus, obwohl sie bis zu dessen Weiterverkauf noch auf Mietbasis darin wohnen blieben. Violet schlug vor, ihre Perlenkette zu verkaufen, doch als er zustimmte, nahm sie das so verbittert auf, daß er sie bat, es doch nicht zu tun.

Diese wenigen Dinge waren buchstäblich alles, was sie besaßen – alte Waschmaschinen, Radios, elektrische Kühlschränke fanden alles andere als reißenden Absatz. Während das Jahr 1930 immer weiter bergab schwankte, erkannte Earl, daß sie nichts hinübergerettet hatten – nicht die Liebe, mit der sie, unter glücklichen Vorzeichen, ihr Leben begonnen hatten, keine glücklichen Erinnerungen, nur einige wenige flüchtige heitere Momente; keine neue Erkenntnis oder Fähigkeit – absolut nichts, einfach ein Loch, wo drei Jahre gewesen waren. Im Frühjahr 1930 ging er wieder arbeiten. Er hatte seinen alten Stuhl, und es war aufregend zu erleben, wie seine alten Kunden einer nach dem anderen hereinkamen.

»Was denn? Earl! Das ist ja wie in alten Zeiten.«

Zum Teil wußten sie nichts von seinem Reichtum, und von denen, die davon wußten, gingen die einen diskret schweigend darüber hinweg, und die anderen gaben einen humorvoll mitfühlenden Kommentar dazu ab; boshaft wurde niemand. Binnen eines Monats füllten persönliche Termine die Hälfte seiner Zeit, ganz wie in früheren Tagen – man steckte den Kopf zur Tür herein und sagte: »In einer halben Stunde, Earl?« Er war wieder der beliebteste Friseur, der beste Handwerker der Stadt. Seine Finger wurden geschmeidig und sanft, der Rhythmus des Salons übertrug sich auf ihn, und irgend etwas sagte ihm, daß er nun für den Rest seines Lebens Friseur bleiben würde. Es machte ihm nichts aus; alles Unerfreuliche in seinem Leben resultierte aus Spätfolgen seines Reichtums.

Zum einen war da Mr. Jadwin. Einst sein treuester Stammkunde, hatte er am ersten Tag von Earls Rückkehr den Salon betreten, war bei seinem Anblick zusammengefahren und zu einem anderen Friseur gegangen. Earls Stuhl war leer gewesen. Der andere Friseur glaubte sich danach fast entschuldigen zu müssen: »Er ist dein Kunde«, sagte er zu Earl. »Er hat sich halt einfach daran gewöhnt, zu uns anderen zu kommen, während du fort warst, und jetzt will er uns nicht so Knall auf Fall sitzenlassen.« Doch Jadwin kam nie zu Earl; mehr noch, er mied ihn ganz offensichtlich, was Earl tief traf, denn er verstand nicht warum.

Mit den schlimmsten Schwierigkeiten hatte er allerdings zu Hause zu kämpfen; sein Zuhause war zum Alptraum geworden. Violet zeigte sich unfähig, ihm zu vergeben, daß er den Wall-Street-Skandal verursacht hatte, nachdem er sie mit dem Börsenboom zum Narren gehalten hatte. Sie redete sich sogar ein, sie hätte ihn geheiratet, als er reich war, und er hätte sie aus einer höheren gesellschaftlichen Stellung nach unten gezerrt. Sie erkannte, daß das Leben ihn nie wieder sehr hoch hinaus tragen würde, und war bereit, sich abzusetzen.

Eines Aprilmorgens wachte Earl auf und wußte, mit dem Wissen, das im Grenzbereich zwischen Schlafen und Wachen entsteht, daß sie schon einige Zeit auf und am Fenster war, vielleicht seit zehn Minuten, vielleicht seit einer halben Stunde.

»Was ist los, Vi?« fragte er. »Was gibt's denn da zu sehen?«

Sie zuckte zusammen und drehte sich um. »Nichts. Ich stehe einfach nur so hier.«

Er ging nach unten, um die Zeitung zu holen. Als er zurückkam, stand sie wieder mit der Haltung eines Beobachters am Fenster, und sie warf einen letzten Blick in Richtung Fenster, bevor sie hinunter ging, um das Frühstück zuzubereiten. Er folgte ihr zehn Minuten später.

»Das wäre also erledigt«, sagte er. »Ich wollte das ganze Paket Warren-Aktien für jeden Preis verkaufen, den ich dafür kriegen würde, aber heute morgen stehen sie nicht mal mehr auf dem Kurszettel. Was soll man dazu sagen?«

»Ich nehme an, die sind genauso viel wert wie deine anderen Investitionen?«

»Ich hab keine anderen Investitionen mehr. Weißt du, was ich jetzt mache? Ich nehme alles Bargeld, das ich noch übrighabe, und das reicht gerade knapp, und kaufe die Gewerbeerlaubnis für den neuen Frisiersalon im Hertzog-Gebäude. Und zwar auf der Stelle.«

»Du hast noch Bargeld?« wollte Violet wissen. »Wieviel denn?«

»Da sind noch zweitausend auf der Sparkasse. Ich habe dir nichts davon erzählt, weil ich dachte, wir sollten etwas für den Notfall haben.«

»Und trotzdem verkaufst du das Auto!« sagte Violet. »Du läßt mich hier die Hausarbeit machen und redest davon, meinen Schmuck zu verkaufen!«

»Halt die Luft an, Vi. Wie lange glaubst du reichen zweitausend, wenn man so lebt, wie wir's getan haben? Du solltest lieber froh sein, daß wir das Geld jetzt haben, weil nämlich, wenn ich diesen Frisiersalon habe, dann gehört er mir, und niemand kann mir meinen Job kündigen, ganz egal, was passiert.«

Er hielt inne. Sie war vom Frühstückstisch aufgestanden und zum Vorderfenster hinübergegangen.

»Was ist denn bloß los da draußen? Man könnte meinen, es kommt ein Umzug vorbei.«

»Ich frag mich bloß, wo der Briefträger bleibt.«

»Der kommt erst in einer Stunde«, sagte Earl. »Egal – vor einem Monat hab ich mir jedenfalls das Vorkaufsrecht für diesen Laden gesichert, für zweihundert Dollar. Ich hab nur abgewartet, ob sich an der Börse noch was ändert.«

»Wieviel sagst du ist auf der Bank?« fragte sie plötzlich.

»So um die zweitausend Dollar.«

Nachdem er gegangen war, ließ Violet das Geschirr auf dem Tisch stehen und setzte sich auf die Veranda, von wo aus sie ihren Blick auf das Haus der Shalders gegenüber heftete. Der Briefträger ging vorbei, aber sie beachtete ihn kaum. Nach einer halben Stunde kam Irene Shalder heraus und hastete der Straßenbahn entgegen. Violet wartete weiter.

Um halb elf hielt ein Taxi vor dem Haus der Shalders; wenige Minuten später trat Shalder mit zwei Koffern vor die Tür. Das war ihr Signal. Sie eilte über die Straße und hielt ihn auf, als er ins Taxi einsteigen wollte.

»Ich hab eine neue Idee«, sagte sie.

»Ja, aber ich muß los, Violet. Ich muß den Zug kriegen.«

»Vergiß den Zug. Ich hab eine neue Idee. Etwas für uns beide.«

»Ich hab dir doch gesagt, daß wir das alles später regeln können – wenn ich alles in Ordnung gebracht habe. Ich schreib dir nächste Woche; ich schwör's dir.«

»Aber ich meine, für jetzt sofort. Es ist bares Geld; wir könnten es noch heute kriegen.« Shalder zögerte. »Wenn du damit deine Kette meinst – damit würden wir's gerade bis zur Küste schaffen.«

»Ich rede von zweitausend Dollar in bar.«

Shalder sprach mit dem Taxifahrer und ging mit ihr auf die andere Straßenseite. Sie setzten sich ins Wohnzimmer.

»Wenn ich diese zweitausend kriege«, sagte Violet, »nimmst du mich dann mit?«

»Woher willst du die denn nehmen?«

»Das ist meine Sache. Aber erst gibst du mir eine Antwort.«

»Ich weiß nicht recht«, erwiderte er stockend. »Ich hab's dir doch schon gesagt, diese Bande aus Philadelphia hat mir vierundzwanzig Stunden gegeben, um die Stadt zu verlassen. Glaubst du denn, ich würde sonst verschwinden, gerade wenn ich knapp bei Kasse bin? Irene ist heute morgen losgegangen, um zu sehen, ob sie ihren alten Job wiederbekommt.«

»Weiß sie, daß du gehst?«

»Sie denkt, ich gehe nach Chicago. Ich hab ihr gesagt, daß ich sie und das Kind nachkommen lasse, sobald ich wieder Boden unter den Füßen habe.«

Violet befeuchtete ihre Lippen. »Also, was ist jetzt? Mit zweitausend Dollar in der Tasche könntest du dich sehr gut umsehen – du könntest wieder Boden unter die Füße kriegen.«

»Woher kriegst du die denn?«

»Sie liegen auf einer Bank, und sie gehören mir genauso wie Earl, weil's nämlich ein gemeinsames Konto ist. Aber beeil dich mal lieber mit Nachdenken, er will's nämlich in einen Friseurladen stecken. Als nächstes müßte ich wahrscheinlich wieder als Maniküre arbeiten. Ich sag dir, viel länger halte ich dieses Leben nicht mehr aus.«

Shalder schritt grübelnd auf und ab. »In Ordnung. Gib mir einen Scheck«, sagte er. »Und geh deine Sachen packen.«

In diesem Augenblick sprach Irene Shalder gerade mit Philip Jadwin in seinem Büro im Hertzog-Gebäude.

»Natürlich können Sie Ihre Stellung wiederhaben«, sagte er. »Wir haben Sie vermißt. Nehmen Sie einen Moment Platz und erzählen Sie mir, was Sie so gemacht haben.«

Sie setzte sich, und während sie sprach, beobachtete er sie. Auf ihrem Gesicht lag eine dünne Maske aus Traurigkeit und Furcht, doch darunter erspürte er den stillen Charme, der ihn immer gepackt hatte. Sie sprach offen über alles, was sich während zweier Jahre in ihr aufgestaut hatte.

»Und wenn er Sie nachholen läßt?« fragte er, nachdem sie geendet hatte.

»Er läßt mich nicht nachholen.«

»Woher wissen Sie das?«

»Ich weiß es einfach. Er – also, ich glaube nicht, daß er alleine fährt. Da gibt es eine Frau, die ihm gefällt. Er glaubt, ich weiß nichts davon, aber es ließ sich nicht vermeiden, daß ich davon erfahren habe. Oh, alles ist einfach schrecklich. Jedenfalls – wenn er überhaupt jemanden nachholen läßt, dann diese Frau. Ich glaube, er würde sie sofort mitnehmen, wenn er genügend Geld hätte.«

Philip Jadwin wollte sie umarmen und ihr zuflüstern: »Jetzt hast du einen Freund. Deine Sorgen sind endgültig vorbei.« Statt dessen sagte er nur: »Vielleicht ist es ja besser für ihn, wenn er geht. Wo ist Ihr Baby?«

»Die Kleine ist seit Montag bei meiner Schwester; ich hatte Angst, sie im Haus zu behalten. Sie müssen wissen, Howard ist von einigen ehemaligen Geschäftspartnern bedroht worden, und ich wußte nicht, wozu die fähig sein könnten. Das ist ja auch der Grund, warum er die Stadt verläßt.«

»Ich verstehe.«

Einige Stunden später brachte Jadwins Sekretärin eine Nachricht herein:

Sehr geehrter Mr. Jadwin.
Wie Sie wahrscheinlich wissen, habe ich das Vorkaufsrecht auf den neuen Friseursalon erworben, indem ich bei Mr. Edsall zweihundert Dollar hinterlegte. Nun habe ich mich entschlossen, dieses Recht auszuüben. Ich habe gehört, daß Mr. Edsall zur Zeit abwesend ist, würde das Geschäft jedoch gerne zum Abschluß bringen, wenn Sie die Güte hätten, mich zu empfangen.

Hochachtungsvoll
Earl Johnson

Jadwin hatte nicht gewußt, daß Earl das Vorkaufsrecht hielt, und die Neuigkeit war ihm alles andere als willkommen. Er fühlte sich Earl gegenüber schuldig, und vom Schuldgefühl bis zur Abneigung war es nur ein kleiner Schritt. Für ihn hatte er sich mit der Zeit zum Inbegriff all der Spekulanten entwickelt, denen das Big Business seinen schlechten Ruf verdankte, und seit er danach einen kurzen Blick auf das fragwürdige Paradies hatte werfen können, das Earl sich mit seinem Geld geschaffen hatte, erweckten die Geschichte und ihr Opfer bei ihm nichts als Abscheu. Nachdem er Earl im anderen Friseursalon aus dem Weg gegangen war, stand ihm jetzt möglicherweise bevor, daß er in dasselbe Gebäude einzog, in dem sich seine eigenen Geschäftsräume befanden.

»Ich muß versuchen, ihm das auszureden«, dachte er.

Als Earl eintrat, bat er ihn nicht, sich zu setzen. »Ihre Nachricht war eine ziemliche Überraschung für mich«, begann er.

»Ich habe mich gerade erst entschlossen«, sagte Earl bescheiden.

»Ich meine, ich bin überrascht, daß Sie sich schon so bald wieder selbständig machen wollen. Ich hätte nie gedacht, daß Sie sich jetzt schon wieder in eine neue Spekulation stürzen würden.«

»Das ist doch keine Spekulation, Mr. Jadwin. Vom Friseurgeschäft verstehe ich was. Immer, wenn der Chef unterwegs war, habe ich ihn vertreten; das wird er Ihnen persönlich bestätigen.«

»Aber jedes Geschäft verlangt doch ein gewisses Maß an finanzieller Erfahrung, eine gewisse Fähigkeit, Kosten und Gewinne zu veranschlagen. In dieser Stadt sind viele Konkurs gegangen, weil sie sich auf etwas eingelassen haben, von dem sie nichts verstanden. Sie sollten sich das besser noch einmal gründlich überlegen, bevor Sie sich in etwas verrennen.«

»Ich hab es mir gründlich überlegt, Mr. Jadwin. Ich wollte schon vor drei Jahren einen Laden kaufen, aber dann habe ich das Geld in Hert-win gesteckt, als ich von Ihnen diesen Tip bekam.«

»Denken Sie bitte daran, daß ich Ihnen den Tip nur sehr ungern gab und Sie gewarnt habe, Sie könnten Ihr letztes Hemd dabei verlieren.«

»Ich habe Ihnen daraus nie einen Vorwurf gemacht, Mr. Jadwin – niemals. Das war etwas, von dem ich besser die Finger hätte lassen sollen. Aber vom Friseurgeschäft verstehe ich schließlich was.«

»Warum sollten Sie mir auch einen Vorwurf machen?«

»Das weiß ich auch nicht. Aber als Sie sich von mir nicht mehr bedienen lassen wollten, da dachte ich, daß Sie vielleicht meinten, ich tät es.«

Das saß zu gut, um nicht zu treffen.

»Schauen Sie mal, Earl«, sagte Jadwin hastig. »Wir haben wegen diesem Frisiersalon mit einer anderen Partei schon fast abgeschlossen. Würden Sie Ihr Vorkaufsrecht eventuell nicht ausüben, wenn wir, sagen wir mal, zweihundert Dollar draufzahlen?«

Earl rieb sich das Kinn. »Verstehen Sie doch, Mr. Jadwin, ich habe nun mal diese zweitausend Dollar und weiß nicht, was ich sonst damit anfangen soll. Wenn ich irgendeinen anderen Weg wüßte, wie ich das Geld für mich arbeiten lassen könnte – aber heutzutage ist es riskant zu spekulieren, wenn einem die Insider-Informationen fehlen.«

»Es ist immer und für jeden riskant«, bemerkte Jadwin ungeduldig. »Verstehe ich Sie also richtig, Sie bestehen darauf, das Geschäft zu übernehmen?«

»Es sei denn, Sie hätten einen anderen Vorschlag«, erwiderte Earl zögernd.

»Es sei denn, ich gäbe Ihnen nochmal einen Tip, hm?« Jadwin mußte gegen seinen Willen lächeln. »Naja, wenn das so ist – – Haben Sie das Geld bei sich?«

»Es liegt auf der Sparkasse. Ich kann Ihnen einen Scheck ausschreiben.«

Jadwin läutete nach seiner Sekretärin und gab ihr eine hingekritzelte Notiz, sie solle die Bank anrufen und überprüfen, ob sich Earls Konto tatsächlich auf diese Summe belief. Wenige Minuten später bestätigte sie ihm das.

»In Ordnung, Earl«, sagte Jadwin. »Der Laden gehört Ihnen. Vermutlich gehen Sie in ein paar Monaten an Ihren Wäschereirechnungen pleite, aber das ist Ihr Problem.«

Das Telefon auf seinem Schreibtisch klingelte, und seine Sekretärin stellte ihn zum Kassierer der Sparkasse durch:

»Mr. Jadwin, nur ein paar Minuten nach dem Anruf Ihrer Sekretärin hat eine andere Partei einen Scheck zulasten von Earl Johnsons Konto vorgelegt.«

»Und?«

»Wenn wir ihn einlösen, bleiben ihm auf der Habenseite noch sechsundsechzig Dollar statt zweitausendsechsundsechzig. Es ist ein Gemeinschaftskonto, und diesen Scheck hat Violet Johnson gezeichnet. Die Partei, die ihn ausgezahlt haben möchte, ist Howard Shalder. Er ist auf seinen Namen ausgestellt.«

»Einen Moment«, sagte Jadwin rasch, worauf er sich in seinem Sessel zurücklehnte, um nachzudenken. Irene Shalders Worte fielen ihm wieder ein: »Da gibt es eine Frau, die ihm gefällt... er würde sie sofort mitnehmen, wenn er genügend Geld hätte.« Jetzt hatte die Frau das Geld offensichtlich aufgetrieben.

»Das ist eine verdammt ernste Sache«, dachte er. »Wenn ich sie anweise, den Scheck einzulösen, verliert Earl wahrscheinlich seine Frau, und ich leiste dem auch noch Vorschub.« Doch in seinem Hinterkopf saß der Gedanke, daß Irene Shalder dadurch frei würde.

Philip Jadwin traf seine Entscheidung und lehnte sich nach vorn zum Hörer:

»In Ordnung, lösen Sie ihn ein.« Er legte auf und wandte sich wieder Earl zu. »Also, schreiben Sie mir Ihren Scheck aus. Über zweitausend Dollar.«

Er erhob sich, sich qualvoll bewußt, was er getan hatte. Er beobachtete den über sein Scheckheft gebeugten Earl, der nicht wußte, daß der Scheck nicht akzeptiert werden würde, womit die ganze Transaktion bedeutungslos geworden war. Und während er die ungelenk um den Füllfederhalter gekrümmten Finger beobachtete, dachte er daran, wie gewandt diese selben Finger mit dem Rasiermesser umgingen, wie sie es so geschickt handhabten, daß es nie ziepte oder kratzte; wie diese Finger mit einem heißen Handtuch hantierten, das einen nie verbrannte, wie sie zum Schluß das beruhigende Rasierwasser auftrugen –

»Earl«, sagte er plötzlich, »wenn Ihnen jemand sagen würde, daß Ihre Frau gerade mit einem anderen Mann durchbrennt – daß Sie schon auf dem Weg zum Bahnhof ist – was würden Sie dann tun?«

Earl sah ihn unverwandt an. »Mr. Jadwin, ich würde Gott danken«, antwortete er.

Eine Minute später übergab er Jadwin den Scheck und erhielt dafür eine unterzeichnete Urkunde; die Transaktion war abgeschlossen.

»Ich hoffe, wir sehen Sie auch mal als Kunde, Mr. Jadwin.«

»Was? Oh, ja, Earl. Ja, natürlich.«

»Ich danke Ihnen, Mr. Jadwin. Ich werde mein Bestes tun.« Nachdem er gegangen war, betrachtete Jadwin den Scheck und zerriß ihn in kleine Schnipsel. Zu diesem Zeitpunkt standen Shalder und Earls Frau wahrscheinlich schon am Bahnhof.

»Ich frage mich nur, was zum Teufel ich angerichtet habe«, grübelte er.

IV

So also kam Earl Johnson zu einem Frisiersalon im Hertzog-Gebäude. Es ist ein freundliches Geschäft, hell und modern; wahrscheinlich das blühendste Geschäft in der ganzen Stadt, obwohl eine große Anzahl Kunden auf Earls persönlicher Bedienung besteht. Earl ist von Natur aus ein glücklicher und geselliger Mann; mit der Zeit wird er auch wieder heiraten. Er kennt sein Personal und hält zu ihm, und das ist nicht das Unwichtigste oder Unrühmlichste, was über ihn gesagt werden kann.

Hin und wieder geht er zum Pferderennen, und seine Wett-Tips bezieht er aus der Zeitung, die das Geschäft abonniert hat.

»In Ordnung, Sir«, sagt er, »also in zwanzig Minuten. Ich erwarte Sie dann, Mr. Jadwin.«

Und dann, wieder neben seinem Stuhl: »Das ist Philip Jadwin. Ein netter Mensch. Ich muß gestehen, ich mag nette Leute.«

Eine Sklavenseele, sagt der Marxist. Wie dem auch sei, das ist nun mal die Sorte Seele, die Earl hat, und er ist ziemlich glücklich damit. Ich mag Earl.

Eine Art K.O.-System

I

Hie und da in einer düsteren Ecke drückte sich noch ein Häufchen Schnee unter einem Schleier aus Kohlenstaub herum, doch die Männer, die die Doppelfenster aushängten, arbeiteten in Hemdsärmeln, und der Rasen fühlte sich beim Gehen immer fester an.

In den Straßen kamen unter den abgestreiften dunklen Tierhäuten Kleider in den Farben von Früchten, Blättern und Blumen zum Vorschein; jetzt trugen nur noch ein paar alte Männer bis über die Ohren gezogene mausgraue Mützen. An diesem Tag vergaß Forrest Winslow den langen Verdruß des vergangenen Winters, wie man alles Unvermeidliche, wie man Schmerzen, Krankheit und Krieg vergißt, und wandte sich mit blindem Vertrauen dem Sommer zu, in dem er bereits alle bisherigen Sommer seines Lebens wiedererkannt zu haben glaubte – die Sommer voll Golf, Segeln und Schwimmen.

Acht Jahre lang war Forrest im Osten zur Schule und dann aufs College gegangen; jetzt arbeitete er im Betrieb seines Vaters in einer großen Stadt in Minnesota. Er sah gut aus, war beliebt und auf eine konservative Art ziemlich verzogen, weshalb das vergangene Jahr ein Reinfall gewesen war. Das Unterscheidungsvermögen, das in New Haven die Harmonielehre gemeistert hatte, wurde zum Pelzesortieren eingesetzt; die Hand, die die Barschecks für die Schulabschlußbälle ausgestellt hatte, hatte seither zwei Monate lang mit leichter *dermatitis venenata* in einer Schlinge geschaukelt. Nach der Arbeit fand Forrest keine Erholung bei den Mädchen, mit denen er aufgewachsen war. Im Gegensatz dazu wirkte das Auftauchen von neuem Wild in seinem Jagdgebiet anregend auf ihn, und während der Durchreise einer beliebten Besucherin legte er eine geradezu krampfhafte Aktivität an den Tag. Bis jetzt war noch nichts passiert; aber der Sommer stand vor der Tür.

An dem Tag, da der Frühling durchbrach und der Sommer durchbrach – was in Minnesota praktisch auf dasselbe herauskommt –, parkte Forrest sein Coupé vor einem Plattengeschäft und nahm seine liebenswürdige Eitelkeit mit hinein. Als er zu der Verkäuferin sagte, »Ich möchte ein paar Schallplatten«, explodierte eine kleine Bombe der Erregung in seinem Kehlkopf, was ein ungewohntes, beinah schmerzhaftes Vakuum im oberen Teil seines Zwerchfells verursachte. Die unerwartete Detonation hatte der Anblick eines kornfarbenen Blondschopfs ausgelöst, der gerade auf der anderen Seite des Ladentisches bedient wurde.

Sie war ein Halm reifen Weizens, allerdings nicht gebunden, wie Garben gebunden werden, sondern wie eine seltene Erstausgabe, mit der ganzen Kunst des Binders. Sie war wunderschön und teuer, und knapp neunzehn, und er hatte sie noch nie zuvor gesehen. Sie sah ihn gerade einen unnötigen Augenblick zu lange an, mit soviel Selbstvertrauen, daß er spürte, wie sein eigenes heraus- und davonströmte, um sich mit ihrem zu vereinen – »... von ihm, welcher nichts hat, soll genommen werden sogar, was er noch besitzet.« Dann schwang ihr Kopf nach vorn, und sie nahm ihr Studium eines Katalogs wieder auf.

Forrest schaute auf die Liste, die ihm ein Freund aus New York geschickt hatte. Unglücklicherweise lautete der erste Titel: »When Voo-do-o-do Meets Boop-boop-a-doop, There'll Soon be a Hot-Cha-Cha.« Forrest las ihn mit Entsetzen. Er vermochte kaum zu glauben, daß ein Titel dermaßen abstoßend sein konnte.

In der Zwischenzeit fragte das Mädchen: »Gibt es keine Aufnahme von Prokofjews ›Fils Prodigue‹?«

»Ich sehe sofort nach, Madam.« Die Verkäuferin wandte sich Forrest zu.

»›When Voo – –‹«, fing Forrest an, wiederholte: »›When Voo – –‹«

Es hatte keinen Sinn; er konnte das vor dieser Nymphe der Erntezeit gegenüber am Tisch nicht sagen.

»Vergessen wir die«, sagte er rasch. »Geben Sie mir ›Huggable – –‹«. Wieder brach er ab.

»›Huggable, Kissable You?‹« ergänzte die Verkäuferin hilfsbereit, und ihre Versicherung, das sei doch ein sehr nettes Lied, legte eine demütige Gemeinsamkeit in Geschmacksdingen nahe.

»Ich möchte Strawinskys ›Feuervogel‹«, sagte die andere Kundschaft, »und dann noch dieses Album mit Chopin-Walzern.«

Forrest ließ seinen Blick hastig über den Rest der Liste gleiten: »Digga Diggity«, »Ever So Goosy«, »Bunkey Doodle I Do«.

»Man würde mich ja für schwachsinnig halten«, dachte er. Er zerknüllte die Liste in dem verzweifelten Versuch, seine übliche persönliche Aura wiederherzustellen, die Aura lässiger Überlegenheit.

»Ich hätte gerne«, sagte er eisig, »Beethovens ›Mondscheinsonate‹.«

Davon existierte zu Hause zwar schon ein Exemplar, aber das machte nichts. Es gab ihm das Recht, wieder und wieder zu dem Mädchen hinüberzuschauen. Das Leben wurde interessant; sie war eine absolut hinreißende Komposition; es würde einfach sein herauszufinden, wer sie war.

Mit der »Mondscheinsonate« und »Huggable, Kissable You« Seite an Seite im selben Paket verließ Forrest das Geschäft.

Ein Stück die Straße hinunter befand sich eine neue Buchhandlung, und auch in die ging er hinein, als ob Bücher und Schallplatten die Leere ausfüllen könnten, die der Frühling in seinem Herzen entstehen ließ. Während er die leblosen Wörter vieler Titel zusammen überflog, fragte er sich, wie bald er sie würde wiederfinden können, und was dann.

»Ich möchte gern einen harten, spannenden Krimi«, sagte er.

Ein müder junger Mann schüttelte mit geduldigem Tadel den Kopf; gleichzeitig wehte ein Hauch Frühlingsluft mit dem vertrauten Leuchten von kornblondem Haar zur Tür herein.

»Wir führen keine Kriminalromane oder ähnliches«, sagte der junge Mann mit unnötig lauter Stimme. »Ich denke, so etwas werden Sie im Kaufhaus finden.«

»Ich dachte, Sie führen Bücher«, meinte Forrest schwach.

»Bücher schon, aber solche nicht.« Der junge Mann wandte sich ab, um seine neue Kundschaft zu bedienen.

Während Forrest steifbeinig zum Ausgang schritt, wobei er in den Wirkungskreis ihres Parfums geriet, hörte er sie fragen:

»Haben Sie irgend etwas von Louis Arragon, entweder in Französisch oder übersetzt?«

»Die gibt ja bloß an«, dachte er verärgert. »Heutzutage springen sie von ›Häschen in der Grube‹ direkt zu Marcel Proust.«

Draußen, gleich hinter seinem angemessenen Coupé geparkt, entdeckte er ein sagenhaftes, silberglänzendes Cabriolet, englisches Modell, Spezialausführung. Verstört, ja sogar aufgebracht, fuhr er durch den feuchten, goldenen Nachmittag nach Hause.

Die Winslows lebten in einem alten Haus mit breiter Veranda an der Crest Avenue – Forrests Vater und Mutter, seine Urgroßmutter und seine Schwester Eleanor. Sie waren, wie man das seit Ende des Krieges zu nennen pflegt, solide Leute. Die alte Mrs. Forrest war durch und durch solide; ihre Überzeugungen basierten auf einer Lebensweise, die vierundachtzig Jahre lang funktioniert hatte. In der Stadt galt sie als Original; sie erinnerte sich noch an den Sioux-Krieg, und sie war an dem Tag in Stillwater gewesen, als Jesse und Frank James die Hauptstraße zusammenschossen.

Ihre eigenen Kinder waren gestorben, und sie betrachtete diese entfernteren Nachkommen aus einer gewissen Distanz, blind gegen die Kräfte, die sie geformt hatten. Sie begriff, daß der Bürgerkrieg und die Erschließung des Westens Kräfte darstellten, während die Bewegung für die freie Silberprägung und der Weltkrieg für sie nichts als Nachrichten geblieben waren. Doch sie wußte genau, daß ihr Vater, der in Cold Harbor gefallen war, und ihr Mann, der Kaufmann, mehr Format hatten als ihr Sohn oder ihr Enkel. Leute, die versuchten, ihr zeitgenössische Phänomene zu erklären, schienen in den Augen der alten Frau ständig dem zu widersprechen, was sie mit ihren eigenen Sinnen wahrnahm. Dennoch war sie keineswegs verkalkt; im letzten Sommer war sie durch halb Europa gereist, nur mit einem Mädchen als Begleitung.

Forrests Vater und Mutter waren da ganz anders. Sie waren in den leicht zu beeindruckenden Mittdreißigern gewesen, als 1921 die Cocktailparty und all ihre Begleiterscheinungen aufkamen. Sie waren gespaltene Menschen, zerrissen sich fast, um zu gefallen. Fragen, die Mrs. Forrest keinerlei Schwierigkeiten bereiteten, versetzten sie in schmerzliche, heillose Aufregung. Genau eine solche Frage stellte sich an diesem Abend, als sie noch keine fünf Minuten bei Tisch saßen.

»Wußtet ihr, daß die Rikkers zurückkommen?« fragte Mrs. Winslow. »Sie haben das Haus der Warners gemietet.« Sie war eine Frau voller Unsicherheiten, die sie vor sich selbst verbarg, indem sie ihre Meinungen sehr bedächtig und gedankenvoll formulierte, um ihre eigenen Ohren von ihnen zu überzeugen. »Es grenzt an ein Wunder, daß Dan Warner ihnen sein Haus überhaupt vermietet. Wahrscheinlich glaubt Cathy, daß sich die Leute ihretwegen überschlagen werden.«

»Welche Cathy?« fragte die alte Mrs. Forrest.

»Ehemals Cathy Chase. Ihr Vater war Reynold Chase. Sie und ihr Mann kommen hierher zurück.«

»Oh, ja.«

»Ich kannte sie ja kaum«, fuhr Mrs. Winslow fort, »aber ich weiß, daß sie, als sie in Washington lebten, mit Absicht grob zu allen aus Minnesota waren – gingen ihnen einfach aus dem Weg. Mary Cowan hat einen Winter dort verbracht, und sie hat Cathy mindestens ein halbes dutzendmal zum Lunch oder zum Tee eingeladen. Cathy ist kein einziges Mal erschienen.«

»Den Rekord könnte ich leicht brechen«, sagte Pierce Winslow. »Mary Cowan könnte mich hundertmal einladen, und ich würde nicht hingehen.«

»Wie dem auch sei«, verfolgte seine Frau ihr Ziel bedächtig weiter, »nach dem ganzen Skandal hierher zurückzukommen – man muß ihnen einfach die kalte Schulter zeigen; sie wollen es ja nicht anders.«

»Und ob sie es nicht anders wollen«, sagte Winslow. Er war ein Südstaatler, recht beliebt in der Stadt, in der er nun schon seit dreißig Jahren lebte. »Walter Hannan kam heute morgen in mein Büro und wollte, daß ich für Rikkers Aufnahme in den Kennemore Club stimme. Ich hab ihm gesagt: ›Walter, eher würde ich für Al Capone stimmen.‹ Nicht nur das – in den Kennemore Club kommt Rikker nur über meine Leiche.«

»Walter hat vielleicht Nerven. Was hast du schließlich mit Chauncey Rikker zu schaffen? Es wird schwer sein, jemanden zu finden, der für ihn stimmt.«

»Was für Leute sind denn das?« fragte Eleanor. »Irgend jemand Schlimmes?«

Sie war achtzehn und Debütantin. Ihre gegenwärtigen Gastspiele zu Hause waren so selten und so kurz, daß sie solche Tischgesprächsthemen mit ebenso viel Distanz behandelte wie ihre Urgroßmutter.

»Cathy ist hier aufgewachsen; sie war jünger als ich, aber ich erinnere mich, daß man sie immer für leichtlebig gehalten hat. Ihr Mann, Chauncey Rikker, kam aus irgendso einem Provinznest.«

»Aber was haben sie denn so Schlimmes verbrochen?«

»Rikker ging bankrott und verließ die Stadt«, sagte ihr Vater. »Da kursierte ein Haufen häßlicher Geschichten. Dann ging er nach Washington und wurde in den Feindvermögensskandal verwickelt; und dann kam er in New York in Schwierigkeiten – er machte Winkelbörsengeschäfte –, aber er setzte sich nach Europa ab. Nach ein paar Jahren starb der Kronzeuge der Regierung, und er kam nach Amerika zurück. Sie verpaßten ihm ein paar Monate wegen Mißachtung des Gerichts.« Er steigerte sich in eloquente Ironie: »Und nun, erfüllt vom Geist des wahren Patrioten, kehrt er zurück in sein schönes Minnesota, ein echter Sohn seiner herrlichen Wälder, seiner wogenden Weizenfelder – –«

Forrest wies ihn ungehalten zurecht: »Was soll das, Vater? Wann haben je zwei Leute aus Kentucky im selben Jahr den Nobelpreis bekommen? Und was ist mit diesem Provinzbengel namens Lind – –«

»Haben die Rikkers Kinder?« fragte Eleanor.

»Ich glaube, Cathy hat eine Tochter ungefähr in deinem Alter und einen etwa sechzehnjährigen Jungen.«

Forrest stieß einen leisen, unbemerkten Ausruf aus.

War so etwas möglich? Französische Bücher und russische Musik – das Mädchen von heute nachmittag hatte im Ausland gelebt. Und mit dieser Wahrscheinlichkeit vertiefte sich sein Ressentiment – die Tochter eines Gauners, und zog so eine Schau ab! Er sympathisierte leidenschaftlich mit der Weigerung seines Vaters, für Rikkers Aufnahme in den Kennemore Club zu stimmen.

»Sind sie reich?« wollte die alte Mrs. Forrest plötzlich wissen.

»Es muß ihnen schon ganz gut gehen, wenn sie Dan Warners Haus genommen haben.«

»Dann kommen sie auch rein.«

»In den Kennemore Club kommen sie nicht«, sagte Pierce Winslow. »Zufällig komme ich aus einem Staat mit gewissen Traditionen.«

»Ich habe in dieser Stadt schon oft das Unterste zuoberst kommen sehen«, sagte die alte Dame sanft.

»Aber dieser Mann ist ein Verbrecher, Großmutter«, erklärte Forrest. »Siehst du nicht den Unterschied? Das ist keine Frage der gesellschaftlichen Stellung. In New Haven haben wir oft darüber diskutiert, ob wir Al Capone die Hand geben würden, falls wir ihm begegneten – –«

»Wer ist Al Capone?« fragte Mrs. Forrest.

»Das ist auch so ein Verbrecher, in Chicago.«

»Will der auch in den Kennemore Club?«

Sie lachten, aber Forrest hatte entschieden, daß nicht nur sein Vater eine schwarze Kugel in die Urne legen würde, wenn Rikker sich um die Mitgliedschaft im Kennemore Club bewarb.

Völlig unvermittelt wurde es Hochsommer. Nach

dem letzten Aprilsturm kam eines Nachts jemand die Straße entlang, blies die Bäume auf wie Luftballons, verstreute Knollen und Büsche wie Konfetti, öffnete einen Käfig voller Rotkehlchen, warf einen flüchtigen Blick in die Runde und ließ den Vorhang vor einem nagelneuen Hintergrund aus sommerlichem Himmel hochgehen.

Als Forrest ein paar Kindern auf einem leeren Parkplatz einen verirrten Baseball zuwarf, sandten seine Finger auf den gestickten Nähten der verschmutzten Lederhülle eine Welle ekstatischer Erinnerungen zu seinem Gehirn. Man mußte machen, daß man hinkam – »hin«, das war jetzt der Fairway des Golfplatzes, sein Gefühl dabei blieb jedoch dasselbe. Erst als er an diesem Nachmittag am achtzehnten Loch den Ball abschlug, ging ihm auf, daß es nicht dasselbe war, daß es nie wieder genug sein würde. Der Abend erstreckte sich lang und leer vor ihm dahin, abgesehen von den feststehenden Punkten von Dinnerparty und Bett.

Während er mit seinem Partner darauf wartete, daß zwei andere Clubmitglieder ihr Spiel beendeten, schaute Forrest zum zehnten Tee hinüber, genau vis-à-vis und zweihundert Meter weit entfernt.

Eine der beiden Gestalten am Abschlag der Damen sprach gerade ihren Ball an; während er noch zusah, holte sie selbstsicher aus und schlug ihn weit den Fairway hinunter.

»Das muß Mrs. Horrick sein«, sagte sein Freund. »Keine andere Frau hat so einen Drive.«

In diesem Augenblick glitzerte die Sonne im Haar des Mädchens auf, und Forrest wußte, wer sie war; zugleich erinnerte er sich daran, was er an diesem Nachmittag zu tun haben würde. Am heutigen Abend würde Chauncey Rikkers Name dem Mitgliedschaftskomitee vorgeschlagen, in dem auch sein Vater saß, und bevor er heimfuhr, würde Forrest noch im Clubhaus vorbeigehen und einen gewissen schwarzen Zettel in eine kleine Schachtel stecken. Er hatte all das sehr sorgfältig erwogen; er liebte diese Stadt, in der seine Familie seit fünf Generationen ein achtbares Dasein führte. Sein Großvater war in den 90er Jahren einer der Gründer dieses Clubs gewesen, als dessen Mitglieder noch der Segelregatta frönten anstatt dem Golf, und als ein schnelles Pferd noch drei Stunden brauchte, um von der Stadt hier heraus zu traben. Er stimmte mit seinem Vater darin überein, daß gewisse Leute einfach nicht in Frage kamen. Mit verkrampften Gesichtsmuskeln trieb er den Ball zweihundert Meter weit den Fairway hinunter, wo er in sanftem Bogen ins Rough hinausrollte.

Das achtzehnte und das zehnte Loch lagen parallel, zeigten jedoch in entgegengesetzte Richtungen. Zwischen den Abschlägen wurden sie durch einen knapp fünfzehn Meter breiten Baumgürtel voneinander getrennt. Ohne daß Forrest es wußte, hatte Miss Rikkers Gastgeberin, Helen Hannan, ihren Ball in dasselbe Niemandsland hinein verschlagen, und als er sich auf die Suche nach seinem Ball begab, hörte er aus sechs, sieben Metern Entfernung weibliche Stimmen.

»Noch heute abend bist du Mitglied«, hörte er Helen Hannan sagen, »und dann bekommst du mal richtig Konkurrenz von Stella Horrick.«

»Vielleicht werde ich gar nicht Mitglied«, sagte eine lebhafte, klare Stimme. »Dann mußt du mit mir auf öffentlichen Plätzen spielen kommen.«

»Alida, sei nicht absurd.«

»Warum denn? Ich habe in Buffalo den ganzen letzten Frühling hindurch auf öffentlichen Golfplätzen gespielt. Zu der Zeit gab es nichts anderes. Es ist genau wie auf manchen Plätzen in Schottland.«

»Aber ich würde mir so dumm vorkommen... Ach komm, vergessen wir doch den Ball.«

»Es ist niemand hinter uns. Was das Sich-dumm-Fühlen angeht – wenn ich mich immer noch um die öffentliche Meinung kümmern würde, müßte ich den ganzen Tag im Bett bleiben.« Sie lachte verächtlich. »So ein Revolverblatt hat ein Foto von mir veröffentlicht, auf dem ich gerade Vater im Gefängnis besuchen will. Und Leute haben sich auf Schiffen andere Tische weiter von uns weg geben lassen, und einmal bin ich in einer französischen Schule von allen amerikanischen Mädchen geschnitten worden... Hier, dein Ball.«

»Danke... Oh, Alida, das hört sich schrecklich an.«

»Der schreckliche Teil ist vorbei. Ich habe dir das nur erzählt, damit wir dir nicht allzu leid tun, wenn die Leute hier uns nicht in diesem Club haben wollen. Mir würde es nichts ausmachen; ich lebe mein eigenes Leben und habe meinen eigenen Maßstab, von wann an jemand in Schwierigkeiten ist. Es würde mich nicht im geringsten berühren.« Sie ließen die Lichtung hinter sich, und ihre Stimmen verschwanden in den offenen Himmel auf der anderen Seite hinein. Forrest gab die Suche nach seinem verlorenen Ball auf und ging auf das Caddyhäuschen zu.

»Was für eine verdammt miese Tour«, dachte er, »alles an einem Mädchen auszulassen, das gar nichts damit zu tun hatte« – was er genau in dieser Minute auch tat, da er zum Clubhaus hinaufging. »Nein«, sagter er jäh zu sich selbst, »ich bring's nicht fertig. Was immer ihr Vater auch verbrochen haben mag, sie ist schließlich eine Dame. Vater kann tun, was er tun zu müssen glaubt, aber ich halte mich da raus.«

Nach dem Mittagessen am nächsten Tag sagte sein Vater ziemlich befangen: »Wie ich sehe, hast du wegen der Rikkers und dem Kennemore Club nichts unternommen.«

»Nein.«

»Auch gut«, meinte sein Vater. »Jedenfalls sind sie durchgekommen. Der Club ist in den letzten fünf Jahren ja sowieso ziemlich gemischt geworden – eine ganze Menge fragwürdiger Leute drin. Und außerdem muß man ja in einem Club mit keinem verkehren, mit dem man nichts zu tun haben will. Die anderen vom Komitee waren derselben Meinung.«

»Ich verstehe«, sagte Forrest trocken. »Dann hast du also nicht gegen die Aufnahme der Rikkers gesprochen?«

»Also – nein. Ich habe nun mal geschäftlich viel mit Walter Hannan zu tun, und ausgerechnet gestern war ich gezwungen, ihn um einen ziemlich heiklen Gefallen zu bitten.«

»Und deshalb bist du mit ihm einen Handel eingegangen.« Für beide, Vater und Sohn, hatte das Wort »Handel« denselben Beiklang wie »Verräter«.

»Nicht ganz. Die Angelegenheit wurde nicht erwähnt.«

»Ich verstehe«, sagte Forrest. Aber er verstand keineswegs, und in diesem Augenblick erlosch in ihm ein alter, kindlicher Glaube an seinen Vater.

II

Um jemandem wirkungsvoll die kalte Schulter zeigen zu können, muß man ihn in Reichweite haben. Die Aufnahme von Chauncey Rikker in den Kennemore Club und, später, in den Downtown Club zog wütende Debatten und Austrittsdrohungen nach sich, die nach Kontroverse klangen, doch jedes Anzeichen von ernsthaftem Willen unter der Oberfläche entbehrten. Andererseits kann man im Schutz der Menge gut gehässig werden, und Chauncey Rikker bot ein leichtes Ziel für persönliche Animositäten; dazu drang ein spätes Echo des Winkelbörsenskandals von New York herüber, was prompt seinen Niederschlag in den Lokalblättern fand, damit auch ja niemand im Ungewissen bleiben sollte. Nur die liberale Familie Hannan stand zu den Rikkers, eine Haltung, die beträchtlichen Unwillen auslöste, und ihr Versuch, sie mittels einer Reihe kleinerer Parties zu lancieren, erwies sich als Fehlschlag. Hätten die Rikkers versucht, Alida debütieren zu lassen, wäre sie von einer ausgesprochen buntgemischten Menge inspiziert worden, aber sie taten es nicht.

Wenn Forrest während des Sommers Alida gelegentlich begegnete, kreuzten sich ihre Blicke in der neugierigen Art von Kindern, die sich nicht kennen. Eine Zeitlang verfolgte ihn ihr gelber Lockenkopf, die goldbraune Herausforderung ihrer Augen; dann begann er, sich für ein anderes Mädchen zu interessieren. Er war nicht in Jane Drake verliebt, obwohl er die Möglichkeit in Betracht zog, sie zu heiraten. Sie war »das Mädchen von nebenan«; er kannte ihre Eigenschaften, die guten wie die schlechten, so daß sie keine Rolle spielten. Sie verfügte unter der Oberfläche über etwas essentiell Wirkliches, wie eine Verwandte. Ihre Familien wären entzückt. Einmal, nach einigen Whiskysodas und etwas beiläufigem Geknutsche, hätte er fast ernsthaft geantwortet, als sie ihn mit »Aber eigentlich bin ich dir ja ganz egal« provozierte; doch er ließ sich nicht aus der Reserve locken, worüber er am nächsten Morgen durchaus erleichtert war. Vielleicht in den tristen Tagen nach Weihnachten – – Inzwischen würde er möglicherweise an den Weihnachts-Bällen unter den Weihnachts-Mädchen die Ekstase und das Elend finden, die leidenschaftliche Liebe, die er suchte. Nach Anbruch des Herbstes hatte er das Gefühl, das ihm vorbestimmte Mädchen packe in irgendeiner Stadt im Osten oder Süden bereits ihre Koffer.

In einer seiner ruhelosen Stimmungen ging er eines Sonntags im November zu einer kleinen Teegesellschaft. Im selben Moment, da er mit seiner Gastgeberin sprach, spürte er Alida Rikkers Anwesenheit auf der anderen Seite des von einem Kaminfeuer erleuchteten Raumes; ihre strahlende Schönheit, ihre unerforschte Neuheit bedrängten ihn, und es bedeutete eine gewisse Erleichterung, ihr endlich vorgestellt zu werden. Er verbeugte sich und ging weiter, aber eine Form von Gedankenaustausch hatte dennoch stattgefunden. Ihr Blick sagte, daß sie wußte, welche Haltung seine Familie eingenommen hatte, daß es ihr nichts ausmachte und daß es ihr sogar leid tat, ihn in einer so dummen Lage zu sehen, denn sie wisse, daß er sie bewunderte. Sein Blick sagte: »Natürlich bin ich empfänglich für deine Schönheit, aber du siehst ja, wie es ist; irgendwo mußten wir einen Strich ziehen, weil dein Vater ein dreckiger Hund ist, und ich kann von meiner gegenwärtigen Position nicht abweichen.«

Plötzlich, in einem ruhigen Moment, hörte er ihre Stimme, und seine Ohren entzogen seinem eigenen Gespräch ihre Aufmerksamkeit.

»...Helen hatte diese seltsamen Schmerzen schon über ein Jahr, und natürlich befürchtete man Krebs. Sie ging zum Röntgen; sie zog sich hinter einem Wandschirm aus, und der Arzt sah sie sich durch den Apparat an, und dann sagte er, ›aber ich habe dir doch gesagt, du sollst dich ganz ausziehen‹, worauf Helen sagte, ›das hab ich doch.‹ Der Arzt sah wieder hin und sagte, ›also, hör mal, mein Liebes, ich habe dich in diese Welt geholt, vor mir mußt du dich wirklich nicht genieren. Zieh alles aus.‹ Da sagte Helen, ›ich hab keinen Faden mehr am Leib, ich schwör's.‹ Aber der Arzt meinte, ›das stimmt nicht.Das Röntgenbild zeigt mir eine Sicherheitsnadel in deinem BH.‹ Naja, schlußendlich hat man dann herausgefunden, daß man sie als Zweijährige einmal im Verdacht hatte, sie hätte eine Sicherheitsnadel verschluckt.«

Die Geschichte, die in ihrer klaren, frischen Stimme von der intimen Atmosphäre getragen wurde, entwaffnete Forrest. Sie hatte nichts zu tun mit dem, was vor zehn Jahren in Washington oder New York geschehen war. Auf einmal hätte er sich am liebsten zu ihr hinübergesetzt, weil sie die züngelnde Flamme war, die dem Feuerschein Leben verlieh. Nach der Gesellschaft wanderte er eine Stunde lang durch federleichten Schnee, darüber nachgrübelnd, warum er nicht mit ihr befreundet sein konnte, warum es seine Aufgabe sein sollte, ein bestimmtes Niveau zu verkörpern.

»Naja, vielleicht hab ich ja eines Tages eine Menge Spaß dabei, das zu tun, was ich tun sollte«, dachte er ironisch »– wenn ich fünfzig bin.«

Der erste Weihnachtsball war der alljährliche Wohltätigkeitsball in der Exerzierhalle, eine große, öffentliche Angelegenheit; die Reichen saßen in Logen. Jeder, der glaubte dazuzugehören, kam, und viele kamen aus Neugier, weshalb die Atmosphäre vor eigenartiger Arroganz und Reserviertheit knisterte.

Die Rikkers hatten eine Loge. Forrest, in Begleitung von Jane Drake, blickte hinüber zu dem Mann von schlechtem Ruf und der erschöpften, vor Schmuck erstarrten Frau an seiner Seite. Sie waren die Schurken vom Dienst, angeglotzt von Leuten, die ihr Leben lang nie aus ihrem Kokon auszubrechen wagten. Ohne die aufdringlichen Blicke zu beachten, hielten Alida und Helen Hannan Hof für einige junge Männer von außerhalb. Fraglos war Alida das unvergleichlich schönste Mädchen im ganzen Saal.

Mehrere Bekannte erzählten Forrest die Neuigkeit – die Rikkers wollten nach Neujahr einen großen Ball geben. Es würden schriftliche Einladungen verschickt, die jedoch durch mündliche ergänzt wurden. Gerüchten nach mußte man nur irgendeinem Mitglied der Familie Rikker vorgestellt werden, um eine Einladung zu erhalten.

Als Forrest durch die Halle schlenderte, hielten ihn zwei Freunde auf und stellten ihn mit einer gewissen

Heiterkeit einem jungen Mann von siebzehn Jahren vor, Mr. Teddy Rikker.

»Wir geben einen Ball«, sagte der Junge ohne Umschweife. »Am dritten Januar. Wäre sehr glücklich, wenn Sie kommen könnten.«

Forrest bedauerte, an diesem Datum bereits verabredet zu sein.

»Tja, falls Sie Ihre Meinung ändern, die Einladung gilt.«

»Furchtbar, der Junge, aber clever«, sagte einer seiner Freunde später. »Wir haben ihm dauernd neue Leute vorgesetzt, aber als wir ihm ein paar Gimpel anschleppten, sah er sie nur an und sagte kein Wort. Die einen lehnen ab, ein paar sagen zu, und die meisten wollen sich nicht festlegen, aber er macht immer weiter; der hat genau so ein dickes Fell wie sein Vater.«

Sie versuchten es auf sämtlichen geraden und krummen Wegen. Warum setzte das Mädchen dem kein Ende? Sie tat ihm leid, als er Jane in einer Gruppe junger Frauen fand, die sich an der Geschichte ergötzte.

»Ich hab gehört, sie haben irrtümlich auch Bodman, den Totengräber, gefragt und dann einen Rückzieher gemacht.«

»Mrs. Carleton tat, als wäre sie taub.«

»Sie lassen eine ganze Wagenladung Champagner aus Kanada kommen.«

»Natürlich geh ich nicht hin, aber ich würde schon gern, nur um zu sehen, was passiert. Da kommen hundert Männer auf ein Mädchen – das wird ein gefundenes Fressen für diese Person.«

Die geballte Gehässigkeit stieß ihn ab, und er war wütend auf Jane, weil sie sich daran beteiligte. Als er sich abwandte, fiel sein Blick auf Alidas stolze Gestalt, die sich eine Wand entlangwiegte, und er bemerkte die Hingabe ihrer Partner mit unliebsamem Mißbehagen. Er wußte nicht, daß er schon seit vielen Monaten ein bißchen in sie verliebt war. Genau wie sich zwei Kinder im Verlauf eines körperlichen Kampfes um einen Ball ineinander verlieben können, so hatte auch die Intensität, mit der sie einander wahrnahmen, erstaunliche Ausmaße angenommen.

»Sie ist hübsch«, sagte Jane. »Sie ist nicht direkt aufgedonnert, aber alles in allem zieht sie sich doch zu auffallend an.«

»Ich nehme an, sie sollte in Sack und Asche gehen oder doch wenigstens halb Trauer tragen.«

»Man hat mich mit einer schriftlichen Einladung beehrt, aber ich gehe selbstverständlich nicht hin.«

»Und warum nicht?«

Jane schaute ihn überrascht an. »Du gehst doch auch nicht.«

»Das ist was anderes. Ich würde, wenn ich du wäre. Sieh mal, dir ist es ja egal, was ihr Vater getan hat.«

»Das ist mir absolut nicht egal.«

»Doch, das ist es. Und all diese kleinen Gemeinheiten ziehen das Ganze nur in den Schmutz. Warum lassen sie sie nicht in Ruhe? Sie ist jung und hübsch, und sie hat nichts Schlechtes getan.«

Später in derselben Woche traf er Alida auf dem Ball der Hannans, wobei ihm auffiel, daß viele Männer mit ihr tanzten. Er sah, wie sich ihre Lippen bewegten, hörte ihr Lachen, fing ab und zu ein von ihr gesprochenes Wort auf; er ertappte sich dabei, wie er unweigerlich seine Partnerinnen hinter ihr her führte. Er beneidete die Besucher der Stadt, die nicht wußten, wer sie war.

Am Abend des Rikker-Balles ging er zu einem kleinen Dinner; bevor sie sich zu Tisch setzten, wurde ihm klar, daß alle anderen Gäste vorhatten, nachher zu den Rikkers zu gehen. Sie sprachen darüber wie über ein komisches Abenteuer; bestanden darauf, er solle mitkommen.

»Auch wenn du nicht eingeladen bist – das geht schon in Ordnung«, versicherten sie ihm. »Uns hat man gesagt, man kann mitbringen, wen man will. Dort ist open-house; es verpflichtet dich zu überhaupt nichts. Norma Nash geht hin, und sie hat Alida Rikker auch nicht zu ihrer Party eingeladen. Außerdem ist sie wirklich sehr nett. Mein Bruder ist ganz verrückt nach ihr. Mutter sorgt sich fast zu Tode, weil er sagt, er will sie heiraten.«

In dem Moment, da seine Hand den nächsten Highball umfaßte, wußte Forrest, daß er, falls er ihn austrank, wahrscheinlich hingehen würde. All seine Gründe, nicht hinzugehen, kamen ihm alt und abgenutzt vor, und fatalerweise kam er sich langsam selbst absurd vor.

Vergeblich versuchte er sich zu erinnern, welcher Sache er diente, doch es wollte ihm nicht gelingen. Sein Vater hatte in der Frage des Kennemore Clubs nachgegeben. Und jetzt plötzlich fand er Gründe, hinzugehen – Männer konnten gehen, wohin Frauen nicht gehen konnten.

»In Ordnung«, sagte er.

Der Ball der Rikkers fand im Ballsaal des Minnekada Hotels statt. Das Rikkersche Gold, dieses anrüchige, besudelte Gold, hatte die Gestalt eines Dschungels aus Palmen, Weinreben und Blumen angenommen. Die beiden Orchester wimmerten in Pergolas voller winziger Lämpchen, und vielfarbige Punktscheinwerfer bestrichen die Tanzfläche, berührten ein Buffet, wo dunkle Flaschen schimmerten. Das Empfangskomitee waltete immer noch seines Amtes, als Forrests Gruppe den Saal betrat, und Forrest grinste ironisch über die Aussicht, Chauncey Rikker die Hand zu geben. Beim Anblick Alidas jedoch, ihres Blickes, der endlich ganz offen auf ihn fiel, vergaß er alles andere.

»Ihr Bruder war so freundlich, mich einzuladen«, sagte er.

»Oh, ja.« Sie war höflich, aber unverbindlich; nicht im geringsten überwältigt von seiner Anwesenheit. Während er darauf wartete, mit ihren Eltern zu sprechen, zuckte er mit einem Mal zusammen, da er seine Schwester in einer Gruppe von Tanzenden ausmachte. Dann, einen nach dem anderen, entdeckte er lauter alte Bekannte: es hätte genausogut irgendein anderer der Weihnachts-Bälle sein können, von den jüngeren Mitgliedern der Gesellschaft fehlte kein einziges. Mit einem Mal realisierte er, daß er und Alida allein waren; das Empfangskomitee hatte sich aufgelöst. Alida sah ihn fragend und etwas amüsiert an.

Also tanzte er mit ihr auf die Tanzfläche hinaus, den Kopf hoch erhoben, wenn auch leicht schwindlig. Alles hätte er für möglich gehalten, nur nicht, daß er es sein würde, der Chauncey Rikkers Ball eröffnete.

III

Am nächsten Morgen überfiel ihn als erstes die Erinnerung, daß er sie geküßt hatte, und als zweites tiefempfundene Beschämung über sein Benehmen an diesem Abend. Der Herr stehe ihm bei, er war die Seele des Festes gewesen; er hatte mitgeholfen, den Kotillon durchzuführen. Von dem Augenblick an, da er hinaus auf die Tanzfläche tanzte, die überraschten und interessierten Blicke seiner Freunde kühl erwidernd, war er den Eindruck nicht mehr losgeworden, in eine ausweglose Situation geraten zu sein. Er bemühte sich intensiv um Alida Rikker, bis ein Freund ihn fragte, was wohl Jane dazu sagen würde. »Was geht das Jane an?« hatte er ungehalten zurückgefragt. »Wir sind schließlich nicht verlobt.« Allerdings fühlte er sich doch gezwungen, seine Schwester zu suchen und sie zu fragen, ob er noch gut aussehe.

»Scheinbar schon«, antwortete Eleanor, »aber im Zweifelsfall würde ich die Dosis nicht mehr erhöhen.«

Was er dann auch nicht tat. Äußerlich blieb er korrekt, seine Libido jedoch befand sich in einem Zustand wilder Extravertiertheit. Er setzte sich neben Alida Rikker und erzählte ihr, er liebe sie seit Monaten.

»Jede Nacht habe ich an Sie gedacht, bevor sie eingeschlafen sind.« Seine Stimme zitterte vor Unaufrichtigkeit. »Ich hatte Angst davor, Ihnen zu begegnen oder Sie anzusprechen. Manchmal sah ich Sie in weiter Ferne wie ein goldener Triumphwagen vorbeiziehen, und allein dadurch wurde das Leben schon lebenswert.«

Nach zwanzig Minuten solcher Eloquenz begann

sich Alida außerordentlich attraktiv vorzukommen. Sie war müde und ziemlich glücklich, und schließlich sagte sie:

»In Ordnung, Sie können mich küssen, wenn Sie wollen, aber es hat absolut nichts zu bedeuten. Dazu bin ich einfach nicht in der Stimmung.«

Doch Forrest hatte genug Stimmung für sie beide; er küßte sie, als stünden sie zusammen vor dem Altar. Wenig später hatte er Mrs. Rikker tiefbewegt für den schönsten Abend gedankt, den er je im Leben hatte erleben dürfen.

Es war Mittag, und gerade als er sich im Bett an eine aufrechte Haltung herantastete, kam Eleanor im Morgenmantel herein.

»Wie geht's dir?«

»Furchtbar.«

»Was ist damit, was du mir auf dem Heimweg im Auto gesagt hast? Willst du Alida Rikker tatsächlich heiraten?«

»Nicht heute morgen.«

»Dann ist's ja gut. Jetzt paß mal auf: Die Familie ist außer sich.«

»Warum das denn?« fragte er reichlich überflüssigerweise.

»Weil wir beide da waren. Vater hat erfahren, daß du den Kotillon angeführt hast. Ich hatte ja die Ausrede, daß meine Dinnerparty hinging und ich deshalb auch hin mußte; aber dann bist du auch noch hingegangen!«

Forrest zog sich an und ging hinunter zum Sonntagstisch.

Über der Tafel schwebte eine Atmosphäre geduldiger, verwirrter, weltfremder Enttäuschung. Schließlich nahm Forrest einen Anlauf:

»Also, wir waren gestern abend auf Al Capones Party und haben uns sehr gut amüsiert.«

»Das habe ich gehört«, sagte Pierce Winslow trokken. Mrs. Winslow sagte nichts.

»Alle waren dort – die Kayes, die Schwanes, die Martins, und die Blacks. Von nun an sind die Rikkers Säulen der Gesellschaft. Jedes Haus steht ihnen offen.«

»Dieses Haus nicht«, sagte seine Mutter. »In dieses Haus hier kommen sie nicht herein.« Und nach einer kleinen Pause: »Willst du denn gar nichts essen, Forrest?«

»Nein, danke. Ich meine, doch, ich esse schon.« Er sah vorsichtig auf seinen Teller hinunter. »Das Mädchen ist sehr nett. In der ganzen Stadt gibt es kein Mädchen mit besseren Manieren oder mehr Herz. Wenn die Dinge noch so wären wie vor dem Krieg, würde ich sagen – –«

Er konnte sich nicht genau vorstellen, was er gesagt haben würde; er wußte nur, daß er jetzt einen völlig anderen Pfad eingeschlagen hatte als seine Eltern.

»Diese Stadt war kaum mehr als ein Dorf vor dem Krieg«, sagte die alte Mrs. Forrest.

»Forrest meint den Weltkrieg, Oma«, sagte Eleanor.

»Es gibt nun mal Dinge, die sich nicht ändern«, sagte Pierce Winslow. Er und Forrest dachten beide an die Sache mit dem Kennemore Club, und da er sich schuldig fühlte, verlor der ältere Mann die Beherrschung:

»Wenn Leute anfangen, zu den Partys von verurteilten Verbrechern zu gehen, dann stimmt etwas mit ihnen überhaupt nicht mehr.«

»Wir wollen bei Tisch nicht weiter darüber sprechen«, sagte Mrs. Winslow hastig.

Gegen vier Uhr wählte Forrest oben in seinem Zimmer eine Telefonnummer. Seit geraumer Zeit war er sich im klaren darüber gewesen, daß er eine bestimmte Nummer anrufen würde.

»Ist Miss Rikker zu Hause?... Oh, hallo. Hier spricht Forrest Winslow.«

»Wie geht's?«

»Schrecklich. Es war eine schöne Party.«

»Nicht wahr?«

»Zu schön, ja. Was machst du denn gerade?«

»Zwei schlimme Kater bei Laune halten.«

»Würdest du mich nicht auch gleich noch bei Laune halten?«

»Aber ja doch. Komm nur herüber.«

Die beiden jungen Männer schafften es nur noch, zu stöhnen und sentimentale Platten auf dem Grammophon zu spielen, aber sie gingen schon bald wieder; das Feuer flackerte auf, der Tag erlosch hinter den Fenstern, und Forrest goß sich Rum in den Tee.

»Also haben wir uns doch noch getroffen«, sagte er.

»An der Verzögerung hast du allein schuld.«

»Verdammte Vorurteile«, sagte er. »Das hier ist eine konservative Stadt, und weil dein Vater in diese Schwierigkeiten geraten war – –«

»Ich kann mit dir nicht über meinen Vater diskutieren.«

»Verzeih. Ich wollte damit nur sagen, daß ich mir in

letzter Zeit wie ein Idiot vorgekommen bin, nicht mit dir befreundet zu sein. Mich selber um das Vergnügen betrogen zu haben, mit dir befreundet zu sein, nur wegen so dummer Vorurteile«, ritt er sich immer tiefer hinein. »Also habe ich beschlossen, meinen eigenen Instinkten zu folgen.«

Plötzlich stand sie auf. »Leben Sie wohl, Mr. Winslow.«

»Was? Warum?«

»Weil es absurd von Ihnen ist, hierherzukommen, als täten Sie mir damit einen Gefallen. Und mich an die Schwierigkeiten meines Vaters zu erinnern, nachdem Sie unsere Gastfreundschaft genossen haben, zeugt ganz einfach von schlechten Manieren.«

Er war auf den Beinen, fürchterlich aufgeregt. »Das habe ich doch damit nicht gemeint. Ich habe doch nur gesagt, daß ich mal so gedacht habe und daß ich mich selbst dafür verachte. Bitte, sei mir nicht böse.«

»Dann sei du nicht so überheblich.« Sie setzte sich wieder in ihren Sessel. Ihre Mutter kam herein, blieb nur einen Moment und warf Forrest im Hinausgehen einen halb nachtragenden, halb mißtrauischen Blick zu. Doch ihr Erscheinen hatte die beiden wieder zusammengebracht, und sie unterhielten sich lange und offen miteinander.

»Ich müßte schon längst oben sein und mich umziehen.«

»Ich hätte schon vor einer Stunde gehen müssen, aber ich kann einfach nicht.«

»Ich auch nicht.«

Mit diesem Geständnis waren sie weit vorangekommen.

An der Tür küßte er ihre nicht widerstrebenden Lippen, wonach er auf dem Heimweg wirkungslose Eimer voll Vernunft in die lodernden Flammen warf.

Keine zwei Wochen später geschah es. In einem Wagen im Schneesturm überschüttete er sie mit seiner Anbetung, während sie sich gegen seine Brust lehnte und seufzte, »Oh, ich auch – ich auch.«

Forrests Familie wußte längst, wo er seine Abende verbrachte; es herrschte eine verängstigte kühle Atmosphäre, und eines Morgens sagte seine Mutter:

»Mein Sohn, du willst dich doch nicht an irgendein Mädchen wegwerfen, das unter deinem Niveau ist. Ich hatte geglaubt, du würdest dich für Jane Drake interessieren.«

»Fang nicht damit an. Darüber will ich nicht reden.«

Doch das war nur ein Aufschub. Inzwischen blieben die Tage dieses Februars weiß und magisch, die Nächte sternenübersät und kristallklar. Die Stadt lag unter einer kalten Pracht; der Duft ihrer Pelze war Weihrauch, ihre glühenden Wangen Flammen auf dem Altar des Nordens.

Ein ekstatischer Pantheismus für sein Land und dessen Klima stieg in ihm hoch. Sie hatte ihn zu guter Letzt zu ihm zurückgeführt; jetzt würde er für immer hier leben.

»Ich will dich so sehr, daß mich nichts aufhalten kann«, sagte er zu Alida. »Aber ich bin meinen Eltern etwas schuldig, das ich dir nicht erklären kann. Sie haben mehr getan als nur Geld für mich ausgegeben; sie haben versucht, mir etwas Immaterielleres mitzugeben – etwas, das ihre Eltern ihnen mitgegeben hatten und von dem sie glaubten, daß es wert sei, weitergegeben zu werden. Offensichtlich hat es bei mir nicht angeschlagen, aber ich muß es ihnen so einfach wie nur möglich machen.« Er merkte ihrem Gesicht an, daß er sie verletzt hatte. »Liebling – –«

»Oh, ich habe einfach Angst, wenn du so redest«, sagte sie. »Machst du mir später einmal Vorwürfe? Das wäre entsetzlich. Du mußt diese fixe Idee loswerden, du tätest irgend etwas Falsches. Meine Maßstäbe sind genauso hoch wie deine, und ich kann nicht mit den Sünden meines Vaters auf den Schultern neu anfangen.« Sie dachte einen Moment lang nach. »Du wirst es niemals schaffen, alles miteinander in Einklang zu bringen wie im Märchen. Du mußt dich entscheiden. Wahrscheinlich mußt du entweder deiner Familie wehtun oder mir.«

Vierzehn Tage später brach im Hause Winslow das Gewitter los. Pierce Winslow kam voll unterdrückter Wut nach Hause und konferierte hinter verschlossenen Türen mit seiner Frau. Danach klopfte sie an Forrests Tür.

»Deinem Vater ist heute etwas sehr Peinliches passiert. Chauncey Rikker hat ihn im Downtown Club angesprochen und so getan, als würde zwischen dir und seiner Tochter ein gewisses Einverständnis herrschen. Dein Vater hat ihn stehenlassen, aber wir müssen es doch sicher wissen. Meinst du es ernst mit Miss Rikker?«

»Ich möchte sie heiraten«, sagte er.

»Oh, Forrest!«

Sie sprach lange auf ihn ein, rekapitulierte, als blicke sie auf eine Ära von Jahrhunderten zurück, die achtzig Jahre, die seine Familie mit der Stadt identifiziert worden war; als sie von diesem Thema zur Gesundheit seines Vaters überwechselte, unterbrach Forrest sie:

»Das hat alles so gar nichts mit der Sache zu tun, Mutter. Wenn man Alida persönlich nur das geringste vorwerfen könnte, würde das, was du sagst, ein gewisses Gewicht haben, doch da ist nichts.«

»Sie ist aufgedonnert; sie treibt sich mit jedem herum – –«

»Sie unterscheidet sich in nichts von Eleanor. Sie ist eine vollkommene Dame, in jeder Hinsicht. Ich komme mir vor wie ein Idiot, wenn ich über sie hier so diskutiere. Ihr habt ja nur Angst, daß es euch in irgendeiner Weise mit den Rikkers in Verbindung bringen könnte.«

»Davor habe ich keine Angst«, sagte seine Mutter indigniert. »Nichts könnte das. Ich habe nur Angst davor, daß es dich von all den Dingen trennt, auf die es ankommt, von all jenen, die dich lieben. Es ist einfach nicht fair von dir, unser Leben so durcheinanderzubringen, uns diesem schändlichen Klatsch auszuliefern – –«

»Ich werde wahrscheinlich das Mädchen aufgeben, das ich liebe, nur weil ihr Angst habt vor ein bißchen Klatsch.«

Die Kontroverse fand am folgenden Tag ihren Fortgang, mit Pierce Winslow am Rednerpult. Sein Argument lautete, er stamme aus dem traditionsreichen Kentucky, es habe ihm immer zu schaffen gemacht, daß er einer Pionierfamilie aus Minnesota einen Sohn gezeugt hätte, und jetzt sei genau das eingetreten, was er sich im Grunde hätte denken können. Forrest fand den Standpunkt seiner Eltern oberflächlich und unaufrichtig. Nur wenn er außer Haus war und ihren Wünschen zuwiderhandelte, empfand er so etwas wie Gewissensbisse. Allerdings hatte er stets den Eindruck, daß sich etwas Wertvolles immer stärker abnutzte – sein jugendliches Gefühl von Kameradschaft für seinen Vater und seine Liebe und sein Vertrauen zu seiner Mutter. Stunde um Stunde sah er die Vergangenheit unwiederbringlich zerfallen, und außer in Alidas Gesellschaft war er zutiefst unglücklich.

An einem Tag im Frühling, als die Situation unerträglich geworden war und die Hälfte aller Mahlzeiten im Familienkreis wortlos eingenommen wurde, hielt Forrests Urgroßmutter ihn auf dem Treppenabsatz auf. Sie legte ihm ihre Hand auf den Arm.

»Hat dieses Mädchen wirklich einen guten Charakter?« fragte sie, wobei ihre scharfen, klaren, alten Augen fest in die seinen blickten.

»Ja, natürlich, Großmama.«

»Dann heirate sie.«

»Warum sagst du mir das?« fragte Forrest neugierig.

»Es würde diesem ganzen Unsinn ein Ende setzen, und wir hätten endlich wieder Ruhe. Und ich habe mir überlegt, daß ich gerne noch Ururgroßmutter werden würde, bevor ich sterbe.«

Ihr ungeschminkter Egoismus gefiel ihm bedeutend besser als die betonte Rechtschaffenheit der anderen. An diesem Abend beschlossen er und Alida, am ersten Juni zu heiraten und gaben die Anzeige telefonisch an die Zeitungen durch.

Jetzt brach das Gewitter erst richtig los. Die Crest Avenue hallte wider von Klatschgeschichten – wie Mrs. Rikker Mrs. Winslow besuchen wollte, die nicht zu Hause war. Wie Forrest in den University Club umgezogen war. Wie Chauncey Rikker und Pierce Winslow sich im Downtown Club öffentlich gestritten hatten.

Es stimmte, daß Forrest in den University Club umgezogen war. An einem Maiabend, als schon sommerliche Geräusche an den Fliegengittern vor den Fenstern hängenblieben, packte er seine Koffer in dem Zimmer, in dem er als Junge gelebt hatte. Seine Kehle schnürte sich ihm zusammen; er verschmierte sich mit seiner staubigen Hand das Gesicht, als er eine Reihe von Golfpokalen vom Kaminsims nahm, und sagte erstickt zu sich selbst: »Wenn sie Alida nicht wollen, dann sind sie nicht mehr meine Familie.«

Während er fertig packte, kam seine Mutter herein.

»Du gehst doch nicht wirklich.« Ihre Stimme klang niedergeschlagen.

»Ich ziehe in den University Club.«

»Das ist doch so unnötig. Niemand redet dir hier drein. Du kannst tun und lassen, was du willst.«

»Ich kann Alida nicht hierherbringen.«

»Vater – –«

»Zur Hölle mit Vater!« sagte er heftig.

Sie setzte sich neben ihn aufs Bett. »Bleib doch, Forrest. Ich verspreche dir, daß ich nicht mehr mit dir streite. Aber bleib hier.«

»Ich kann nicht bleiben.«

»Und ich kann dich nicht gehen lassen!« jammerte sie. »Es scheint ja, als würden wir dich vor die Tür setzen, und das tun wir doch gar nicht!«

»Du meinst wohl, es sieht so aus, als würdet ihr mich vor die Tür setzen.«

»Das meine ich nicht.«

»Doch, das tust du. Und ich will dir noch was sagen: Ich glaube nicht, daß Chauncey Rikkers moralischer Charakter dich und Vater auch nur im geringsten kümmert.«

»Das ist nicht wahr, Forrest. Ich hasse Menschen, die sich schlecht verhalten und die Gesetze brechen. Mein eigener Vater hätte Chauncey Rikker nie – –«

»Ich rede nicht von deinem Vater. Aber dir und meinem Vater ist es vollkommen gleichgültig, was Chauncey Rikker getan hat. Ich wette, du weißt nicht einmal, was es eigentlich war.«

»Natürlich weiß ich das. Er hat Geld gestohlen und ist ins Ausland gegangen, und als er zurückkam, haben sie ihn ins Gefängnis gesteckt.«

»Sie haben ihn wegen Mißachtung des Gerichts ins Gefängnis gesteckt.«

»Jetzt verteidigst du ihn, Forrest.«

»Das tue ich nicht! Ich hasse den Mann; er ist zweifellos ein Gauner. Aber ich sage dir, es war ein Schock für mich, erkennen zu müssen, daß Vater keinerlei Prinzipien hat. Er und seine Freunde sitzen im Downtown Club herum und zerreißen sich die Mäuler über Chauncey Rikker, aber wenn es darauf ankommt, ihn aus einem Club herauszuhalten, bekommen alle urplötzlich ein schwaches Rückgrat.«

»Das war doch eine Lappalie.«

»Nein, absolut nicht. Keiner der Männer in Vaters Alter hat irgendwelche Prinzipien. Ich weiß nicht, warum. Ich bin immer bereit, auf eine ehrliche Überzeugung Rücksicht zu nehmen, aber ich bin nicht bereit, mich von jemandem ausbuhen zu lassen, der überhaupt keine Prinzipien hat und einfach nur so tut, als hätte er welche.«

Seine Mutter saß hilflos da, denn sie wußte, daß seine Worte zutrafen. Sie und ihr Mann und all ihre Freunde hatten keinerlei Prinzipien. Sie waren gut oder schlecht, je nach Charakter; oft nahmen sie Haltungen ein, an die sie sich noch aus der Vergangenheit erinnerten, doch sie waren sich nie so sicher, wie ihr eigener Vater oder Großvater sich sicher gewesen war. Verwirrt vermutete sie, es könnte etwas mit Religion zu tun haben. Wie aber bekam man Prinzipien, einfach nur weil man sie sich wünschte? Das Hausmädchen meldete die Ankunft eines Taxis.

»Sagen Sie Olsen, er möchte mein Gepäck hinunterbringen«, sagte Forrest; dann zu seiner Mutter: »Ich nehme nicht das Coupé; ich lasse die Schlüssel hier. Ich nehme nur meine Sachen mit. Ich hoffe doch, Vater läßt mich meinen Job in der Stadt behalten.«

»Forrest, sprich nicht so. Glaubst du denn, dein Vater würde dir deinen Lebensunterhalt nehmen, was auch immer du getan hast?«

»Sowas soll schon vorgekommen sein.«

»Du bist hart und schwierig«, weinte sie. »Bitte, bleib noch ein bißchen hier, und vielleicht werden die Dinge dann ja besser, und Vater wird etwas versöhnlicher. Oh, bleib doch, bleib doch! Ich spreche auch nochmal mit Vater. Ich will tun, was ich kann, um die Dinge einzurenken.«

»Darf ich Alida hierherbringen?«

»Nicht jetzt. Frag mich doch sowas nicht. Ich könnte es einfach nicht ertragen, wenn –«

»In Ordnung«, sagte er grimmig.

Olsen kam, das Gepäck zu holen. Weinend hielt seine Mutter ihn auf dem Weg zur Haustür am Jackenärmel fest.

»Willst du Vater nicht Lebewohl sagen?«

»Warum denn? Ich sehe ihn doch morgen im Büro.«

»Forrest, ich habe mir überlegt – warum gehst du nicht in ein Hotel statt in den University Club?«

»Warum? Ich dachte, da hätte ich es gemütlicher –« Plötzlich ging ihm auf, daß seine Anwesenheit in einem Hotel weit weniger auffällig sein würde. Er schluckte seine Bitterkeit hinunter, gab seiner Mutter einen rauhen Kuß und ging hinaus zum Taxi.

Es stoppte unerwartet bei der Straßenlaterne an der Ecke, auf einen Ruf vom Bürgersteig hin, und die Mai-Dämmerung gab Alida frei, die elend und blaß aussah.

»Was ist denn los?« wollte er wissen.

»Ich mußte einfach kommen«, sagte sie. »Fahr nicht weiter. Ich habe darüber nachgedacht, daß du meinetwegen dein Elternhaus verläßt und wie sehr du deine Familie liebst – so, wie ich meine gern lieben würde –, und ich dachte, wie schrecklich es ist, das alles zu zerstören. Hör zu, Forrest! Warte doch! Ich möchte, daß du zurückgehst. Ja, wirklich. Wir können warten. Wir haben einfach kein Recht, so vielen Menschen weh zu tun. Wir sind noch jung. Ich gehe für eine Weile weg, und dann sehen wir weiter.«

Er zog sie an den Schultern zu sich heran.

»Du hast mehr Prinzipien als die ganze Bande zusammen«, sagte er. »Oh, mein Mädchen, du liebst mich, und, Gott, es ist gut, daß du mich liebst!«

IV

Es sollte eine Haustrauung werden, nachdem sich Forrest und Alida erfolgreich gegen die Idee der Rikkers zur Wehr gesetzt hatten, das Ereignis zu einer Art öffentlicher Revanche zu machen. Nur einige wenige enge Freunde waren geladen.

In der Woche vor der Hochzeit schloß Forrest aus einer Reihe unschlüssiger und unklarer Telefonanrufe, daß seine Mutter an der Zeremonie teilnehmen wollte, wenn irgend möglich. Manchmal hoffte er leidenschaftlich, sie würde kommen; dann wieder erschien es ihm völlig bedeutungslos.

Die Trauung sollte um sieben stattfinden. Um fünf Uhr schritt Pierce Winslow zwischen den beiden miteinander verbundenen Wohnzimmern seines Hauses hin und her.

»Heute abend«, murmelte er, »wird mein einziger Sohn mit der Tochter eines Gauners verheiratet.«

Er dachte laut, damit er diesen Worten lauschen konnte, aber sie waren in den vergangenen paar Monaten so häufig beschworen worden, daß sie keinerlei Kraft mehr besaßen und dünn in der Luft erstarben.

Er ging zum Fuß der Treppe und rief: »Charlotte!« Keine Antwort. Er rief noch einmal und ging dann ins Eßzimmer, wo das Mädchen den Tisch deckte.

»Ist Mrs. Winslow ausgegangen?«

»Ich habe sie noch nicht zurückkommen sehen, Mr. Winslow.«

Im Wohnzimmer nahm er seine Wanderung wieder auf; unbewußt ging er wie sein Vater, der Richter, der seit dreißig Jahren tot war; er ließ seinen toten Vater durch das Zimmer auf und ab marschieren.

»Du kannst diese Frau nicht in dieses Haus bringen, damit sie deine Mutter kennenlernt. Schlechtes Blut ist schlechtes Blut.«

Das Haus schien ungewöhnlich still. Er ging in den oberen Stock und warf einen Blick in das Zimmer seiner Frau, aber sie war nicht da; die alte Mrs. Forrest war leicht indisponiert. Eleanor, das wußte er, war bei der Trauung.

Als er die Treppe wieder hinunterging, tat er sich selbst aus tiefstem Herzen leid. Er kannte seine Rolle – den Abend wie gewohnt zu verbringen, um die Hochzeit demonstrativ mit Mißachtung zu strafen – doch er benötigte Unterstützung, Menschen, die ihn anflehten, nachzugeben, oder solche, die seinem verletzten Zartgefühl den nötigen Respekt erwiesen. Isoliert zu sein war etwas Neues; es war beinahe das erste Mal, daß er sich isoliert fühlte, und wie alle Menschen, die in erster Linie Gruppenmitglieder, Herdentiere sind, war auch er aufgrund der unvermeidlichen Einsamkeit, die sie mit sich brachte, unfähig zur Kompromißlosigkeit. Er konnte sich allenfalls zu denen hingezogen fühlen, die diese Fähigkeit besaßen.

»Womit habe ich das verdient?« wollte er von dem Steh-Aschenbecher wissen. »Was habe ich versäumt für meinen Sohn zu tun, was zu tun in meiner Macht stand?«

Das Mädchen kam herein. »Mrs. Winslow hat Hilda gesagt, daß sie zum Abendessen nicht hier sein würde, aber Hilda hatte es mir nicht gesagt.«

Damit war die Schande vollkommen. Seine Frau

war schwach geworden, ließ ihn total im Stich. Einen Moment lang erwartete er, fürchterlich wütend auf sie zu sein, aber er war es nicht; er hatte all seine Wut damit aufgebraucht, sie anderen zu zeigen. Auch trieb es ihn nicht zu noch größerer Halsstarrigkeit, noch größerer Entschlossenheit; er kam sich dadurch einfach nur wie ein Narr vor.

»Das ist es. Ich bin der Sündenbock. Forrest verzeiht mir sein Leben lang nicht, und Chauncey Rikker lacht sich ins Fäustchen.«

Er marschierte wütend auf und ab.

»Also bin ich der Dumme. Sie werden sagen, ich wäre ein alter Muffel, und mich ganz aufs Abstellgleis schieben. Sie haben mich besiegt. Ich schätze, ich könnte es genausogut auch mit Anstand tragen.« Entsetzt schaute er auf den Hut hinunter, den er in der Hand hielt. »Ich kann's nicht – ich kann mich nicht dazu überwinden, aber ich muß. Schließlich ist er mein einziger Sohn. Ich könnte es nicht ertragen, wenn er mich hassen würde. Er ist nun mal entschlossen, sie zu heiraten, also kann ich genausogut gute Miene zum bösen Spiel machen.«

Unvermittelt blickte er alarmiert auf seine Uhr, aber er hatte noch Zeit. Schließlich und endlich überwand er sich zu einer großzügigen Geste, indem er seine Prinzipien in dieser Art und Weise opferte. Niemand würde je wissen, was ihn das kostete.

Eine Stunde später erwachte die alte Mrs. Forrest aus ihrem Schlummer und klingelte nach dem Mädchen.

»Wo ist Mrs. Winslow?«

»Sie ist zum Abendessen nicht hier. Alle sind fort.«

Die alte Dame erinnerte sich.

»O ja, sie sind alle drüben, um zu heiraten. Geben Sie mir meine Brille und das Telefonbuch... Also, ich frage mich nur, wie man Capone buchstabiert.«

»Rikker, Mrs. Forrest.«

Wenige Minuten später hatte sie die Nummer. »Hier spricht Mrs. Hugh Forrest«, sagte sie mit fester Stimme. »Ich möchte die junge Mrs. Forrest Winslow sprechen... Nein, nicht Miss Rikker; Mrs. Forrest Winslow.« Da zu diesem Zeitpunkt eine Person dieses Namens noch nicht existierte, erwies sich das als unmöglich. »Dann rufe ich nach der Trauung noch einmal an«, sagte die alte Dame.

Als sie zum zweiten Mal anrief, nach einer Stunde, kam die Braut an den Apparat.

»Hier spricht Forrests Urgroßmutter. Ich rufe nur an, um euch alles Glück der Welt zu wünschen und dich zu bitten, mich zu besuchen, wenn ihr von eurer Reise zurück seid, und ich dann noch lebe.«

»Das ist sehr lieb von Ihnen, daß Sie anrufen, Mrs. Forrest.«

»Paß schön auf Forrest auf und laß ihn nicht so ein Tropf werden wie sein Vater und seine Mutter. Gott segne dich.«

»Dankeschön.«

»Gut. Auf Wiedersehen, Miss Capo -- Auf Wiedersehen, mein Liebes.«

Mrs. Forrest legte den Hörer auf. Sie hatte ihre ganze Pflicht getan.

Der ungedeckte Scheck

I

Als Val einundzwanzig war, erzählte ihm seine Mutter von ihrer Absicht, zum vierten Mal den Schritt in den heiligen Stand der Ehe zu wagen. »Ich dachte mir, ich könnte genausogut wieder jemanden für mich allein haben.« Sie sah ihn vorwurfsvoll an: »Mein Sohn scheint ja äußerst wenig Zeit für mich zu haben.«

»Na gut«, sagte Val ohne besonderes Interesse, »aber nur, wenn er nicht bekommt, was von deinem Geld noch übrig ist.«

»Er hat ja selber ein bißchen was. Wir fahren nach Europa, und während dieser Zeit lasse ich dir fünfundzwanzig Dollar pro Monat auszahlen für den Fall, daß du deine Stellung verlierst. Und noch was – –« Sie zögerte. »Ich habe dafür gesorgt, daß man dich, falls du – ich meine, falls dir irgendwas passieren sollte«, sie lächelte entschuldigend, »natürlich wird nichts passieren, aber man kann ja nie wissen –, also daß man deine sterblichen Überreste in der Leichenhalle lagert, bis ich zurück bin. Ich meine, ich habe nicht genug Geld, um so schnell nach Hause zu kommen... Verstehst du, ich habe versucht, an alles zu denken.«

»Ich verstehe«, lachte Val. »Natürlich ist die Vorstellung von sich selbst auf Eis alles andere als begeisternd. Aber ich bin froh, daß du an alles gedacht hast.« Er überlegte einen Moment. »Ich glaube, daß ich diesmal, wenn es dir nichts ausmacht, meinen Namen behalten werde – oder vielmehr deinen Namen – oder vielmehr den Namen, den ich jetzt benutze.«

Sein gesellschaftlicher Aufstieg hatte mit diesem Namen begonnen – drei Jahre zuvor hatte er ihm die Vermessenheit verliehen, durch ein gewisses Steintor zu treten. Es gab einen Augenblick, da er, hätte sein Name Jones gelautet, nicht hindurchgetreten wäre, und doch war sein Name Jones; er hatte den Namen Schuyler von seinem zweiten Stiefvater angenommen.

Das Tor gab den Blick auf einen herrlichen Rasen frei, über den sich Auffahrten schlängelten, um einen in der Mitte angeketteten zahmen Bären herum – und auf ein imposantes, phantastisches, maßloses Haus mit Türmen, Flügeln, Giebeln und Veranden, einem Treibhaus, Tennisplätzen, einer Manege für Ponys und einem leeren Schwimmbecken. Der Gärtner, damit beschäftigt, einige stolze, privilegierte Rosen zu pflegen, schwenkte ihm den Kopf seiner Tabakspeife entgegen.

»Die Mortmains kommen bald?« fragte Val.

Vals Stimme war kultiviert – im wahrsten Sinne des Wortes, denn er hatte sie selbst kultiviert. Der Gärtner konnte sich nicht entscheiden, ob er ein Freund war oder ein Eindringling.

»Sie kommen Freitag nachmittag«, gab er zu.

»Für den ganzen Sommer?«

»Weiß nicht. Vielleicht für eine Woche; vielleicht für drei Monate. Kann man bei ihnen nie wissen.«

»Es war eine Schande, daß dieses wunderschöne Haus die ganze letzte Saison leerstand.«

Er schlenderte gelassen weiter, um den aristokratischen Staub zu schnuppern, der in Wolken aus den offenen Fenstern im Erdgeschoß drang. Wo keine Hausmädchen beim Saubermachen waren, ging er nah heran und äugte hinein.

»Das ist es, hier gehöre ich hin«, dachte er.

Der Anblick von Hunden bei den Stallungen brachte ihn von der Idee weiterer Vorstöße ab; dann, im Weggehen, verabschiedete er sich so wohlwollend von dem Gärtner, daß der Mann an seine Mütze tippte.

Nach seinem angenommenen Namen ergab sich der nächste glückliche Umstand in seiner Begegnung mit den Mortmains vier Tage später während der Zugfahrt von New York. Sie saßen auf der anderen Seite des Durchgangs; er wartete ab. Schon bald bot sich eine Gelegenheit, und indem er sich zu ihnen hinüberlehnte, legte er mit genau dem angebrachten amüsierten Lächeln seinen Köder aus:

»Verzeihen Sie, aber der Tennisplatz ist fertig gejätet, nur ist im Pool noch kein Wasser – zumindest war am Montag noch keins drin.«

Sie waren verblüfft – was unvermeidlich war; man konnte Leute nicht einfach so überfallen, ohne ein bißchen durchsichtigen Stoff zu zerreißen, doch Val ging so schnell vor, daß er sich schon wenige Minuten später sicher auf der anderen Seite befand.

»– – war durch Zufall in der Nähe und fand es so schön dort, daß ich einfach hineinspaziert bin. Wunderschön dort – bezaubernd.«

Er war achtzehn und großgewachsen mit blauen Augen und sandfarbenem Haar, und er ließ in Mrs.

Mortmain den Wunsch aufkeimen, ihre eigenen Kinder hätten so gute Manieren.

»Leben Sie in Beardsly?« erkundigte sie sich.

»Ganz in der Nähe.« Val deutete in keiner Weise an, daß sie zu den »Strandhaus-Leuten« am Meer gehörten, im Unterschied zu den »Landsitz-Leuten« weiter hinten in den Hügeln.

Das Gesicht der jungen Ellen Mortmain betrachtete ihn mit jenem ansteckenden Enthusiasmus, der später eine berühmte Gesichtscreme lancieren sollte. Ihre kindliche Schönheit wirkte wehmütig und traurig darüber, so reich und erst sechzehn zu sein. Auch Mrs. Mortmain mochte ihn; genau wie Mademoiselle und der Papagei und die Zwillinge. Alle mochten ihn, außer Ellens Cousine Mercia Templeton, die schüchtern war und sich irgendwie ausgeschlossen fühlte. Bis Mrs. Mortmain herausfand, daß er ein Niemand war, hatte sie ihn bereits akzeptiert, zumindest als Sommerbekanntschaft. Sie stattete sogar Vals Mutter einen Besuch ab und befand anschließend, sie sei »eine nervöse, prätentiöse kleine Person.« Mrs. Mortmain wußte, daß Ellen Val anbetete, aber Val kannte seinen Platz, wofür sie ihm dankbar war. So erhielt er sich die Freundschaft der Familie über die folgenden Jahre hinweg – seine eigentlichen Lehrjahre.

Durch die Mortmains lernte er andere junge Leute kennen, bis er eines Herbstes auf den Listen mit den Namen jener jungen Männer landete, die für große Bälle in New York in Frage kamen. Als Folge davon bildete die »Karriere«, die er in einem Maklerbüro verfolgte, nichts weiter als einen Pausenfüller zwischen unzähligen Debütantinnenparties im Ritz oder im

Plaza, auf denen er vor Überschwang pulsierend seine Rolle als ungebundener Tanzpartner spielte, wobei er sich selbst nur noch gelegentlich an die Laufburschen Percy und Ferdie erinnerte, die beiden glücklosen Helden eines Comicstrips. Das war auch in Ordnung so; seine gute Laune, sein Witz und seine guten Manieren verschafften ihm den Zutritt mehr als zu Recht. Was ihn zum Abenteurer stempelte, war die Tatsache, daß es ihm einfach nicht gelingen wollte, zu Geld zu kommen.

Nach seinen Begriffen gab er sich die größte Mühe, das Maklergeschäft zu erlernen, doch ihm fehlte einfach jeder Sinn dafür. Der geringste Zwischenfall im Büro fesselte sein Interesse eher als der Börsenbericht oder die Arbeit auf seinem Schreibtisch. Da war zum Beispiel Mr. Percy Wrackham, der Filialleiter, der seine Zeit damit verbrachte, Listen des Footballteams der Universität Princeton anzufertigen, inklusive sämtlicher erster und zweiter Ersatzspieler; an einem arbeitsreichen Morgen beispielsweise erstellte er eine vollständige Liste von Princetons Quarterbacks der letzten dreißig Jahre. Er war absolut unfähig, sich zu konzentrieren. Seine Schublade quoll über von solchen Listen. Also ließ Val, praktisch wehrlos gegen soviel schlechten Einfluß, allmählich jede Hoffnung fahren, sich je konzentrieren zu können, und legte statt dessen Listen von allen Mädchen an, die er schon mal geküßt hatte, allen Clubs, in denen er gerne Mitglied gewesen wäre, und von prominenten Debütantinnen.

Es war lustig, sich nach Feierabend im Kino an der neunundfünfzigsten Straße zu treffen, das sich hervorragend dazu eignete, darin den Nachmittag zu verbringen. Die jungen Leute saßen auf dem Balkon wie in einem Privatclub, sagten laut, was ihnen gerade einfiel, und trampelten anstelle von Applaus gegen die Rückenlehnen der Sitze vor ihnen. Schon bald kam eine Platzanweiserin herauf, die für eine Weile gepiesackt wurde – sie hetzte von einem Nest von Ruhestörern zum anderen, nur um dort jeweils lauter unschuldige, mucksmäuschenstille Zuschauer vorzufinden; doch schließlich ging der Kinoleitung auf, daß es besser war, derart verläßliche Kunden, wenn man sie schon einmal angezogen hatte, gewähren zu lassen.

Val machte Ellen gegenüber im Kino nie irgendwelche Annäherungsversuche, aber eines Tages erzählte er ihr von der bevorstehenden Wiederverheiratung seiner Mutter und ihren umsichtigen Vorkehrungen in bezug auf seine Leiche. Er übte eine ganz eigene Faszination auf sie aus, obwohl sie mittlerweile eine Debütantin mit sehr vermögenden Verehrern war, die die Sache mit dem Erobern voll stürmischer Intensität angingen. Doch Val nutzte den romantischen Kontrast zwischen seinen glänzenden Manieren und seinen glänzenden Anzügen nie aus.

»Das ist ja entsetzlich!« rief sie. »Liebt dich deine Mutter denn nicht?«

»Auf ihre Art wohl schon. Aber sie haßt mich auch, weil sie mich nicht besitzen konnte. Ich lasse mich von niemandem besitzen.«

»Was hältst du davon, an diesem Wochenende mit mir nach Philadelphia zu kommen?« fragte sie impulsiv. »Da findet ein Ball statt für meine Cousine Mercia Templeton.«

Sein Herz machte einen Sprung. Die Einladung zu

einem gesellschaftlichen Ereignis in Philadelphia bedeutete doch einiges mehr, als in den Klatschspalten unter ferner liefen erwähnt zu werden. Und dann noch mit Ellen Mortmain! Man würde sagen können: »Ja. Ich bin mit Ellen Mortmain hergefahren« oder »Ellen Mortmain hat mich gebeten, sie zu begleiten.«

Auf der Fahrt nach Philadelphia in einer Mortmainschen Limousine ergriff seine Rolle Besitz von ihm. Plötzlich wurde er eine völlig neue Persönlichkeit, »Val Schuyler aus New York«. Neben ihm strahlte Ellen im Schein der Morgensonne vor sich hin, weiß und dunkel, frisch und neu, sehr selbstsicher und doch irgendwie von ihm abhängig.

Seine Rolle erweiterte sich; jetzt gehörte dazu, in sie verliebt zu sein, als ihr hingebungsvoller Verehrer aufzutreten, als ein Verehrer mit Chancen. Und auf einmal war er wirklich in sie verliebt.

»Niemand war je so schön«, brach es aus ihm heraus. »Die ganze Saison hindurch hat man von dir gesprochen; alle sagen, daß seit Jahren kein Mädchen mehr debütiert hat, das so wirklich und wahrhaftig schön war wie du.«

»Val! Bist du nicht einfach göttlich? Du gibst mir ein wundervolles Gefühl!«

Das Kompliment erregte sie, und sie fragte sich, ob seine humorvolle Freundlichkeit in all den Jahren ein tieferes Gefühl für sie kaschiert hatte. Als sie ihm erzählte, daß sie in einem Monat nach London fahren würde, um bei Hofe vorgestellt zu werden, rief er:

»Was soll ich dann bloß ohne dich tun?«

»Du wirst schon zurechtkommen. In letzter Zeit haben wir uns ja auch nicht allzuoft gesehen.«

»Was kann ich denn dafür? Du bist reich, und ich bin arm.«

»Das spielt keine Rolle, wenn zwei Menschen wirklich – –« Sie brach ab.

»Natürlich spielt es eine Rolle«, sagte er. »Glaubst du denn, ich hätte überhaupt keinen Stolz?«

Stolz gehörte zwar nicht unbedingt zu seinen Tugenden, aber dennoch erschien er Ellen sehr stolz und sehr einsam, als er das sagte. Sie legte ihm ihre Hand auf den Arm.

»Ich komme doch zurück.«

»Ja, und wahrscheinlich als Verlobte des Prinzen von Wales.«

»Ich will gar nicht fahren«, sagte Ellen. »Ich war nie mehr so glücklich wie in jenem ersten Sommer. Beim Einschlafen und beim Aufwachen habe ich immer nur an dich gedacht. Jedesmal, wenn ich dich sehe, muß ich daran denken, und dann geschieht etwas mit mir.«

»Mit mir ja auch. Aber es scheint alles so hoffnungslos.«

Die intime Umgebung des Wagens, seine vier Wände, die sie einem neuen Abenteuer entgegenrissen, hatten sie näher zusammengebracht. So hatten sie noch nie zuvor miteinander gesprochen – und würden es in New York auch nie getan haben. Einen Augenblick lang klammerten sich ihre Hände aneinander, trafen sich ihre Blicke und verschwammen zu einem einzigen innigen Blick.

»Ich seh dich um sieben«, flüsterte sie, als sie ihn an seinem Hotel absetzte.

Er kam früh bei den Templetons an. Die weniger formelle Atmosphäre von Philadelphia bestärkte ihn noch in seiner gewichtigen Rolle des Val Schuyler aus New York, weshalb er die Runde durch den Saal mit der Selbstsicherheit eines Großherzogs machte. Abgesehen von seinem Namen und seinem makellosen Auftreten verlor sich die Wahrheit in der Anonymität einer Großstadt, und daß er Ellen Mortmains Begleiter war, machte seine Anwesenheit beinahe zum Besuch einer Berühmtheit. Ellen war noch nicht erschienen; er unterhielt sich mit einem nervösen Mädchen, das ein unglücklich ausgewähltes Kleid muskulös zu sprengen drohte. Mit einer Liebenswürdigkeit, die ihm ganz selbstverständlich war, versuchte er, ihr die Befangenheit zu nehmen.

»Ich bin etwas nervös«, sagte er. »Ich war noch nie in Philadelphia.«

»Ich bin noch nervöser, und ich lebe hier schon seit meiner Geburt.«

»Warum sind Sie's denn?«

»Nichts, woran ich mich festhalten könnte. Keine Zügel – nichts. Ich wünschte, ich könnte einen Spazierstock benutzen; Fächer gehen kaputt, wenn man zu unruhig wird.«

»Halten Sie sich an mir fest.«

»Ich würde Ihnen nur ein Bein stellen. Ich wünschte, es wäre schon alles vorbei.«

»Unsinn! Sie werden ganz sicher viel Spaß haben.«

»Nein, werde ich nicht, aber vielleicht gelingt es mir wenigstens, so zu tun, als ob.«

»Also, ich werde so oft mit Ihnen tanzen, wie ich Sie finden kann«, versprach er.

»Das ist es nicht. Viele Männer werden mit mir tanzen, schließlich ist es meine Party.«

Plötzlich erkannte Val das kleine Mädchen von vor drei Jahren wieder. »Oh, dann sind Sie Mercia Templeton.«

»Und Sie sind dieser Junge – –«

»Aber ja.«

Beide versuchten, angenehm überrascht auszusehen, aber schon nach kurzer Zeit gab Mercia auf.

»Wie waren wir einander unsympathisch«, seufzte sie. »Eine der schlechten Erinnerungen aus meiner Jugendzeit. Sie haben mich immer ganz kribbelig gemacht.«

»Ich werde Sie nie wieder kribbelig machen.«

»Sind Sie sicher?« sagte sie zweifelnd. »Sie waren damals sehr oberflächlich. Ihnen lag nur etwas an Äußerlichkeiten. Natürlich begreife ich jetzt, daß Sie mich ignoriert haben, weil ich nicht Mortmain hieß; aber damals dachte ich, Sie hätten zwischen Ellen und mir eine persönliche Wahl getroffen.«

Ärger stieg in Val auf; er haßte den Vorwurf der Oberflächlichkeit, außer er machte ihn sich selbst, im Scherz. In Wirklichkeit gab es Dinge, an denen ihm sehr viel lag, nur daß diese Dinge allgemein als trivial galten. Er war froh, als Ellen Mortmain den Saal betrat.

Sein Blick begegnete dem ihren, und dann folgte er den ganzen Abend lang dem strahlenden Engel in bläulichem Weiß, in den sie sich verwandelt hatte, fand sie durch störende Blumenarrangements hindurch bei Tisch, hinter verdeckenden schwarzen Rükken beim Tanz. Ihr wechselseitiger Blick sagte: »Du und ich zusammen zwischen all diesen fremden Menschen – wir verstehen uns.«

Sie tanzten so miteinander, daß andere Leute zu tanzen aufhörten, um ihnen zuzuschauen. Die Kunst des Tanzens beherrschte er bis zur Vollendung, und dieser Abend wurde ein Triumph. Sie schwebten derart einträchtig dahin, daß andere Verehrer eingeschüchtert murmelten: »Ja, aber sie ist verrückt nach diesem Schuyler, mit dem sie hergekommen ist.«

Irgendwann am frühen Morgen waren sie allein, ihr feuchter, duftiger junger Körper schmiegte sich in einem Wust lappig gewordenen Stoffs an ihn, und er küßte sie, indem er versuchte, dabei nicht an die Kluft zwischen ihnen zu denken. Doch ihre Gegenwart gab ihm die Kraft zu flüstern:

»Du wirst mir so fehlen.«

»Vielleicht fahre ich ja gar nicht. Ich will von dir nicht weggehen, niemals.«

War es vorstellbar, daß sie dieses ungeheure Risiko eingehen könnten? Der Gedanke kam ihnen beiden, und er kam auch Mercia Templeton, als sie an der Garderobentür vorbeiging und sie sah, gegen eine Kulisse aus anderer Leute Hüte und Mäntel gepreßt, eng umschlungen. Die Möglichkeit beschäftigte Val noch brennend, bevor er einschlief.

Am Morgen rief ihn Ellen in seinem Hotel an:

»Fühlst du dich immer noch so – wie wir beide heute nacht?«

»Ja, aber noch viel stärker«, antwortete er.

»Ich bringe Mercia dazu, hier unten im Hotel zu Mittag zu essen. Ich habe eine Idee. Es könnten noch ein paar andere dabei sein, aber wir können ja nebeneinander sitzen.«

Schließlich kamen noch neun andere, alles bekannte

Gesichter von der gestrigen Party. Val mußte an seine Mutter denken, als sie um zwei Uhr mit dem Essen begannen. Ihr Schiff lief um halb acht aus. Aber so dicht neben Ellen sitzend, vergaß er es eine Zeitlang.

»Ich habe ein bißchen herumgefragt«, flüsterte Ellen ihm zu, »ohne jemanden etwas merken zu lassen. Gleich hinter der Grenze zu Maryland gibt's ein Dorf, Elkton heißt es, wo es auch einen Pfarrer gibt, der ––«

Er war trunken von dem hochfliegenden Theater, das er sich selbst vorspielte.

»Warum nicht?« sagte er fest.

Wenn ihn doch bloß Mercia Templeton von weiter unten am Tisch her nicht so zynisch anstarren würde!

Der Ober brachte ihm die Rechnung. Val zuckte zusammen; er hatte nicht die geringste Absicht, die Zeche zu bezahlen, aber niemand sonst meldete sich; die Herren an seinem Tisch waren genauso jung wie er selbst und genauso daran gewöhnt, daß man für sie zahlte. Er schob die Rechnung auf den Schoß und sah sie sich an. Sie belief sich auf achtzig Dollar, und er besaß gerade neun Dollar und fünfundsechzig Cents. Erneut ließ er seinen Blick um den Tisch wandern – erneut sah er Mercia Templetons Augen mißtrauisch auf sich geheftet.

»Bringen Sie mir einen Blankoscheck«, sagte er.

»Jawohl, Sir.«

Nach einer Minute kam der Ober zurück.

»Darf ich Sie ins Büro des Geschäftsführers bitten?«

»Gewiß.«

Während er auf den Geschäftsführer wartete, schaute er kurz auf die Uhr. Es war dreiviertel vier; wenn er sich von seiner Mutter verabschieden wollte, mußte er innerhalb der nächsten Stunde aufbrechen. Auf der anderen Seite bot sich ihm hier die überwältigend größte Chance seines Lebens.

»Ich bemerke grade, ich bin etwas knapp«, sagte er in seiner lockeren Art. »Ich bin nur für einen Ball hierhergekommen und habe mich verkalkuliert. Würden Sie meinen Scheck auf ein Konto bei« – er nannte die Bank seiner Mutter – »über einhundert Dollar annehmen?«

Er hatte schon einmal in einem Notfall zu dieser Lösung gegriffen. Er selbst hatte kein Konto bei der Bank, aber seine Mutter hatte ihn gedeckt.

»Haben Sie irgendwelche Referenzen hier, Mr. Schuyler?«

Er zögerte.

»Gewiß – die Charles M. Templetons.«

Der Geschäftsführer verschwand hinter einer Trennwand, und Val hörte ihn einen Telefonhörer abheben. Kurz darauf kam der Geschäftsführer zurück.

»Das geht in Ordnung, Mr. Schuyler. Wir nehmen Ihren Scheck über einhundert Dollar gerne an.«

Er schickte ein Telegramm an seine Mutter, um sie zu informieren, und kehrte an den Tisch zurück.

»Na?« sagte Ellen.

Er empfand ihr gegenüber plötzlich eine gewisse Gleichgültigkeit.

»Ich gehe erstmal besser zu den Templetons zurück«, flüsterte sie. »Du nimmst dir vom Hotel einen Wagen und holst mich in einer Stunde ab. Ich hab genug Geld bei mir.«

Seine Gäste dankten ihm für seine Gastfreundschaft.

»Nicht der Rede wert«, sagte er lässig. »Ich finde Philadelphia ganz reizend.«

»Auf Wiedersehen, Mr. Schuyler.« Mercia Templetons Stimme klang kühl und anklagend.

»Auf Wiedersehen«, flüsterte Ellen. »In einer Stunde.«

Als er hineinging, gab man ihm ein Telegramm:

DU HAST KEIN RECHT SOLCHEN SCHECK AUSZUSTELLEN. ICH WEISE BANK UM RÜCKSENDUNG AN. DU MUSST BEZAHLEN VON DEM WAS DU HAST. DAS SOLL DIR EINE LEHRE SEIN. FALLS DU KEINE ZEIT FINDEST NACH NEW YORK ZU KOMMEN SAG ICH DIR LEBWOHL.

MUTTER

Val eilte zu einer Telefonzelle, um im Haus der Templetons anzurufen, doch der Wagen war noch nicht wieder dort eingetroffen. Niemals hätte er sich solch eine Situation träumen lassen. Er hatte lediglich befürchtet, er könnte seine Mutter mit dieser Maßnahme verärgern, aber nun hatte sie ihn im Stich gelassen; er war allein. Er dachte daran, den Scheck vom Büro zurückzufordern, nur – würde man ihm dann erlauben, das Hotel zu verlassen? Es gab keinen anderen Ausweg: er mußte seine Mutter erreichen, bevor sie abreiste.

Er rief wieder bei Ellen an. Sie war immer noch nicht angekommen, und der Zeiger der Uhr tickte auf die Fünf zu. In Panik packte er seine Reisetasche und hetzte zum Bahnhof Broad Street.

Drei Stunden später, während er die endlosen Stufen zum Pier hinauf- und zwischen den langgestreckten Schuppen entlangrannte, hörte er vom Fluß her eine tiefe Sirene. Das Schiff bewegte sich, langsam zwar, aber es bewegte sich; es hatte keinen Kontakt mehr zum Ufer. Er sah seine Mutter an Deck, keine fünfzehn Meter entfernt.

»Mutter! Mutter!« rief er.

Mrs. Schuyler versagte sich einen verärgerten Gesichtsausdruck und stieß den Mann an ihrer Seite an, als wollte sie sagen: »Der große, gutaussehende Junge da drüben – mein Sohn – wie schwer es ist, ihn verlassen zu müssen!«

»Leb wohl, Val. Sei ein guter Junge.«

Er konnte sich nicht dazu überwinden, sofort nach Philadelphia zurückzukehren. Noch immer wie betäubt, weil ihn seine Mutter im Stich gelassen hatte, kam es ihm nicht in den Sinn, daß man hundert Dollar am logischsten auftreibt, indem man eine Million auftreibt. Er konnte Ellen Mortmain einfach nicht unter die Augen treten, solange das Damoklesschwert des Schecks über seinem Haupt schwebte.

Geld aufzutreiben ist eine besondere Gabe; es ist entweder leicht oder sehr schwierig. Versucht man es in einem Stadium der Panik, läuft man Gefahr, den angehenden Geldgeber abzuschrecken. Am nächsten Tag gelang es Val, sich fünfzig Dollar zu leihen – fünfundzwanzig auf sein Gehalt, fünfzehn auf die Manschettenknöpfe seines zweiten Vaters und zehn von einem Freund. Dann wartete er, voll Verzweiflung. Anfang der Woche erhielt er einen strengen Brief der Hoteldirektion, und mit derselben Post einen zweiten Brief, der ihm noch weit heftigere Pein verursachte:

Sehr geehrter Herr
Anscheinend ergaben sich gewisse Schwierigkeiten bezüglich eines Schecks, den anzunehmen ich während Ihrer Anwesenheit in unserer Stadt dem Hotel empfohlen hatte. Ich wäre Ihnen außerordentlich verbunden, wenn Sie diese Angelegenheit umgehend regeln würden, da sie uns einige Ungelegenheiten verursacht hat.

Hochachtungsvoll,
V. Templeton
(Mrs. Charles Martin Templeton)

Einen weiteren Tag lang wand sich Val vor Verzweiflung. Dann, als ihm nichts anderes mehr übrigzubleiben schien, als sich selbst den Behörden zu stellen, kam ein Brief von der Bank, seine Mutter habe telegraphisch die Anweisung erteilt, den Scheck einzulösen. Irgendwo mitten auf dem Ozean war sie zu der Erkenntnis gelangt, er hätte seine Lektion inzwischen wahrscheinlich gelernt.

Erst da brachte er den Mut auf, Ellen Mortmain anzurufen. Sie war nach Hot Springs abgereist. Er hoffte, sie wüßte nichts von der Sache mit dem Scheck; er zog sogar die Alternative vor, daß sie glaubte, er habe sie sitzenlassen. In seiner Erleichterung, von der unmittelbareren Qual verschont geblieben zu sein, wurde ihm kaum bewußt, daß er sie verloren hatte.

II

Zu den großen Debütantinnenbällen trug Val Frack und tanzte einen getragenen, schwungvollen Wiener Walzer zu den schwermütigen aber hoffnungsvollen Mollakkorden von »So Blue«. Er bot eine eindrucksvolle Erscheinung; für importierte Bedienstete, die sein vornehmes Auftreten zu schätzen wußten, spielte die Größe seiner Trinkgelder keine Rolle. Zuweilen gelang es ihm zu vergessen, daß er eigentlich ein absoluter Niemand war.

Auf Miss Nancy Lambs Ball stand er in der Gruppe der ungebundenen Kavaliere wie eine wahrhafte Säule der Gesellschaftsstruktur. Er war zwar erst einundzwanzig, nahm aber bereits seit drei Jahren an derartigen Anlässen teil, und während er diese neueste Mädchenschar musterte, hatte er fast das Gefühl, er selbst führe sie alle in die Gesellschaft ein.

Als er eine der neuesten und hübschesten jungen Damen abklatschte, fiel ihm ein seltsamer Ausdruck auf, der über ihr Gesicht huschte. Im Wegtanzen schien ihm ihr Körper mit soviel Widerstreben zu folgen, daß er fragte:

»Ist irgendwas?«

»Oh, Val – –« Sie stockte, offensichtlich verlegen. »Würde es dir etwas ausmachen, heute abend nicht mehr mit mir zu tanzen?«

Er blieb überrascht stehen.

»Warum? Was ist los?«

Sie war knapp davor, in Tränen auszubrechen.

»Mutter sagt, sie will das nicht.«

Gerade als Val eine Erklärung fordern wollte,

wurde er seinerseits abgeklatscht. Schockiert zog er sich an die Wand zurück, um seine Beziehungen zu dem Mädchen zu rekapitulieren.

Er hatte auf jeder Party zweimal mit ihr getanzt, und einmal hatte er beim Abendessen neben ihr gesessen; er hatte sie nie angerufen oder gefragt, ob er sie besuchen dürfe.

Fünf Minuten später äußerte ein anderes Mädchen denselben Wunsch.

»Aber was ist denn bloß los?« wollte er verzweifelt wissen.

»Ach, ich weiß nicht, Val. Es geht um etwas, was du getan haben sollst.« Und wieder wurde er abgeklatscht, bevor er sich Gewißheit verschaffen konnte. Seine Bestürzung nahm zu. Ihm fiel kein Grund ein, warum eine Mutter Anstoß daran nehmen sollte, daß er mit ihrer Tochter tanzte. Er benahm sich ausnahmslos korrekt und vornehm, trank nie zuviel, er hatte versucht, sich keine Feinde zu machen, er war nie in einen Skandal verwickelt worden. Wie er so brütend dastand, bemüht, seine Wunden und seine Unsicherheit zu verbergen, sah er Mercia Templeton auf der Tanzfläche.

Möglicherweise hatte sie aus Philadelphia die Geschichte mit dem Scheck mitgebracht. Er wußte, daß sie ihn nicht mochte; dennoch schien es ihm unwahrscheinlich, sie könnte hinter seinem Rücken gegen ihn intrigieren. Mit zusammengebissenen Zähnen klatschte er sie ab.

»Was für eine Überraschung, Sie hier in New York zu sehen«, sagte er kalt.

»Ich bin ab und zu hier.«

»Ich würde sehr gern mit Ihnen reden. Können wir uns einen Moment setzen?«

»Also, ich fürchte nein. Meine Mutter – – Was wollen Sie mir denn sagen?«

Sein Blick hob sich zu der Gruppe älterer Frauen, die auf einer Galerie über den Tanzenden saß. Dort, zwischen den Müttern der beiden Mädchen, die ihm einen Korb gegeben hatten, saß Mrs. Charles Martin Templeton, Philadelphia, die knappe »V. Templeton« aus dem Brief. Er suchte nicht weiter.

Die folgende Stunde war schrecklich. Ein halbes Dutzend Mädchen, mit denen er sonst zu tanzen pflegte, baten ihn mit einem unterschiedlichen Grad von Bedauern, nicht mehr mit ihnen zu tanzen. Ein Mädchen gab zu, ebenfalls dahingehende Instruktionen erhalten zu haben, beabsichtigte jedoch, trotzdem mit ihm zu tanzen; und von ihr erfuhr er die Wahrheit – daß er ein junger Mann war, der vertrauensvollen Philadelphianern ungedeckte Schecks andrehte. Zweifellos hatte er sämtliche Taschen voll solcher Papiere, die er allen arglosen Debütantinnen unterzuschieben gedachte.

In hilfloser Wut starrte er hinauf zu den ungerührten Matronen auf der Galerie. Dann, völlig unvermittelt und ohne genau zu wissen, was er sagen würde, stieg er die Stufen empor.

Mrs. Templeton war gerade allein. Sie richtete ihre Lorgnette auf ihn, behutsam, wie man ein Periskop bewegt. Sie erkannte ihn nicht wieder, oder gab es zumindest vor.

»Mein Name ist Val Schuyler«, platzte er heraus, nahe daran, die Fassung zu verlieren. »Es geht um diesen Scheck in Philadelphia; ich glaube nicht, daß Sie verstehen – es war ein unglücklicher Zufall. Es handelte sich um eine Rechnung für einen Lunch für Ihre Gäste. Studenten machen so etwas ständig. Es scheint mir nicht fair, mir das vorzuhalten – es den New Yorkern zu erzählen.«

Sie starrte ihn noch eine Weile wortlos an.

»Ich weiß nicht, wovon Sie sprechen«, sagte sie schließlich kalt und schwenkte sich selbst und ihre Lorgnette wieder auf die Tanzenden.

»Oh, doch, das tun Sie sehr wohl.« Er hielt inne; sein Sinn für Form setzte sich durch. Er wandte sich ab und ging hinunter, direkt zur Garderobe. Ein Mann mit Stolz hätte an keinem weiteren Ball mehr teilgenommen, doch neue Einladungen schienen zu versprechen, daß die Angelegenheit eine einmalige Episode bleiben würde. In gewissem Sinne war dies auch der Fall; die Templetons kehrten zurück nach Philadelphia, und sogar die Mädchen, die Val hatten abblitzen lassen, widerriefen bei der nächstbesten Gelegenheit. Nichtsdestotrotz hatte die Affäre eine unangenehme Art, immer wieder aufzutauchen. Eine Party verlief vielleicht ohne jeden Mißton – und schon am nächsten Abend entdeckte er an einer neuen Partnerin diesen verlegenen Gesichtsausdruck, dem unweigerlich das »Es tut mir sehr leid, aber – –« folgte. Er dachte sich Erwiderungen aus – die einen witzig, die anderen bitter, aber er fand es zunehmend unerträglich, jedesmal die Drohung einer Abfuhr über sich zu spüren, wenn er sich aufmachte, ein Mädchen aufzufordern.

Gegen Ende der Saison hörte er auf auszugehen; die jüngere Generation langweile ihn, sagte er. Vorbei die

Zeit, da Miss Moon oder Miss Whaley im Büro mit einem gewissen verstohlenen Respekt sagten: »Nun, ich sehe aus der Zeitung, daß Sie gestern abend wieder eingeladen waren.« Vorbei die Zeit, da er das Büro mit dem Gefühl verließ, während der wenigen Stunden vor ihm durch eine reiche, funkelnde Welt gleiten zu können. Vorbei die Zeit, da ihm die Kontrolle seines Spiegelbildes – mit Handschuhen, Zylinder und Stock – seinen Anteil am Jahrmarkt der Eitelkeit verschaffte. Er war ein Ausgestoßener – und das für ein Verbrechen, das so eitel, so beiläufig und so harmlos war wie sein Blick auf sich selbst im Spiegel.

In diese düsteren Tage drang plötzlich ein heller Lichtstrahl: ein Brief von Ellen.

Liebster Val.
Bis Dich dieser Brief erreicht, bin ich schon fast wieder in Amerika. Ich bleibe nur drei Tage – kannst Du Dir das vorstellen? – und fahre dann für Cowes Week nach England zurück. Ich habe versucht, eine Möglichkeit zu finden, Dich zu sehen, und diese hier ist die beste: Das Mädchen, das mit mir reist, June Halbird, veranstaltet eine Wochenendparty im Haus ihrer Eltern auf Long Island und sagt, ich kann mitbringen, wen ich möchte. Kommst Du?

Glaub ja nicht, daß uns deswegen noch einmal solche Dummheiten wie letzten Winter passieren. Es war wirklich sehr klug von Dir, daß Du uns davon abgehalten hast, etwas Absurdes zu tun, das wir später bereut hätten.

In Liebe,
Ellen

Val überlegte. Das könnte zu seiner gesellschaftlichen Auferstehung führen, denn Ellen Mortmain war nur noch etwas berühmter als eh und je, dank ihrem halböffentlichen Schwanken zwischen dem einen und anderen adligen Engländer.

Es machte ihm Spaß, wieder sagen zu können, »Ich gehe übers Wochenende aufs Land; eine gewisse Familie Halbird – –« und dann hinzuzufügen, »Sie verstehen, Ellen Mortmain ist zurück«, als ob das alles erklärte. Und um dem i das Tüpfelchen aufzusetzen, seufzte er, womit er zu verstehen gab, daß der Besuch eine etwas lästige Pflicht darstellte, eine Form von noblesse oblige.

Sie holte ihn vom Bahnhof ab. Im letzten Jahr war er älter gewesen als sie; jetzt war sie genauso alt wie er. Ihr Wesen hatte sich verändert; es war durchsetzt von Anglizismen – das abschließende »*What*?«, das doppeldeutige »*Quite*«, das deprimierende »*Cheerio*«, das immer drohende Gefahr zu verheißen schien. Sie trug ihren neu erworbenen Snobismus als leichte, aber wirksame Rüstung um die Verletzlichkeit ihres Geldes und ihrer Schönheit.

»Val! Wußtest du, daß sich das Ganze als Kinderparty entpuppt – gutes, altes Yale und all sowas? Elsa konnte niemanden kriegen von denen, die ich wollte, außer dir.«

»Da hab ich aber Schwein.«

»Ich werde wohl zwischendurch nochmal weg müssen, zu einer anderen Fete, so für ein, zwei Stündchen – wenn ich es einrichten kann... Wie geht's dir so?«

»Gut. Ich habe die Hoffnung noch nicht aufgegeben.«

»Noch immer kein Geld?« kommentierte sie mißbilligend.

»Keinen roten Heller.«

»Warum heiratest du nicht einfach jemanden?«

»Ich kann dich nicht vergessen.«

Sie runzelte die Stirn. »Wäre es nicht schrecklich gewesen, wenn wir zusammen durchgebrannt wären? Wie wir uns inzwischen auf die Nerven gehen würden!«

Bei den Halbirds packte er erstmal seine Reisetasche aus und ging dann die Treppe hinunter, um Ellen zu suchen. Eine Gruppe junger Leute stand am Swimming-pool, und er gesellte sich zu ihnen; fast augenblicklich spürte er, daß die Atmosphäre irgendwie gespannt war. Die Gespräche erstarben, sobald er teilnehmen wollte, wodurch er sich vorkam, als schüttle er dauernd einem Handschuh die Hand, aus dem man die Hand zurückgezogen hatte. Sogar nach Ellens Erscheinen blieb das kühle Klima bestehen. Langsam wünschte er sich, er wäre gar nicht hergefahren.

Das Abendessen erklärte alles: Mercia Templeton tauchte als einer der Gäste auf. Falls sie wieder das alte Gift mit der Scheckgeschichte ausstreute, dann wurde es Zeit für eine Abrechnung. Mit Ellens Hilfe würde er dem Spuk vielleicht endlich ein Ende setzen können. Doch vor dem Nachtisch schaute Ellen auf ihre Uhr und sagte zu Mrs. Halbird:

»Ich habe Ihnen doch erklärt, nicht wahr, daß ich nur drei Tage hierbleiben kann, sonst würde ich mich nicht so verdrücken? Ich sehe Sie ja nachher in Southampton.«

Bestürzt beobachtete Val, wie sie ihn mitten unter

Feinden allein zurückließ. Nach dem Essen schwamm er wieder weiter gegen den Strom, erleichtert, als es Zeit wurde, zum Ball aufzubrechen.

»Und Mr. Schuyler«, gab Mrs. Halbird bekannt, »fährt mit mir.«

Einen Moment lang interpretierte er das als Zeichen besonderer Wertschätzung, doch kaum saß er im Wagen, wurde er eines Besseren belehrt.

Mrs. Halbird war eine beherrschte, harte, tüchtige Frau. Ellen Mortmains unkonventioneller Aufbruch hatte sie verärgert, und die Samthandschuhe, mit denen sie Val anzufassen beabsichtigte, fühlten sich nicht unbedingt weich an.

»Sie gehen nicht aufs College, Mr. Schuyler?«

»Nein, ich bin im Maklergeschäft.«

»Wo sind Sie zur Schule gegangen?«

Er nannte eine kleine Privatschule in New York.

»Ich verstehe.« Die Beiläufigkeit ihres Tons klang mehr als dünn. »Ich würde meinen, daß Sie sich für diese Jungen und Mädchen schon etwas zu alt vorkommen müßten.«

Val war dreiundzwanzig.

»Aber – nein«, sagte er und haßte sie für die sanfte Brutalität, die ihm bevorstand.

»Stammen Sie aus New York, Mr. Schuyler?«

»Ja.«

»Mal sehn. Sind Sie verwandt mit Mrs. Martin Schuyler?«

»Nun, ich glaube – entfernt.«

»Wie lautet der Name Ihres Vaters?«

»Er ist tot. Meine Mutter ist jetzt Mrs. George Pepin.«

»Ich nehme an, daß Sie Ellen Mortmain durch Ihre Mutter kennengelernt haben? Ich nehme an, Mrs. Mortmain und Ihre Mutter waren – –«

»Also, nein – nicht direkt.«

»Ich verstehe«, sagte Mrs. Halbird.

Unvermittelt veränderte sie ihren Ton. Nachdem sie ihn auf die Knie gezwungen hatte, gab sie ihm plötzlich ungefragt herablassende Ratschläge.

»Finden Sie nicht auch, daß gleichaltrige junge Leute unter sich bleiben sollten? Sie zum Beispiel, Sie arbeiten; Sie fangen an, das Leben ernst zu nehmen. Diese jungen Leute hier wollen sich aber einfach nur vergnügen. Schließlich können sie nur einmal so jung sein, wissen Sie.« Sie lachte, angetan von ihrem eigenen Feingefühl. »Ich würde meinen, daß der Kontakt zu Menschen, die draußen arbeiten, Ihnen mehr Befriedigung geben könnte.«

Er gab keine Antwort.

»Ich denke, die Mütter der meisten Mädchen empfinden das genauso«, sagte sie.

Sie hatten den Club in Southampton erreicht, ohne daß Val sein Schweigen brach. Beim Aussteigen warf sie ihm schnell einen Blick zu, als er ins Licht trat. Sie war nicht sicher, ob sie ihr Ziel erreicht hatte; seinem Gesicht jedenfalls konnte sie nichts entnehmen.

Val erkannte jetzt, daß er nach all diesen Jahren genau überhaupt keine Position erlangt hatte. Man hatte den Scheck aufgegriffen, um ihm passend zu seiner fragwürdigen Herkunft einen fragwürdigen Ruf anzuhängen.

Im Verlauf der letzten Monate war ihm so oft die kalte Schulter gezeigt worden, daß er sich mittlerweile eine Schutzschale zugelegt hatte, um seine Wunden zu verbergen. Niemand, der ihn an diesem Abend sein Minimum an Pflichttänzen absolvieren sah, hätte die Wahrheit erraten – nicht einmal die Mädchen, die vor ihm gewarnt worden waren. Ellen Mortmain erschien nicht wieder; es kursierte ein Gerücht über einen Franzosen, den sie an Bord getroffen haben sollte. Die Hausgäste fuhren um drei zu den Halbirds zurück.

Val konnte nicht schlafen. Schließlich nickte er ein und träumte von vielen vornehmen Männern und Frauen an einem überladenen Tisch, die ihm Champagner anboten, aber das Glas jedesmal wegzogen, bevor es seine Lippen erreichte. Er saß kerzengerade im Bett auf, die Kehle vor Durst wie ausgedörrt. Das Badezimmer bot nur hartnäckig lauwarmes Wasser, also schlüpfte er in seinen Morgenmantel und ging nach unten. »Wenn mich jemand sehen würde«, dachte er verbittert, »würde er sicher glauben, ich wäre hinter dem Tafelsilber her.«

Von der anderen Seite der Küchentür her drangen Stimmen, die ihn abrupt stehenbleiben und zuhören ließen.

»Mutter hätte mir nie erlaubt zu kommen, wenn sie gewußt hätte, daß er hier sein würde«, sagte ein Mädchen. »Ich werde es ihr auch nicht erzählen.«

»Ellen ist an dem ganzen Schlamassel schuld«, hörte Val June Halbird sagen. »Sie hat ihn mitgebracht, und dann hat sie auch noch den Nerv, ihn einfach an uns abzuschieben.«

»Ach, vergessen wir's«, forderte ein junger Mann ungeduldig. »Was ist er denn – ein Verbrecher oder so was?«

»Frag Mercia – und schneid mir noch eine Scheibe Schinken ab.«

»Frag mich bloß nicht!« sagte Mercia rasch. »Ich mag ihn nicht, aber ich weiß nichts wirklich Schlechtes über ihn. Bei dem Scheck, von dem ihr da redet, ging es um hundert Dollar, nicht um tausend, wie du gesagt hast; und ich habe ein dutzendmal versucht, Mutter davon abzubringen, die Geschichte überall rumzuerzählen, aber letztes Jahr war das noch ein fester Bestandteil ihrer New Yorker Gesprächsthemen. Ich persönlich hab das Ganze nie für so schrecklich schlimm gehalten.«

»Nur ein ungedeckter Scheck? Bring bloß unsern Bill hier nicht in Verlegenheit. Der hat die Sorte in ganz New York liegengelassen.«

Val stieß die Tür auf, betrat die Küche und ein Dutzend Gesichter starrte ihn an. Die jungen Männer schauten betreten drein, ein Mädchen kicherte nervös und kippte ein Glas Milch um.

»Ich kann nichts dafür, daß ich mitgehört habe«, sagte Val. »Ich wollte mir hier unten nur ein Glas Wasser holen.«

Präsenz hatte er schon immer besessen – und einen Sinn fürs Dramatische.

Ohne nach rechts oder links zu blicken, nahm er zwei Eiswürfel aus einer Schale, tat sie in ein Glas und füllte es vom Hahn. Dann drehte er sich um und sagte, den Blick noch immer stolz über sie hinweggerichtet, gute Nacht und ging mit seinem Glas Wasser in der Hand zur Tür.

Ein junger Mann, den er flüchtig kannte, kam auf ihn zu und sagte: »Hör mal Val, – ich glaube, man hat dich ganz mies behandelt.« Aber Val schob sich durch die Tür, als hätte er nichts gehört.

Oben packte er seine Tasche. Nach einigen Minuten hörte er Schritte, jemand klopfte an, doch er blieb reglos stehen, bis derjenige wieder gegangen war. Erst nach geraumer Zeit öffnete er vorsichtig seine Tür und stellte fest, daß im Haus Dunkelheit und Stille herrschten; mit seinem Gepäck in der Hand ging er die Treppe hinunter und verließ das Haus.

Kaum hatte er ein Ende der halbkreisförmigen Auffahrt erreicht, als ein Wagen in das andere einbog und vor dem Hauseingang anhielt. Val trat schnell hinter einige schützende Büsche; er nahm an, daß Ellen endlich zurückkehrte.

Der Wagen verharrte zärtlich eine Minute; dann erkannte Val ihr Lachen, als sie ausstieg. Der Sportwagen fuhr im Wegfahren dicht an ihm vorbei; er sah kurz einen kleinen, zufriedenen Schnurrbart über einer brennenden Zigarette.

Zehn Minuten später erreichte er den Bahnhof und setzte sich auf eine Bank, um auf den ersten Frühzug zu warten.

III

Princeton hatte eine schlechte Football-Saison gehabt, weshalb Mr. Wrackham eines trüben Montagmorgens Val aufforderte, sich zu entfernen, nicht ohne das irritierende »A-he-hem«, das er so häufig von sich gab. Val war in gewisser Weise stolz darauf, gefeuert zu werden; er hatte es sozusagen bis zum bitteren Ende durchgehalten. Im selben Monat starb seine Mutter, und er kam zu etwas Geld.

Die sich ergebende Veränderung war erstaunlich; sie fiel ebenso tiefgreifend wie augenfällig aus. Ohne einen Pfennig hatte er den jungen Galan gespielt; mit zwanzigtausend auf dem Konto erweckte er in sich die Psychologie von Ward McAllister zu neuem Leben. Er ließ die jüngere Generation, die ihn so schäbig behandelt hatte, fallen und blühte mit Hilfe der von ihm hergestellten Verbindungen zu einem echten Mann von Welt auf. Seine Lehrzeit war hart gewesen, aber er hatte sie getreulich geleistet, und jetzt wandelte er sicheren Fußes durch die gefährlichen Labyrinthe des Snobismus. Die Gesellschaft vergaß schlagartig alles, was sie über ihn wußte, außer daß sie ihn mochte und daß er für gewöhnlich zugegen war; so erlangte er, was nicht selten geschieht, seine Position weniger aufgrund seiner Tugenden als vielmehr aufgrund seiner Fähigkeit, Schläge einstecken zu können.

Die kleinen Dinners, zu denen er in sein Apartment lud, waren zahlreich und bekannt für ihren Charme; im richtigen Verhältnis dazu speiste er außer Haus. Er tendierte zur schöngeistigen Schicht der Gesellschaft und eignete sich gewisse Kunstkenntnisse an, die er elegant mit seinem gesellschaftlichen Schliff zu kombinieren verstand.

Vor seinem neuen Hintergrund wirkte er auf Frauen anziehender denn je; er hätte einen der sagenhaft reichen Cupp-Zwillinge heiraten können, doch im Augenblick schwelgte er in neugefundener Lebensfreude und wollte ungebunden bleiben. Außerdem ging er eine Partnerschaft mit einem aufstrebenden Kunsthändler ein und verdiente ungefähr ein Jahr lang sogar richtig Geld.

Schauen Sie ihn sich an einem Frühlingsmorgen im London des Jahres 1930 an. Groß, sogar stattlich, schreitet er die Pall Mall hinunter, als wäre sie sein Privateigentum. Er trifft einen amerikanischen Freund und schüttelt ihm die Hand; der Freund bemerkt, wie seine Manschette sein Handgelenk umfängt, wie sein Jackenärmel die Manschette umschließt wie eine Manschettendichtung; wie Kragen und Krawatte plastisch seinem Hals angegossen wirken.

Er sei herübergekommen, sagt er, wegen Lady Reeces Ball. Allerdings ruiniere ihn der Markt von Tag zu Tag mehr. Er kauft die Zeitung, die man ihm in die Hand drückt und als sein Blick auf die Schlagzeile fällt, ändert sich sein Gesichtsausdruck.

Bei einem Flugzeugabsturz über dem Kanal sind ein Dutzend Prominente ums Leben gekommen.

»Lady Doncastle«, liest er atemlos, »Major Barks, Mrs. Weeks-Tenliffe, Lady Kippery – –« Er klatscht die Zeitung gegen seinen Anzug und wischt sich imaginären Schweiß von der Stirn. »Was für ein Schock! Noch vor einer Woche war ich mit diesen Leuten in Deauville zusammen. Wie leicht hätte ich auch in diesem Flugzeug sitzen können.«

Er befand sich auf dem Weg zum Haus der Mortmains, einer ehemals herzöglichen Residenz am Cavendish Square. Der wahre Grund für seine Reise nach London war Ellen. Ellen, oder ein Versuch, etwas aus seiner Vergangenheit wiederzuerlangen, hatte ihn dazu getrieben, sich aus seinem erlahmenden Kunstgeschäft zurückzuziehen und vom fast letzten Rest seines Erbes eine Passage nach Europa zu buchen. An diesem Morgen hatte er die Nachricht erhalten, er solle sie in ihrem Stadthaus besuchen.

Kaum hatte er es betreten, entstand in ihm der Eindruck, daß irgend etwas nicht stimmen konnte. Man zog weder ein noch aus, aber unerklärlicherweise waren überall in den Gängen Leute, und als er zu Ellens eigenem Apartment geführt wurde, kam er an Individuen vorüber, deren Anwesenheit sogar bei den phantastischen Parties der vorigen Saison ganz undenkbar gewesen wäre.

Er fand Ellen auf einem Überseekoffer in einem fast kahlen Zimmer sitzend. »Val, komm und hol mich hier raus«, rief sie. »Hilf mir den Koffer festzuhalten, damit sie ihn mir nicht wegnehmen können.«

»Was ist denn bloß los?« wollte er erstaunt wissen.

»Versteigert wird hier alles – das ist los. Ich darf mein persönliches Eigentum behalten – sofern ich's kann. Aber sie haben schon eine ganze Kiste voll Faschingskostüme weggeschleppt; behaupteten, das sei Berufskleidung.«

»Aber warum?« artikulierte er.

»Wir sind arm wie Kirchenmäuse, Val. Ist das nicht sensationell? Du hast doch bestimmt vom Mortmain-Vermögen gehört, nicht? Tja, es gibt kein Mortmain-Vermögen mehr.«

Das war der heftigste Schock seines Lebens; es war einfach unvorstellbar. Seine Welt schien ins Bodenlose zu stürzen.

»Es scheint, daß wir schon seit Jahren in den roten Zahlen waren, aber der Markt hat uns mitgetragen. Jetzt haben wir keinen einzigen, einsamen, klitzekleinen, mickrigen blanken Heller mehr. Ich wollte dich fragen, wo du doch im Kunstgeschäft bist, würde es dir etwas ausmachen, zu der Auktion zu gehen und einen Juan Gris zu ersteigern, ohne den ich einfach nicht leben kann?«

»Du bist arm?«

»Arm? Also, wir müßten erst ein Vermögen finden, um unsere Schulden zu bezahlen, ehe wir den Anspruch erheben dürften, so seriös zu sein. Wir sind vierfach ruiniert, das sind wir.«

Ihre Stimme klang ein wenig aufgeregt, aber Val suchte in ihrem Gesicht vergeblich nach Spuren seiner eigenen Erfahrung von Armut.

Nein, das war etwas, das Ellen Mortmain unmöglich jemals zustoßen konnte. Sie hatte das Dahinschwinden ihres Reichtums überlebt; sie strahlte noch immer die warme, reiche Energie des Wohlbefindens aus. Obwohl er sie immer noch nicht richtig liebte oder fähig war zu lieben, sagte er, was zu sagen er den Ozean überquert hatte:

»Ich wünschte, du würdest mich heiraten.«

Sie sah ihn überrascht an.

»Ach, das ist ja so lieb von dir. Aber schließlich – –« Sie zögerte. »Wer bist du schon, Val? Ich meine, bist du nicht ein, sagen wir mal, etwas fragwürdiger Charakter? Hast du nicht eine Menge Leute um eine Menge Geld betrogen mit einem gefälschten Scheck oder sowas?«

»Oh, dieser Scheck!« stöhnte er auf. Endlich erzählte er die Geschichte, während sie mit ihren Absätzen gegen den Koffer trommelte und die Junisonne sie durch ein buntes Glasfenster hindurch anstrahlte.

»Ist das der Grund, warum du mich nicht heiraten willst?« fragte er.

»Ich bin mit einem anderen Mann verlobt.«

Also wechselte sie lediglich vom Wrack des einen Vermögens auf die Sicherheit des anderen über.

»Ich heirate einen sehr armen Mann, und wir wissen nicht, wovon wir leben sollen. Er ist in der Armee, und wir gehen nach Indien.«

Er empfand ein unbestimmtes Neidgefühl, ein sentimentales Bedauern, die jedoch vor einer sehr viel stärkeren Empfindung verblaßten: rings um Ellen her konnte er das gewaltige Mortmain-Vermögen zusammenschmelzen, wieder in den Mutterboden zurücksickern fühlen, aus dem es einst gekommen war, wobei es ein wenig von Val Schuyler mit sich nahm.

»Ich hoffe nur, du hast nichts unten liegen lassen«, lachte Ellen. »Wenn ja – die beschlagnahmen das sofort. Ein Freund von uns hat mal seine Golfschläger und ein paar Gewehre stehenlassen; jetzt muß er sie bei der Auktion wieder zurückkaufen.«

Er überließ sie sich selbst. Unterwegs kaufte er sich noch eine Zeitung und schlug die Wirtschaftsseite auf.

»Großer Gott!« rief er aus. »Das ist das Ende.«

Es war sinnlos geworden, um Geld zu telegraphieren; er besaß keinen Cent mehr, abgesehen von zehn Dollar Bargeld und dem Schiffsticket nach New York, und eine Hotelrechnung über vierzehn Tage wollte auch noch bezahlt sein. Aufstöhnend sah er sich in die Reihen der Mittellosen zurücksinken – wie die Mortmains. Allerdings hatte es bei ihnen vier Generationen gedauert, und in seinem Fall nur zwei Jahre.

Ihn quälten vordringlichere Sorgen. Im Hotel war

eine Rechnung überfällig, und wenn er einfach verschwand, würde man sicherlich sein Gepäck beschlagnahmen. Seine herrlichen französischen Kalbsleder-Koffer. Vals Magen revoltierte. Ganz zu schweigen von all seinen Sachen, den feinen Hemden, dem Jagdanzug, den er in Schottland getragen hatte, seinen eleganten Leinentaschentüchern, seinen maßgearbeiteten Schuhen.

Er schritt zügiger aus; es schien ihm, als würden ihm diese Besitztümer bereits weggenommen. Zurück auf seinem Zimmer und beruhigt durch deren britische Beständigkeit, machte sich die Findigkeit des armen Mannes geltend. Er begann sich buchstäblich mit seinen Kleidern abzudecken. Er zog sich aus, um dann zwei Garnituren Unterwäsche anzuziehen, und darüber vier Hemden und zwei Anzüge zusammen mit zwei weißen Pikeewesten. In alle verfügbaren Taschen stopfte er Krawatten, Socken, Manschettenknöpfe, Bürsten mit vergoldeten Rücken und einige Toilettenartikel. Hörbar keuchend, kämpfte er sich in einen Mantel hinein. Sein steifer Hut sah leer aus, also füllte er ihn mit Kragen, die er mit einigen Taschentüchern sicherte. Dann, etwas wackelig auf den Beinen, betrachtete er sich im Spiegel.

Möglicherweise könnte er damit durchkommen – wäre nur nicht irgendwo hoch oben in dem Gefüge ein unerschöpflicher Quell von Transpiration entsprungen, aus dem sich Ströme unterschiedlichster Temperaturen seinen Körper hinunter ergossen, bis sie von dem leistungsfähigen Löschpapier von drei Paar Socken aufgesaugt wurden, die seine Schuhe vollstopften.

Er bewegte sich vorsichtig, wie Tweedledum vor

der Schlacht, ging den Korridor entlang und klingelte nach dem Fahrstuhl. Der Page sah ihn neugierig an, enthielt sich jedoch jeden Kommentars, obwohl ein anderer Passagier eine trockene Anspielung auf Admiral Byrd machte. Dann durchquerte er die Halle, eine gigantische Gestalt von einen Mann. Vielleicht hatten die Hotelangestellten hinter dem Empfang das unbewußte Gefühl, etwas ginge nicht mit rechten Dingen zu, aber er war zu schnell verschwunden, als daß sie irgend etwas hätten unternehmen können.

»Taxi, Sir?« erkundigte sich der Portier, besorgt wegen Vals Blässe.

Nicht imstande zu antworten, versuchte Val den Kopf zu schütteln, doch da sich auch das als unmöglich herausstellte, gab er nur ein leises, verneinendes Stöhnen von sich. Die Sonne wurde von seiner Masse angezogen wie Blitzschlag von Metall, während er hinaus auf einen Bus zustolperte. Bloß nach oben, dachte er; oben würde es kühler sein.

Sein Training als Laufbursche kam ihm jetzt außerordentlich zustatten; er kämpfte sich die Wendeltreppe hinauf, als wäre sie die Leiter des sozialen Aufstiegs. Dann, durchweicht und dem Ersticken nahe, sank er auf eine Sitzbank nieder, indem das bourgeoise Blut vieler Mr. Joneses energisch durch sein Herz pumpte.

Vals Sache war es nicht, auf einem Überseekoffer zu sitzen, die Beine baumeln zu lassen und auf das Ende zu warten; noch war Kampfgeist in ihm.

IV

Ein Jahr später fand sich Mr. Charles Martin Templeton aus Philadelphia in seinem Büro einem jungen Mann gegenüber, der sich offensichtlich den Zugang durch List und Tücke verschafft hatte. Der Besucher gab zu, keinerlei Anspruch auf Mr. Templetons Aufmerksamkeit zu haben, abgesehen davon, daß er vor gut sechs Jahren einmal Gast des letzteren gewesen sei.

»Es geht um die Sache mit dem Scheck«, sagte er entschlossen. »Sie müssen sich daran erinnern. Mir wurde die Rechnung für einen Lunch aufgezwungen, die zu begleichen eigentlich Ihre Sache gewesen wäre, weil ich ein mittelloser junger Mann war. Ich schrieb einen Scheck aus, der eigentlich ziemlich gedeckt war, nur ein bißchen langsam, aber Ihre Frau hatte trotzdem nichts Besseres zu tun, als mich zu ruinieren. Bis heute verfolgt mich das, wohin ich gehe, und ich fordere deshalb Schadenersatz.«

»Soll das Erpressung sein?« fragte Mr. Templeton, dessen Blick feindselig wurde.

»Nein, ich will nur Gerechtigkeit«, sagte Val. »Während des Booms konnte ich nicht zu Geld kommen. Was glauben Sie wohl, wie es mir dann während der Depression gelingen soll? Ihre Frau hat mir schrecklich geschadet. Ich appelliere an Ihr Gewissen, das wiedergutzumachen, indem Sie mir eine Anstellung besorgen.«

»Ich erinnere mich an diese Geschichte«, sagte Mr. Templeton nachdenklich. »Ich weiß, daß Mercia immer der Meinung war, ihre Mutter sei damals zu weit gegangen.«

»Und ob sie das ist«, erwiderte Val. »Es gibt in New York Tausende von Leuten, die noch heute glauben, ich sei ein erfolgreicher Betrüger.«

»Ich habe zwar keine Schecks, die gezeichnet werden müßten«, sagte Mr. Templeton in Gedanken, »aber ich kann Sie auf meine Farm hinausschicken.«

Val Schuyler aus New York auf Knien in alten Latzhosen, wie er Kohl und Bohnen anpflanzt, wie er endlose Reihen von Schnüren spannt und versucht, zarte Ranken dazu zu bringen, darum herum zu wachsen. Während er sich durch den langen Tag eines Farmers quälte, rekapitulierte er liebevoll seine erstaunliche Woche in Newport im Jahre '29 und den Wiener Walzer, den er mit Baroneß Elinor Guise am Ball anläßlich von Lord Clan-Carlys Volljährigkeit getanzt hatte.

Jetzt dröhnte eine ganz andere schottische Stimme in seinem Ohr:

»Sie arbeiten zu langsam, Schuyler. Graben Sie tiefer in den Boden.«

»Der Idiot hält mich für einen verarmten Aristokraten«, dachte Val.

Er hockte sich hin, um im Gemüsegarten Unkraut zu jäten. Er kam sich vollkommen verschwendet vor, eingesetzt für etwas, wofür ihn nichts in seiner Vergangenheit gerüstet hatte. Er begriff nicht, warum er hier war, noch, welche Machtzwänge ihn hierher gebracht hatten. Praktisch nie in seinem ganzen Leben hatte er es versäumt, die Spielregeln einzuhalten, und doch sagte die bessere Gesellschaft aus heiterem Himmel: »Gut, du warst reizend, du hast mit unseren Mädchen getanzt, du hast Parties in Schwung gebracht, du hast dich mit Langweilern abgegeben. Jetzt geh mal raus auf den Hinterhof und versuch's mit den Kohlköpfen.« Die bessere Gesellschaft. Er hatte sich vertrauensvoll wie ein Kind an ihren eisigen Busen geschmiegt und ein eigenartiges Vergnügen an den Diamanten gefunden, die scharf in seine Wange schnitten.

Er hatte doch wirklich wenig von ihr verlangt, sie so akzeptiert, wie sie sich selbst beurteilte, da jede andere Haltung sein eigenes romantisches Verständnis von ihr verdorben hätte.

Er hatte seine essentiell jungenhafte Einstellung in ein Milieu eingebracht, das zwar nur etwas weniger stabil war als das Bandentum, sich aber dafür unendlich viel weniger gewissenhaft um seine Mitglieder kümmerte. Und ihn hatte man zum Kohlanpflanzen geschickt.

»Ich hätte doch Emily Parr heiraten sollen«, dachte er, »oder Esther Manly oder Madeline Quarrels oder eins von den Dale-Mädchen. Ich hätte mich eingraben sollen – mich regelrecht verschanzen.«

Doch in seiner Traurigkeit wußte er, daß es nur eine Möglichkeit gab, das zu bekommen, was er wirklich wollte: Damit geboren werden. Mit seiner kostbaren Freiheit – sich von niemandem besitzen zu lassen.

»Ich schätze, ich werde das höchste Opfer bringen müssen«, sagte er.

Er meditierte über das höchste Opfer, und dann meditierte er über die Kohlköpfe. Tränen der Hilflosigkeit traten ihm in die Augen. Was für eine furchtbare Wahl hatte er zu treffen!

Mercia Templeton kam die Straße heraufgeritten und beobachtete ihn lange von ihrem Pferd aus.

»Endlich sind Sie hier gelandet«, sagte sie, »buchstäblich, wenn auch nicht bildlich gesehen, zu meinen Füßen.«

Val arbeitete weiter, als wäre sie überhaupt nicht da.

»Schauen Sie mich an!« rief sie. »Finden Sie nicht, es lohnt sich jetzt, daß man mich ansieht? Die Leute sagen, ich hätte mich herausgemacht. Oh, Gott, werden Sie mich nie ansehen?«

Mit einem Seufzer drehte Val sich von der Reihe Kohlköpfe zu ihr um.

»Soll das ein Heiratsantrag sein?« fragte er. »Wollen Sie einen ehrlichen Menschen aus mir machen?«

»Das könnte niemand, aber wenigstens sehen Sie mich jetzt an. Und was sehen Sie?«

Er starrte sie abschätzend an.

»Wirklich nicht unattraktiv«, sagte er. »Ein bißchen dazu geneigt, das Gebiß zwischen die Zähne zu nehmen.«

»Oh, Himmel, sind Sie arrogant!« rief sie und gab ihrem Pferd die Sporen.

Val Schuyler wandte sich betrübt wieder seinen Kohlköpfen zu. Allein jetzt war er gewitzigt; zumindest das hatte ihm seine kostspielige Erziehung gebracht. Er wußte es. Mercia würde zurückkommen.

Genau nach Plan

I

Im September gefiel Renés altes Haus ihm gar nicht schlecht, mit den roten Ahornbäumen und den silbernen Birken und den Eichhörnchen, die in weiser Voraussicht auf dem Rasen Überstunden machten. Es stand am Rande einer Universitätsstadt, eine weitläufige Fachwerkkonstruktion, die in den achtziger Jahren als Wohnhaus gedient hatte, um die Jahrhundertwende als Bezirksarmenhaus und jetzt wieder als Wohnhaus. Wenige moderne Familien würden Wert darauf legen, hier zu wohnen, umgeben vom Stöhnen todgeweihter Installationen und ohne das silbrige »Hey!« eines Telefons. René jedoch liebte es schon beim ersten Anblick seiner breiten Veranda, vor der sich ein fünf Morgen großer verwilderter Park erstreckte, liebte es, weil es ihn an einen längst vergessenen Flecken Erde seiner Kindheit in der Normandie erinnerte. Die Eichhörnchen, die René von seinem Fenster aus beobachtete, mahnten ihn daran, daß es auch für ihn selbst Zeit wurde, bestimmte Vorkehrungen für den Winter abzuschließen; also legte er seine Arbeit beiseite, nahm ein großes, in Rechtecke eingeteiltes Blatt Papier zur Hand und überflog es noch einmal. Dann ging er in den Flur und rief die Vordertreppe hinauf:

»Noël.«

»Ja, Papa.«

»Ich möchte dich sprechen, *chérie.*«

»Aber du hast doch gesagt, ich soll die Soldaten wegräumen.«

»Das hat Zeit bis später. Ich möchte, daß du zu den Slocums hinüberläufst und Miss Becky Snyder holst, und dann möchte ich mit euch beiden sprechen.«

»Becky ist hier, Papa; sie sitzt in der Badewanne.«

René fuhr zusammen. »In der Bade – –«

Die Risse und Senkungen des Hauses hatten eine fabelhafte Akustik geschaffen, und jetzt wehte eine zweite Stimme – nicht die eines Kindes – zu ihm herunter:

»Das Wasser läuft so langsam drüben bei den Slocums – da dauert es einen ganzen Tag, bis ein Bad eingelassen ist. Ich dachte, es macht dir nichts aus, René.«

»Nichts aus!« rief er undeutlich. Als ob die Situation nicht so schon delikat genug wäre. »Nichts aus!« Wenn Becky hier ein Bad nahm, konnte sie ebensogut dauernd hier wohnen; jedenfalls würde jeder zufällige Besucher diesen Schluß ziehen. Er stellte sich vor, wie er versuchte, Mrs. Dekan-der-Fakultät McIntosh die äußerst komplizierten Gründe zu erläutern, warum Becky Snyder oben ein Bad nahm.

Wahrscheinlich wäre es ihm sogar gelungen – in Frankreich hätte ihn allein der Gedanke an den Versuch schon erröten lassen.

Seine Tochter Noël kam die Treppe herunter. Sie war zwölf, sehr hübsch und zartgliedrig, genau wie seine verstorbene Frau; in der Vergangenheit hatte ihm das oft Kummer bereitet. In letzter Zeit war sie so robust geworden wie jedes beliebige amerikanische Kind auch, weshalb sich seine ganze Sorge inzwischen auf ihre Ausbildung konzentrierte, die – so hatte er beschlossen – genauso gut sein würde wie die jedes französischen Mädchens.

»Ist dir eigentlich klar, daß morgen deine Schule anfängt?«

»Yeah.«

»Wie bitte?«

»Ja, Papa.«

»Ich werde noch viel beschäftigter sein als bis jetzt.«

»Mit dem ganzen Wasser?«

»Mit dem ganzen Wasser – stell dir nur mal vor, wie oft Becky darin baden könnte. Und mit dem netten hübschen kleinen Generator, den die Stiftung nur für mich gebaut hat. Und darum, Noël, habe ich für dich einen Stundenplan vorbereitet, und meine Sekretärin hat drei Kopien davon gemacht – eine für dich, eine für mich und eine für Becky. Wir werden dir für deine Kopie hinten in dein Rechenbuch eine Tasche einkleben. Du mußt sie immer da drin aufheben, weil, wenn du sie verlierst, kommt unser ganzer Tagesablauf durcheinander.«

Noël rutschte unruhig in ihrem Sessel herum.

»Was ich nicht verstehe«, sagte sie, »ist, warum ich es nicht wie all die andern Mädchen machen darf. Warum muß ich soviel doofes – –«

»Du sollst dieses Wort nicht benutzen!«

»Naja, warum kann ich nicht das machen, was alle machen?«

»Dann willst du also mit den Klavierstunden aufhören.«

»Oh, nein, Klavier schon; aber warum muß ich nach der Schule noch jeden Tag ins Französisch?«

René stand auf, indem er sich ungeduldig mit den Fingern über sein vorzeitig eisengrau gewordenes Haar fuhr – er war erst vierunddreißig.

»Was hat es für einen Sinn, dir etwas zu erklären?« rief er. »Hör mal. Du sprichst perfekt Französisch, und du willst doch, daß das so bleibt, nicht? Und du kannst in der Primarschule nicht etwas lernen, was du schon viel besser beherrscht als ein College-Student im vierten Semester.«

»Aber warum muß ich dann – –«

»Weil kein Kind eine Sprache behält, wenn es sie nicht ständig gebraucht, bis es vierzehn ist. Dein Gehirn – –« René klopfte mit der Faust heftig gegen sein eigenes: »Es kann das nicht.«

Noël lachte, doch ihrem Vater war es damit ernst.

»Es ist einfach ein Vorteil!« rief er. »Es wird dir helfen – es wird dir helfen, eine Schauspielerin an der Comédie Française zu werden. Verstehst du das?«

»Ich will ja gar nicht mehr Schauspielerin werden«, beichtete Noël. »Ich möchte viel lieber wie du für die Stiftung Wasser elektrolysieren, und einen kleinen Puppenstuben-Generator haben, und Französisch kann ich abends üben, wenn ich mit dir rede. Becky könnte ja mitmachen, weil sie es sowieso lernen möchte.«

Ihr Vater nickte traurig.

»Also gut; in Ordnung.« Er wischte den Stundenplan beiseite, wobei er allerdings sorgfältig darauf achtete, daß er nicht im Papierkorb verschwand. »Aber du kannst hier in diesem Haus nicht unnütz aufwachsen. Ich lasse dir statt dessen eine praktische Erziehung geben. Wir hören mit der Schule auf, und du kannst Nähen, Kochen und Haushaltsführung lernen. Du kannst lernen, wie man sich im Haus nützlich macht.« Er setzte sich ausgesprochen verärgert an seinen Schreibtisch und winkte mit der Hand, als wollte er sie wegschicken, um mit seiner Enttäuschung allein zu bleiben.

Noël dachte nach. Früher hatte sie dieser Scherz einmal ziemlich erschreckt – immer wenn sie unbefriedigende Zensuren heimbrachte, hatte ihr ihr Vater versprochen, aus ihr eine erstklassige Köchin zu machen. Doch obwohl sie ihm das heute nicht mehr glaubte, wirkte seine Logik auf sie ernüchternd. Ihre eigenen Argumente beschränkten sich darauf, daß sie es haßte, mitten am Morgen in Extrastunden rennen zu müssen; sie wollte einfach genauso sein wie die anderen Mädchen in der Schule.

»Also, in Ordnung«, sagte sie. Beide erhoben sich, als Becky, noch immer feucht und rosig von ihrem Bad, das Zimmer betrat.

Becky war neunzehn, eine verblüffende kleine Schönheit, deren Kopf auf ihrem Körper saß, als wäre er von ihm getrennt geschaffen und danach mit äußerster Präzision auf ihm plaziert worden. Ihr Körper war kräftig, athletisch; ihr Kopf war eine strahlende, glückliche Komposition aus Rundungen und Schatten und lebendigen Farben mit jenem entscheidenden kinetischen Detail, jenem letztendlich erotisch wirkenden Element, das Fremde unweigerlich zwang, sie anzustarren. Wer kennt nicht das irritierende Erlebnis, eine scheinbare Schönheit von weitem zu erblicken und dann, einen Augenblick später, sobald dasselbe Gesicht in Bewegung gerät, zusehen zu müssen, wie die Schönheit Schritt für Schritt verschwindet, als hätte eine reizvolle Statue mit den dürftigen Gelenken eines Hampelmannes zu gehen angefangen? Beckys Schönheit bildete davon das genaue Gegenteil. Die Gesichtsmuskeln formten ihre Züge zu entzückenden Lächeln und Stirnrunzeln, zu Verachtungen, Genugtuungen und Ermutigungen; ihre Schönheit war beweglich und sie drückte voller Intensität aus, was immer sie ausdrücken wollte.

Darüber hinaus war sie ein noch unentwickeltes Mädchen, das im Moment von gewissen Facetten von René du Carys Vorstellungen lebte. Zwischen ihr und Noël bestand noch keine Beziehung, abgesehen von der zwischen Schülern eines gemeinsamen Lehrers – obwohl sie einander gegenseitig schwach als Konkurrentinnen im Kampf um seine Zuneigung im Verdacht hatten.

»Also nun«, fuhr René fort, »ihr müßt euch über etwas ganz genau im klaren sein, meine Lieblinge: Wir haben hier ein Auto, kein Telefon und drei Leben. Um den Wagen zu fahren, haben wir dich« – dies zu Becky – »und mich, und normalerweise noch Aquillas Bruder. Ich will euch den Stundenplan nicht mal erklären, aber ich versichere euch, daß er perfekt ist. Ich habe bis heute früh um eins daran gesessen.«

Sie saßen gehorsam da, während er ihn einen Augenblick voll Stolz studierte.

»Hier haben wir so einen typischen Tag: Am Dienstag bringt mich Aquillas Bruder ins Labor und setzt Noël an der Schule ab; wenn er wieder zum Haus zurückkommt, nimmt Becky den Wagen zu ihrer Tennisstunde, holt dann Noël ab und bringt sie zu Mlle Ségur. Dann erledigt sie die Einkäufe – und so fort.«

»Und wenn ich zufällig keine Einkäufe habe?« gab Becky zu bedenken.

»Dann machst du ›und so fort‹. Wenn kein ›und so fort‹ dasteht, bringst du den Wagen zum Labor und nimmst den Bus nach Hause – in dem Fall bringe ich Aquillas Bruder – ich meine Noël« – er starrte auf den Plan, verdrehte die Augen – »bringe ich Noël von Mademoiselle zurück zur Schule und fahre dann weiter nach Hause. Dann« – er stockte – »und dann – –«

Noël schaukelte vor Vergnügen hin und her.

»Das ist wie bei diesem Rätsel«, rief sie, »von dem Mann, der über den Fluß mußte mit der Gans und dem Fuchs und dem – –«

»Moment mal!« Renés Stimme war voller gereizter Schwingungen. »Hier fehlt eine halbe Stunde, oder Aquillas Bruder muß sein Mittagessen essen, bevor es gekocht ist.«

Becky, die mit hilfsbereitem Gesichtsausdruck zugehört hatte, verwandelte sich mit einem Mal in eine Frau voll Scharfsinn und Energie. Die Veränderung, ausgedrückt in jeder Linie ihres leidenschaftlichen Gesichts, verblüffte René, und er hörte ihr mit einer Mischung aus Ehrfurcht, Stolz und Mißbilligung zu.

»Warum können wir meine Tennisstunden für diesen Herbst nicht einfach streichen?« schlug sie vor. »Schließlich sind die wichtigsten Dinge dein Experiment und Noëls Ausbildung. Tennis ist in ein, zwei Monaten sowieso zu Ende. Es macht doch das alles nur noch komplizierter.«

»Das Tennisspielen aufgeben!« sagte er ungläubig. »Du Kindskopf! Natürlich machst du weiter. Amerikanische Frauen müssen Athletinnen sein. Das ist Tradition in diesem Land. Alles was wir brauchen, ist perfekte Zusammenarbeit.«

Tennis war Beckys große Stärke. Mit sechzehn hatte sie die Schulmeisterschaft von New Jersey gewonnen, womit sie die kleine Stadt Bingham auf die Landkarte brachte. René hatte die Karrieren seiner Landsleute Lacoste und Lenglen verfolgt, und mit Beckys Tennis nahm er es sehr genau. Er wußte, daß sich in der Gemeinde die Gerüchtemühlen langsam über ihn und Becky zu drehen begannen – über dieses junge Mädchen, das er irgendwo oder nirgendwo aufgelesen und vor kurzem in die Obhut von Mr. und Mrs. Slocum auf der benachbarten Gemüsefarm gegeben hatte. Beckys Tennis besaß einen gewissen abstrakten Wert, der sich später auszahlen würde. Es stellte einen Hintergrund für Becky dar – oder besser gesagt etwas, das zwischen Becky und ihrem Mangel an Hintergrund in jeder Form stehen würde. Es mußte in den Plan hinein, ungeachtet der Schwierigkeiten, die es verursachte.

René hatte seine Frau, eine Amerikanerin, geliebt, und nachdem sie in der Schweiz qualvoll erloschen war, mußten drei lange Jahre verstreichen, bis sich beim Aufwachen die tragische Endgültigkeit dieser Tatsache nicht mehr als schwarze Periode einstellte, die den Tag beendete, bevor er angefangen hatte. Da sie merkwürdigerweise der Legende Glauben schenkte, daß sich der menschliche Körper alle sieben Jahre vollständig erneuert, hatte sie in ihrem letzten kranken Willen eine Verfügung erlassen, nach der das bescheidene Vermögen, das sie ihm hinterließ, in einen Treuhandfonds für Noël umgewandelt werden würde, falls er innerhalb von sieben Jahren nach ihrem Tode wieder heiraten sollte. Bei dem, was er nach Ablauf dieser Frist tat, würde es sich nach Ediths Auffassung um die Tat eines Menschen handeln, den sie nie gekannt hatte. Die Verfügung hatte ihn nicht gestört. Es war ihm eher angenehm zu wissen, daß eine Heirat außer Frage stand, weshalb manch eine Falle, die man ihm gestellt hatte, während seiner Jahre als Witwer in dem Collegestädtchen nicht zum Zuschnappen kam. Die Erbschaft ermöglichte es ihm, in der Forschung zu bleiben, unter der Ägide einer jener wissenschaftlichen Stiftungen, die der Universität nahestanden, statt seinen Lebensunterhalt als Pädagoge in einem fremden Land verdienen zu müssen. Auf seinem Gebiet war er ein Glückspilz. Im letzten Jahr zum Beispiel, als er die Überreste eines von einem Kollegen aufgegebenen Experimentes wegräumen wollte, war er über eine völlig neue Technik der Aktivierung eines Katalysators zur Auslösung chemischer Reaktionen gestolpert. Er hatte das Gefühl, bis in einem Jahr würde er weit besser für Noël sorgen können als der geschrumpfte Treuhandfonds seiner Frau.

So nutzte er seinen Kummer tausend Tage lang ab und entdeckte schließlich, daß seine Tochter größer wurde und Arbeit tatsächlich das Beste war, um ein Leben auszufüllen. Er ließ sich nieder, und das Leben wurde so verkürzt wie der Rhythmus des Colleges selbst.

»Meine Beziehungen zu meiner Tochter«, pflegte er

in jenen Tagen zu sagen, »entwickeln sich zu einem sogenannten Elektra-Komplex. Wenn der Mensch ein anpassungsfähiges Tier wäre, dann müßte ich einen Schoß und einen äußerst trostspendenden Busen entwickeln und ihr eine richtige Mutter werden, aber das kann ich nicht. Also wie kann ich diesem Vater-Tochter-Komplex ein Ende machen, der sich zwischen uns aufbaut?«

Das Problem löste sich auf eigene Art in Wohlgefallen auf. René war in die Jugend verliebt, und eines Tages sah er Becky Snyders Schönheit über das Heck eines stehengebliebenen, schrottreifen Schlittens auf dem Lincoln Highway hinwegspähen. Es war ein alter Schlitten, sogar für seine altschlittenmäßige Funktion, junge Liebe von einem verschwiegenen Plätzchen zum nächsten zu befördern. Witze wanden sich schwach leserlich über beide Seiten hin, und ein großes »Bingham H.S. 1932« verunstaltete – falls man das noch so nennen konnte – seinen Kühlergrill. René du Cary, genauso reserviert wie jeder Universitätsprofessor, der einen Nachmittag auf seinem Fahrrad verbringt, wäre mit einem amüsierten Achselzucken vorbeigefahren, hätte er nicht plötzlich die Ursache für die reglose Position des Schlittens mitten auf der Straße entdeckt – einen schwer betrunkenen, übers Lenkrad drapierten jungen Mann.

»Also das ist wirklich zu dumm«, dachte er bei sich, als er, sein Fahrrad auf dem Rücksitz, den Wagen seinem Bestimmungsort entgegensteuerte. Dabei stellte er sich fortgesetzt Noël in einer ähnlichen Situation vor. Erst, als sie den jungen Mann und seine fahrbare Couch im Schoße seiner Familie abgeliefert hatten, und er mit Becky und deren tauber Tante auf der Veranda des Farmhauses saß, ging ihm auf, wie wahrhaft und strahlend schön sie war, und daß er ihr Haar und ihr leuchtendes Gesicht und ihren Nacken berühren wollte – die Stelle, auf die er Noël immer den Gutenachtkuß gab.

Sie begleitete ihn zum Tor.

»Sie dürfen diesem jungen Mann nicht gestatten, Sie zu besuchen«, sagte er. »Er ist nicht gut für Sie.«

»Und was soll ich sonst tun?« Sie lächelte. »Zu Hause herumsitzen?«

Er hob seine Hände.

»Gibt es denn sonst keine anständigen Bürger in diesem Dorf hier?«

Becky blickte ungeduldig drein, als müßte er doch wissen, daß es sie nicht gab.

»Ich war verlobt, mit einem netten Jungen, der letztes Jahr gestorben ist«, informierte sie ihn, um stolz fortzufahren: »Er besuchte das College in Hamilton. Ich wäre mit ihm zum Frühjahrsball gegangen. Er bekam Lungenentzündung.«

»Das tut mir leid«, sagte René.

»Hier in der Gegend gibt es keine Jungs. Da tauchte mal ein Mann auf, der mir erzählte, er würde mir einen Job auf einer New Yorker Bühne besorgen, aber die Tour kenne ich. Meine Freundin hier fährt immer in die Stadt, um sich von Studenten einladen zu lassen. Es ist einfach Pech für ein Mädchen, in so einem Nest geboren zu werden. Ich meine, man hat hier keine Zukunft. Durchs Tennisspielen habe ich einige Männer kennengelernt, aber die habe ich nachher nie wiedergesehen.«

Er hörte den verworrenen Vorstellungen zu, die sich über ihn ergossen – ausgedrückt von einer Kombination von Debütantin, Streunerin und Mädchen vom Lande. Die ganze Angelegenheit verwirrte ihn – diese Mischung aus Unschuld, Opportunismus und Unwissenheit. Er kam sich dadurch ausgesprochen fremd und weltfern vor.

»Ich werde ein paar Studenten zusammentrommeln«, versprach er zu seiner eigenen Überraschung. »Wenigstens lebendige Schönheit sollten sie zu schätzen wissen, wenn schon nichts sonst.«

Doch es kam alles ganz anders. Das halbe Dutzend älterer Studenten, die Dame, die kam, um auf seiner Veranda Tee einzugießen, erkannten, noch bevor die erste halbe Stunde vergangen war, daß er hoffnungslos in das Mädchen verliebt war, daß er selbst es nicht wußte, daß es ihn ganz elend machte, als zwei der jungen Männer sich mit ihr verabredeten. Als sie ihn das nächste Mal besuchte, traf sie dort keine jungen Männer mehr an.

»Ich liebe dich, und ich möchte, daß du mich heiratest«, sagte er.

»Aber ich bin doch einfach – – Ich weiß nicht, was ich sagen soll. Ich hätte nie gedacht, daß – –«

»Versuch nicht zu denken. Ich werde für uns beide denken.«

»Und du wirst mir alles beibringen«, sagte sie rührend. »Ich gebe mir auch große Mühe.«

»Wir müssen mit der Heirat noch sieben Monate warten, weil – – Mein Gott, bist du schön!«

Das war im Juni, und an ein paar langen Nachmittagen in der Schaukel auf der Veranda lernten sie einander kennen. Sie fühlte sich bei ihm sehr sicher – etwas zu sicher.

Zum ersten Mal störte die Verfügung in Ediths Testament René wirklich. Die sieben spezifizierten Jahre würden erst im Dezember um sein, und der Zeitraum bis dahin versprach problematisch zu werden. Die Verlobung bekanntzugeben, hieße Becky einer strengen Überprüfung durch die maßgeblichen Damen der Universität aussetzen. Da er sich übermäßig glücklich schätzte, einen solchen Schatz entdeckt zu haben, haßte er den Gedanken, sie in Bingham ihrem ländlichen Schicksal zu überlassen. Andere Spezialisten für Schönheit, andere scharfsichtige Ausländer hätten sie auf der Straße in liegengebliebenen Wagen mit nichtsnutzigen jungen Männern finden können. Außerdem fehlten ihr die gesellschaftlichen Umgangsformen, weshalb er erwog – im Stil der Eisenbahnkönige des Wilden Westens, die ihre Saloon-Liebchen ins Kloster schickten, um sie auf ihr erhabenes Geschick vorzubereiten –, Becky bis Dezember mit einer Anstandsdame nach Frankreich zu schicken. Doch das konnte er sich nicht leisten, und schließlich kam er auf die Idee, sie nebenan bei den Slocums unterzubringen.

»Dieser Stundenplan hier«, sagte er zu ihr, »ist das Wichtigste in unserem Leben; du darfst deine Kopie auf keinen Fall verlieren.«

»Nein, Liebster.«

»Dein zukünftiger Mann verlangt eine Menge; er möchte eine schöne Frau und ein wohlerzogenes Kind, daß seine Arbeit sehr gut ist und ein Leben auf dem Land. Die Finanzen sind begrenzt. Aber mit Methode«, sagte er leidenschaftlich – »Methode für einen, Methode für alle – können wir es zum Klappen bringen.«

»Natürlich können wir das.«

Nachdem sie ihn geküßt, sich an ihn geklammert und das Haus verlassen hatte, blieb er eine Weile sitzen und schaute hinaus zu den Eichhörnchen, die sich in der Dämmerung noch immer eifrig abmühten.

»Wie seltsam«, dachte er. »Im Moment gleicht meine Rolle der eines *supérieur* in einem Kloster. Ich kann meinen zwei kleinen Mädchen etwas davon zeigen, was gute Arbeit ist und was Höflichkeit. Den Rest hat man, oder man hat es nicht.

Dieser Stundenplan ist mein Schutz; denn ab jetzt habe ich keine Zeit mehr, an Details zu denken, und trotzdem dürfen sie nicht von den Geldwechslern aus Hollywood erzogen werden. Sie sollten erwachsen werden; daß man die Leute Kinder bleiben läßt, das gibt es viel zu viel. Der Preis ist zu hoch; am Ende muß die Rechnung immer jemand bezahlen.«

Sein Blick fiel auf den Tisch. Darauf lag, sorgfältig gefaltet, ein vertraut aussehendes Stück Papier – die maschinengeschriebenen Rechtecke schimmerten hindurch. Und auf dem Sessel, in dem Becky gesessen hatte, ruhte sein Zwillingsbruder. Die Pläne, vergessen und verlassen, blieben an der Seite ihres Schöpfers.

»*Mon Dieu*!« rief er und hob die Finger an sein junges, graues Haar, »*Quel commencement*! Noël!«

II

Mit einer Art zitterndem Ruck, wie beim Versuch eines Gespanns, eine schwere Last zu bewegen, setzte sich Renés Stundenplan in – allerdings unsichere – Bewegung: Am dritten Tag verlor Noël ihre Kopie und ging mit ihrer Klasse auf eine Botanik-Exkursion, während Aquillas Bruder – ein farbiger Junge, der schon vor längerer Zeit einen weitergezogenen Hausdiener ersetzt, sich aber im Haushalt nie ganz einen eigenen Namen gemacht hatte – zwei Stunden vor der Schule auf sie wartete, so daß Becky ihre Tennisstunden verpaßte und Mlle Ségur sich bei René über die ihr entstandenen Unannehmlichkeiten beschwerte. Und das ausgerechnet an einem Tag, den René verzweifelt mit dem Bemühen verbracht hatte, einen Prozeß zu erfinden, durch den die Platinelektroden in tausend Glaszellen hübsch verschwommen bleiben würden. Als er heimkam, explodierte er, und Noël mußte auf seine Anordnung hin ohne Abendbrot ins Bett.

Jeder Tag stürzte ihn tiefer in seine beiden Experimente hinein. Das eine war sein Versuch, den Katalysator zu entwickeln, über den er damals durch Zufall gestolpert war; das zweite basierte auf der neuen Erkenntnis, daß es zwei Arten von Wasser gibt. Sollte sein Plan, vierhunderttausend Liter Wasser elektrolytisch aufzuspalten, ihm die Gelegenheit liefern, die beiden Sorten spektrographisch zu analysieren, dann konnten die Resultate von unschätzbarem Wert sein. Der Versuch wurde sowohl von einem kommerziellen Unternehmen als auch von der Stiftung unterstützt, nur beliefen sich die Unkosten bereits auf mehrere zehntausend Dollar – da war der kleine Generator, speziell für seine Zwecke gebaut, die tausend Platinelektroden, jede in ihrem eigenen Glaskolben, wie auch der Aufwand an Zeit für die schwierige und langwierige Installation der Apparate.

Notwendigerweise verlor der häusliche Anteil des Tages an Bedeutung. Es war schön zu wissen, daß seine Mädchen sicher und sinnvoll beschäftigt waren, daß ihn zu Hause zwei Gesichter sehnsüchtig erwarteten. Im Moment jedoch konnte er keine Energie mehr für seine Familie abzweigen. Becky hatte ihr Tennis und eine Bücherliste, um die sie ihn gebeten hatte. Sie wollte René eine perfekte Ehefrau sein; sie wußte, daß er versuchte, eine solide Struktur aufzubauen, innerhalb der sie alle miteinander zusammenleben konnten, und sie ahnte, daß es die starke Beanspruchung durch die gegenwärtige Situation war, die ihn oft unverhältnismäßig viel Wert auf Kleinigkeiten legen ließ. Als er begann, die Zeit, die er Noël gern gewidmet hätte, vor allem ihren Schulaufgaben – die mit der Bemerkung »nachlässig« zurückkamen –, durch kurze Augenblicke extremer Strenge zu ersetzen, protestierte Becky. Worauf René darauf bestand, daß er bei Noël auf einen Mangel an Manieren nur deshalb so heftig reagierte, weil er versuchen wollte, ihr Schwierigkeiten zu ersparen, damit sie ihre wirklichen Kräfte für wirkliche Anstrengungen sparen konnte und sie nicht darauf verwenden mußte, die Achtung ihrer Mitmenschen wiederherzustellen, die sie in einem kurzen Augenblick der Unachtsamkeit oder Eitelkeit verloren hatte. »Entweder man lernt Höflichkeit zu Hause«, sagte René, »oder die Welt draußen bleut sie einem ein – und dieser Prozeß hat schon viele junge Menschen in Amerika zerstört. Was interessiert es mich, ob Noël mich ›anbetet‹ oder nicht, wie es so schön heißt? Ich erziehe sie ja nicht dazu, daß sie mal meine Frau werden soll.«

Dennoch, und trotz allem, wollte die Methode einfach nicht funktionieren. Sein Privatleben fing an, mit ihr in Konflikt zu geraten. Wäre er beispielsweise in der Lage gewesen, an jenem Tag eine halbe Stunde länger im Labor zu bleiben, als er wußte, daß Becky diskret etwas weiter unten an der Straße auf ihn wartete, oder wenn er ihr auch nur eine offene Nachricht hätte zukommen lassen können, um ihr zu sagen, daß er noch länger zu tun haben würde, dann wäre der Wasserhahn nicht offengeblieben und eine ganze Menge Frischwasser in das bereits nach Isotopen getrennte Wasser hineingelaufen und es damit auch nicht notwendig geworden, nochmals völlig von vorn zu beginnen. Arbeit, Liebe, sein Kind – seine Forderungen schienen ihm keineswegs übertrieben; er hatte ja schließlich vorausgedacht und einen Stundenplan erstellt, der alle kleineren Probleme mit einbezog.

»Überdenken wir es also noch einmal«, sagte er, nachdem er seine Mädchen erneut um sich geschart hatte. »Bedenken wir dabei, daß wir eine Methode haben, die durch diesen Stundenplan verkörpert wird. Eine Methode ist besser und größer als ein Mensch.«

»Nicht immer«, sagte Becky.

»Wie meinst du das, nicht immer, Kleines?«

»Autos haben nun mal ihre Mucken wie unseres neulich, René. Wir können uns nicht vor sie hinstellen und ihnen den Plan vorlesen.«

»Nein, mein Liebling«, sagte er aufgeregt. »Den Plan, den lesen wir uns selber vor. Wir schauen voraus – wir lassen den Motor überprüfen, wir sorgen dafür, daß der Tank voll ist.«

»Also, wir werden versuchen, uns zu bessern«, sagte Becky.

»Nicht wahr, Noël? Du und ich – und das Auto.«

»Du machst Witze, aber ich meine es ernst.«

Sie rückte ganz nah zu ihm heran.

»Ich mache keine Witze, Liebling. Ich liebe dich von ganzem Herzen und versuche, alles zu tun, was du mir sagst – ich spiele sogar Tennis, obwohl ich lieber herkommen würde, um dein Haus für dich ein bißchen sauberer zu halten.«

»Mein Haus?«

Er starrte unbestimmt um sich. »Aber mein Haus ist doch sehr sauber. Aquillas Schwester kommt doch jeden zweiten Freitag.«

Er hatte allen Grund, sich eines Sonntagnachmittags eine Woche später daran zu erinnern, als er von seinem Chefassistenten Charles Hume und dessen Frau Besuch bekam. Sie waren alte Freunde, und sofort bemerkte er in ihren Augen das Feuer, das in den Augen alter Freunde lodert, die zur Freundschaft entschlossen sind. Und wie es der kleinen Noël ginge? Noël hatte im Sommer zuvor eine Woche lang bei ihnen gewohnt.

René rief nach Noël, erhielt aber keine Antwort.

»Sie ist irgendwo draußen.« Er machte eine vage Handbewegung. »Sie kann überall sein; hier sind ringsum Felder.«

»Alles gut und schön, solange die Tage lang sind«,

sagte Dolores Hume. »Aber denke daran, es gibt auch sowas wie Kindesentführungen.«

René schloß rasch eine neue Sorge aus seinen Gedanken aus.

»Und wie geht es dir, René?« fragte Dolores. »Charles hat das Gefühl, du übertreibst es etwas in letzter Zeit.«

»Aber, Schatz«, protestierte Charles, »ich – –«

»Du sei ganz still. Ich kenne René länger als du. Ihr zwei Männer fummelt den ganzen Tag wie die Wilden an diesen Kolben da herum, und dann hat René noch den ganzen Abend alle Hände voll mit Noël zu tun.«

Täuschten Renés Augen ihn, oder musterte sie ihn dabei genau, um zu sehen, wie er das aufnahm?

»Charles meint, im Moment arbeitet ihr an einer problemlosen Stufe des Experiments, und da haben wir uns gedacht, wir könnten dir helfen, wenn wir Noël zu uns nehmen und du mal eine Woche wegfährst, um auszuspannen.«

Verärgert antwortete René schroff: »Ich brauche nicht auszuspannen, und weg kann ich auch nicht.« Das klang grob; René schätzte seinen Assistenten sehr. »Nicht, daß Charles nicht genauso gut wie ich weitermachen könnte.«

»Eigentlich denke ich dabei genauso an die arme kleine Noël wie an dich. Jedes Kind braucht persönliche Zuwendung.«

Da er spürte, wie der Zorn in ihm hochstieg, nickte René nur höflich.

»Falls du das nicht in Betracht ziehen willst«, fuhr Dolores fort, »frage ich mich, warum du nicht eine kleine Farbige einstellst, die nachmittags ein Auge auf

Noël hält. Sie könnte dir beim Saubermachen helfen. Mir ist nämlich aufgefallen, daß Franzosen vielleicht ordentlicher sind als amerikanische Männer, aber kein bißchen sauberer.«

Sie ließ die Hand probeweise einen Balken entlanggleiten.

»Himmel!« entfuhr es ihr erschrocken. Ihre Hand war schwarz, ein ausgesprochen schmieriges, ekliges, klebriges Schwarz, aus uralter Möbelpolitur und weitgereistem Ruß.

»Was für eine Katastrophe!« rief René. Erst letzte Woche hatte er Becky verboten, Hausputz zu machen. »Ich bitte tausendmal um Entschuldigung. Laß mich dir – –«

»Geschieht mir ganz recht«, gab sie zu, »und du bleibst schön sitzen. Ich kenne dieses Haus wie meine Westentasche.«

Als sie hinausgegangen war, sagte Charles Hume:

»Ich glaube, ich muß mich bei dir für Dolores entschuldigen. Sie ist eine eigenartige Frau, René, und es ist verdammt nochmal nicht ihre Sache, sich so in deine Angelegenheiten einzumischen!«

Er hielt inne. Seine Frau war plötzlich wieder im Zimmer, und die Männer hatten augenblicklich das Gefühl, irgend etwas sei schiefgegangen. Ihr Gesicht wirkte schockiert und verletzt, betroffen, als habe man sie auf besonders persönliche Art enttäuscht.

»Du hättest mich besser nicht hinaufgehen lassen sollen«, sagte sie zu René. »Deine Privatangelegenheiten sind deine Sache, aber wenn es irgend jemand anders als du wäre, René, würde ich das für einen ziemlich schlechten Scherz halten.«

Einen Augenblick lang war René verwirrt. Dann begriff er halb, doch ehe er etwas sagen konnte, fuhr Dolores kalt fort:

»Natürlich dachte ich, das wäre Noël in der Badewanne, und ich bin einfach reingegangen.«

René war jetzt ganz Gebärdenspiel; er holte lange, langsam, hörbar Luft; er fuhr mit seinen Händen langsam an seine Augen, er schüttelte im Takt zu einem schnellen »Dz-dz-dz-dz« den Kopf. Dann, indem er mit einer plötzlichen Abwärtsbewegung der Arme die Karten auf den Tisch legte, versuchte er zu erklären. Das Mädchen sei die Nichte eines Nachbarn – er wußte, mitten in seinem ausweichenden Wortschwall, daß es sinnlos war. Dolores war gerade ein, zwei Jahre älter als diese Kriegsgeneration, die die meisten Dinge für selbstverständlich ansah. Er wußte, daß sie vor ihrer Heirat ein bißchen in ihn verliebt gewesen war, und er sah die Geschichte schon in die Welt der Universitätsstadt hinausgetragen. Er wußte das sogar noch, als sie schlußendlich vorgab, ihm zu glauben, und als Charles ihm im Hinausgehen einen verständnisvollen Blick zuwarf, mit dem stummen Versprechen, er werde seine Frau schon dazu bringen, den Mund zu halten.

»Ich fühle mich furchtbar«, klagte Becky.

»Aber heute wollte das Wasser bei den Slocums einfach überhaupt nicht zum Laufen kommen, und mir war so heiß, ich kam mir ganz klebrig vor, da hab ich gedacht, ich springe eben auf zwei Sekunden rein. Das Gesicht dieser Frau, als sie es durch die Tür steckte! ›Oh, das ist ja gar nicht Noël‹, sagte sie, und was sollte ich da sagen? So, wie sie mich angestarrt hat, hätte sie das eigentlich sehen müssen.«

Es war November, der Campus schwelgte einmal pro Woche in Veilchen und Chrysanthemen, Hot Dogs und Football-Abzeichen, und die ganze Landschaft verwandelte sich in einen einzigen rotgelben Laubtunnel um den Sog unzähliger Autos. Für gewöhnlich ging auch René zu den Spielen, aber nicht dieses Jahr. Statt dessen betreute er die Aktivitäten des kostbaren Wassers, das kein Wasser war, sondern eine himmlische, mysteriöse Flüssigkeit, die vielleicht Geisteskrankheiten im Phacochoerus heilen oder auch nur auf Eiern Haare sprießen lassen würde – oder er wartete seinem Katalysator auf, der ihn, umwickelt von Platindraht im Wert von fünftausend Dollar, jeden Morgen schwach aus seinem Quarzgefängnis heraus anfunkelte.

Einmal nahm er Becky und Noël dorthin mit, weil es noch ungewöhnlich früh war. Er war etwas enttäuscht, weil sich Noël ganz in eine Überprüfung ihres Stundenplans vertiefte, während er die Versuchsanordnung erklärte. Der spannungsgeladene, sonnige Raum erschien Becky romantisch, mit seinem Duft esoterischer Gase, den schwachen Parfums zukünftigen Wissens, dem leisen elektrischen Zischen in den Glaszellen.

»Daddy, kann ich mal kurz deinen Plan haben?« fragte Noël. »Da ist so ein dummes Wort, und ich weiß nie, was es heißt.«

Er reichte ihn ihr abwesend hinüber, denn eine Veränderung von Lautstärke und Klangfarbe der Geräusche im Raum machte ihn darauf aufmerksam, daß irgend etwas geschah. Er kniete sich, einen Füllfederhalter in der Hand, neben das Quarzgefäß.

Er hatte die Versuchsbedingungen am Vortag verändert, und jetzt notierte er rasch:

Strömungsdichte 500 cm³/min, Temperatur 255° C. Veränderte Gasmischung auf 2 vol. Sauerstoff und 1,56 vol. Stickstoff. Leichte Reaktion, etwa 1 Prozent. Verändere auf 2 vol. O und 1,76 vol. N. Temp. 283° C. Platinfaden jetzt rotglühend.

Er arbeitete schnell und behielt ständig das Manometer im Auge. Zehn Minuten vergingen; der Faden glühte und erlosch, und René schrieb Zahl um Zahl nieder. Als er sich mit einem eher abwesenden Gesichtsausdruck wieder erhob, schien er fast überrascht, daß Becky und Noël immer noch da waren.

»Also, wirklich, das war Glück«, sagte er.

»Wir kommen zu spät zur Schule«, sagte ihm Becky, um dann reumütig hinzuzufügen: »Was ist passiert, René?«

»Es dauert zu lange, das zu erklären.«

»Natürlich weißt du doch, Papa«, sagte Noël tadelnd, »daß wir unseren Plan einhalten müssen.«

»Natürlich, natürlich. Dann mal los jetzt.« Er küßte beide hungrig auf den Nacken, sah ihnen stolz und glücklich nach, schob den Gedanken an sie aber dennoch eine Zeitlang beiseite, während er mit etwas von der Weltfremdheit eines Ministranten durch das Labor schritt. Auch die Elektrolyse schien besser zu laufen. Seine beiden Experimente hatten sich wie ein störrisches Gespann plötzlich entschlossen anzuziehen, als ihnen klar wurde, mit wieviel Hartnäckigkeit sie es zu tun hatten.

Er hörte Charles Hume hereinkommen, hielt jedoch die Neuigkeiten über den Katalysator noch zurück, während sie sich beide auf das Wasser konzentrierten. Es war Mittag geworden, bis er endlich dazu kam, sich seine Notizen vorzunehmen – um schokkiert zu entdecken, daß er gar keine Notizen hatte. Die Rückseite des Stundenplans, auf der er sie niedergeschrieben hatte, war erstaunlicherweise, unerklärlicherweise leer, als hätte er sie mit Zaubertinte geschrieben, oder im Bann einer Illusion. Dann realisierte er, was geschehen war – er hatte die Daten auf Noëls Plan festgehalten, und sie hatte ihn mit zur Schule genommen. Als Aquillas Bruder mit einem Einschreibepäckchen auftauchte, schickte er ihn postwendend mit dem Plan zur Schule, um den Austausch vorzunehmen. Die Daten, die er notiert hatte, schienen unersetzlich, umso mehr als – trotz seines hoffnungsvollen »Sieh mal! Sieh mal! Komm her, Charles, Charles, hier, schau doch!« – der Katalysator keinerlei Anstalten mehr machte zu reagieren.

Er fragte sich, was Aquillas Bruder aufhalten mochte, weshalb er Nervosität in sich aufkeimen fühlte, als er und Charles zur Hauptstraße hinauf zum Mittagessen spazierten. Danach ging Charles weg, um in der Stadt eine chemische Zulieferfirma auf Vordermann zu bringen.

»Mach dir nicht allzu viele Sorgen«, sagte er. »Mach die Fenster auf – das ganze Labor ist voll Stickstoffchlorid.«

»Zerbrich dir darüber nicht den Kopf.«

»Naja –« Charles druckste herum. »Ich fand zwar nicht richtig, wie sich Dolores neulich benommen hat, aber ich glaube, du versuchst zuviel auf einmal zu machen.«

»Überhaupt nicht«, protestierte René. »Ich kann es nur kaum erwarten, bis ich meine Notizen wieder in der Hand habe. Vielleicht dauert es Monate, vielleicht klappt's auch nie wieder, daß ich noch einmal über genau diese Kombination von Bedingungen stolpere.«

Kaum war er allein, da entpuppte sich ein kleines Stimmchen am Telefon als das von Noël, die von der Schule aus anrief: »Papa?«

»Ja, mein Engel?«

»Verstehst du am Telefon besser Französisch oder Englisch?«

»Wie? Ich verstehe beides gleich.«

»Also, es ist wegen des Stundenplans.«

»Das ist mir vollkommen klar. Du hast meinen Plan mitgenommen. Wie war das denn bloß möglich?«

Noëls Stimme klang zögernd: »Aber das habe ich gar nicht, Papa. Du hast mir deinen Plan mit lauter blöden Sachen hinten drauf gegeben.«

»Das sind keine blöden Sachen!« rief er aus. »Das sind sehr wertvolle Sachen. Darum habe ich dir doch auch Aquillas Bruder geschickt, damit er die Pläne austauschen soll. Hat er das gemacht?«

»Ich war gerade weg, im Französisch, als er kam, und da ist er wieder gegangen – ich glaube, wegen dieses einen Tages da, wo er so dumm war und gewartet hat. Und darum hab ich überhaupt keinen Plan mehr, und ich weiß auch nicht, ob Becky mich abholen kommt nach der großen Pause oder ob ich mit den Sheridans fahren und von da aus zu Fuß nach Hause gehen soll.«

»Du hast überhaupt keinen Plan mehr?« fragte er, wobei seine Welt um ihn her zusammenbrach.

»Ich weiß nicht, was aus ihm geworden ist. Vielleicht hab ich ihn im Auto liegenlassen.«

»Vielleicht hast Du ihn im Auto liegenlassen?«

»Es war doch nicht meiner.«

Er legte den Hörer auf den Tisch, weil er jetzt beide Hände für die Geste brauchte, die zu vollführen er unter einem unwiderstehlichen Drang stand. Er warf sie so hoch, daß es schien, als flögen sie von seinen Handgelenken weg und würden im Fallen wieder von ihnen eingefangen. Dann packte er den Hörer erneut.

»-- weil die Schule um vier aus ist, und wenn ich auf Becky warte und sie dann nicht kommt, müssen sie mich ausschließen.«

»Hör zu«, sagte René. »Hörst du mich? Soll ich englisch oder französisch reden?«

»Ist egal, Daddy.«

»Gut, hör zu: Wiedersehen.«

Er hängte ein. Zum erstenmal das Fehlen eines Telefons zu Hause bedauernd, rannte er hinauf zur Hauptstraße und nahm sich ein Taxi, das er antrieb, einen Fuß auf einem imaginären Rücksitz-Gaspedal, schnellstens zu ihm nach Hause zu fahren.

Das Haus war verschlossen; der Wagen nicht da; das Mädchen nicht da; Becky nicht da. Er hatte keine Ahnung, wohin sie gegangen sein könnte, und auch die Slocums konnten ihm nicht weiterhelfen... Die Notizen mochten inzwischen wer weiß wo sein, achtlos mit einem Fußtritt auf die Straße befördert, zerknüllt und weggeworfen.

»Aber Becky wird ihn als Stundenplan erkennen«,

tröstete er sich selbst. »Sie würde es nie wagen, unseren Plan wegzuwerfen.«

Er war sich keineswegs so sicher, daß er ihn im Wagen finden würde. Aufs Geratewohl hin ließ er sich von dem Taxi ins Farbigenviertel fahren, in der Hoffnung, Aquillas Bruder würde ihm irgendwie weiterhelfen können. René hatte noch nie zuvor im Negerwohnbezirk einer amerikanischen Stadt nach einem Farbigen gesucht. Zuerst hatte er keine Vorstellung davon, worauf er sich da einließ, doch nach einer halben Stunde nahm das Problem bemerkenswerte Dimensionen an.

»Wissen Sie« – rief er dunkelhäutigen und verblüfften Männern auf Gehsteigen zu –, »wo ich das Haus von Aquillas Bruder finden kann, oder von Aquillas Schwester – egal welches von beiden?«

»Ich weiß nicht mal, wer Aquilla ist, Chef.«

René versuchte sich zu erinnern, ob es sich dabei um einen Vor- oder einen Nachnamen handelte, und gab auf, als ihm einfiel, daß er das noch nie gewußt hatte. Mit fortschreitender Zeit überkam ihn immer stärker das Gefühl, einem Phantom hinterherzuhetzen; er fing an, sich dafür zu schämen, daß er sich nach der Adresse einer derart geisterhaften, himmelschreiend immateriellen Heimstätte erkundigte wie dem Haus von Aquillas Bruder. Nachdem er sein Anliegen ein dutzendmal vorgetragen hatte, manchmal auch abgewandelt in eine geheuchelte Bitte um Auskünfte über den Aufenthaltsort von Aquillas Schwester, kam er sich langsam ein wenig verrückt vor.

Es war kälter geworden. In der Luft lag drohend der erste Schnee dieses Winters, und bei dem Gedanken daran, daß seine Aufzeichnungen in ihn hinausgeworfen, unter ihm begraben werden könnten, gab René seine Nachforschungen auf und bat den Taxifahrer, ihn nach Hause zu fahren, in der Hoffnung, daß Becky mittlerweile zurückgekommen war. Das Haus jedoch lag verlassen und kalt da. Während das Taxi draußen ratterte, warf er Kohlen in den Ofen und fuhr dann wieder zurück ins Stadtzentrum. Seiner Ansicht nach mußte er auf der Hauptstraße früher oder später auf Becky und den Wagen stoßen – es gab nun mal keine unbegrenzte Anzahl von Orten, an denen man in einer geordneten Gemeinschaft von siebentausend Menschen einen Nachmittag verbringen konnte. Becky hatte hier keine Freunde – es war das erste Mal, daß er daran dachte. Sie konnte sich buchstäblich praktisch nirgendwo aufhalten.

Ziellos, sich fast ebensowenig greifbar vorkommend wie Aquillas Bruder, wanderte er die Straße entlang, warf einen Blick in jeden Drugstore und in jedes Eßlokal. Junge Menschen aßen dauernd. Er konnte nicht ernsthaft irgend jemanden fragen, ob man sie gesehen hätte, denn sogar Becky war hier nur ein Schatten, eine versteckte und unbekannte Person, eine Soundso, der er noch keine wirkliche Existenz verliehen hatte. Nur zwei Dinge waren wirklich – sein Stundenplan, ohne den er verloren und hilflos war, und die Notizen auf seiner Rückseite.

Es wurde von Minute zu Minute kälter; ein wirklicher Wintersturm, der aus den Fußwegen neben dem Universitätshauptgebäude auf ihn zu fegte, ließ ihn sich plötzlich fragen, ob Becky Noël abholen würde. Was hatte Noël noch darüber gesagt, daß man sie ausschließen würde, wenn die Schule aus wäre? Aber doch nicht bei solchem Wetter. Mit einem Mal von Sorgen und Selbstvorwürfen gequält, nahm René wieder ein Taxi und fuhr zur Schule, doch das Gebäude war geschlossen und dunkel.

»Dann ist sie jetzt vielleicht auch noch verloren gegangen«, dachte er. »Sehr wahrscheinlich hat sie versucht, auf eigene Faust und zu Fuß nach Hause zu kommen, und wurde entführt, hat sich furchtbar erkältet oder ist überfahren worden.«

Er erwog allen Ernstes, beim Polizeirevier anzuhalten, und entschied sich erst dagegen, als ihm partout nichts einfallen wollte, was er dort hätte melden können, ohne sich vollkommen lächerlich zu machen.

»– – daß ein Mann der Wissenschaft es fertiggebracht hat, an einem Nachmittag, in dieser einen kleinen Stadt, alles zu verlieren.«

III

In der Zwischenzeit verbrachte Becky einen ausgesprochen erfreulichen Nachmittag. Als Aquillas Bruder mittags mit dem Wagen zurückkam, händigte er ihr Noëls Stundenplan mit der nicht gerade erschöpfenden Erklärung aus, er habe ihn Noël nicht geben können, weil es ihm nicht gelungen wäre, sie zu finden. Für heute hatte er genug von europäischer Kultur und überquerte in Gedanken bereits das Mittelmeer, derweil Becky noch versuchte, weitere Informationen aus ihm herauszuquetschen.

Ein Mädchen, das sie beim Tennisspielen kennengelernt hatte, hatte durch einen Trick für den frühen Nachmittag einen der vereinseigenen Squashplätze reservieren können. Das Squash war gut gelaufen; Becky schwitzte ausgiebig in der fremdartigen, eher einschüchternden Atmosphäre von Männlichkeit, wonach sie, frisch und kühl, ihren eigenen Stundenplan herausnahm, um ihre nachmittäglichen Pflichten zu erfahren. Der Plan sah für sie vor, Noël abzuholen, und Becky machte sich auf den Weg, ihre Gedanken im richtigen Verhältnis zueinander – den an sich selbst und Tennis; den an Noël, mit der sie mittlerweile Liebe verband, und abends die gemeinsamen Schularbeiten, wenn René länger im Labor zu tun hatte; den an René, in dem sie das seltsame Geheimnis von Macht erkannte. Aber als sie vor der Schule ankam und Noëls bleistiftgeschriebenen Zettel am Torpfosten entdeckte, fiel sie schlagartig der Seuche der Revolte zum Opfer.

Liebe Becky!
Hatte Papas Plan und habe ihn verloren und weiß nicht, ob Du kommst oder nicht. Mrs. Hume hat gesagt, ich kann bei ihr zu Hause warten. Holst Du mich da ab, wenn Du das hier erhalten hast?

Noël

Wenn es einen Menschen gab, den zu treffen Becky nicht die geringste Absicht verspürte, dann war das Mrs. Dolores Hume. Diese Gewißheit empfand sie äußerst heftig, weshalb sie nicht begriff, wie von ihr erwartet werden konnte, zu Mrs. Hume zu gehen. Sie fühlte sich absolut nicht hingezogen zu der Dame, die sie in der Badewanne so feindselig inspiziert hatte – um es milde auszudrücken, sie legte keinen gesteigerten Wert darauf, sie jemals wiederzusehen.

Ihr Entrüstung wandte sich gegen René. In jeglichem Licht betrachtet, war ihre Position diejenige eines Menschen, dessen er sich schämte. Eine Hälfte von ihr verstand die Komplikationen seiner Stellung, doch jetzt, da sie nach sportlicher Betätigung vor Gesundheit förmlich strahlte, schien es ihr unerhört, daß irgend jemand die Gelegenheit bekommen sollte, von ihr in herabsetzender Weise zu denken. Renés Theorien mochten ja gut und schön sein, aber sie wäre hundertmal glücklicher gewesen, wenn sie ihre Verlobung schon vor einiger Zeit bekanntgegeben hätten, auch wenn sie ein, zwei Monate lang jedes neugierige Frauenzimmer der Gemeinde anstarrte. Becky kam sich vor, als hätte man sie in der Küche versteckt, und sie entwickelte allmählich einen Minderwertigkeitskomplex. Das wiederum ließ sie den Stundenplan als eine Form von Tyrannei empfinden, und in letzter Zeit hatte sie sich einige Male gefragt, wieviel sie wohl von sich selbst aufgab, indem sie jede Stunde jedes Tages vollkommen dem Urteilsvermögen eines anderen unterstellte.

»Er kann Noël selber abholen«, beschloß sie. »Ich habe immer nur mein Bestes getan. Wenn er schon so klug ist, sollte er mich eben nicht in eine solche Situation bringen.«

Eine Stunde später war René noch immer unfähig, sich vorzustellen, wo er sie überhaupt gelassen hatte. Er hatte die Tage für sie geplant, hatte allerdings noch nie ernsthaft darüber nachgedacht, wie sie sie ausfüllen würde. In einem Zustand tiefster Niedergeschlagenheit machte er sich auf den Rückweg zu seinem Labor. Sobald er in Sichtweite des Gebäudes kam, beschleunigte er seine Schritte, da ihn eine neue Sorge überfiel. Während seiner mehr als dreistündigen Abwesenheit war das Barometer ständig gefallen, und drei Fenster hatten offengestanden; er konnte sich nicht erinnern, ob er oder Charles dem Hausmeister hätte auftragen sollen, übers Wochenende weiterzuheizen. Seine Kolben, das kostbare Wasser in seinen Kolben – Er rannte die eisigen Stufen des alten Gebäudes hinauf, voller Angst vor dem ihm bevorstehenden Anblick.

Einer der verschlossenen Kolben zersprang mit einem hellen Knall, während er noch keuchend in der Tür stand. Eintausend Kolben funkelten in engen Reihen durch drei lange Räume, und er hielt den Atem an, wartete darauf, daß sie allesamt auf einen Schlag entzweigehen würden, hörte schon fast das knisternde, herzzerreißende Geräusch, das sie dabei erzeugen würden. Er sah, daß ein weiterer geborsten war, und dann noch einer in einer entfernteren Reihe. Das Labor war eiskalt, ein Blizzard pfiff durch alle acht Ecken jedes Fensters hinein; am Wasserhahn bildete sich Eis.

Auf Zehenspitzen, damit auch nicht eine noch so winzige Erschütterung die anderen neunhundertsiebenundneunzig Katastrophen heraufbeschwöre, zog er sich auf den Korridor zurück; dort begann sein Herz wieder zu schlagen, als er das dumpfe, beruhigende Rumpeln der Schaufel des Hausmeisters im Keller hörte.

»Heizen Sie ein, was Sie können!« rief er hinunter und stieg dann noch eine Treppe hinab, um sicherzugehen, wirklich gehört worden zu sein. »Machen Sie die Glut so heiß wie möglich, auch wenn Sie nur« – ihm fiel das Wort für Kienspäne nicht ein – »auch wenn Sie nur kleines Holz da haben!«

Er hastete zum Labor zurück, in das er wieder auf Zehenspitzen eintrat. In dem Augenblick, da er hereinkam, zersprangen zwei Kolben neben einem Nordfenster, doch seine Hand, die über den Heizkörper strich, spürte bereits die noch zaghafte, laue Zufuhr von Wärme. Er zog seinen Mantel aus, dann seine Jacke, und stopfte beides quer vor ein Fenster, zerrte einen Elektro-Ofen hervor und schaltete jedes verfügbare elektrische Gerät ein. Von Minute zu Minute blieb er stehen und horchte angestrengt, Böses ahnend, doch es ertönte keiner dieser kurzen, verheerenden Todesschreie mehr. Bis er die fünf zerbrochenen Kolben isoliert und den Anteil an Eis in den anderen kontrolliert hatte, pulste deutlich spürbar Hitze aus den Heizkörpern.

Während er immer noch mechanisch im Raum herumhantierte, mit zitternden Händen, hörte er vom tiefergelegenen Flur her Noëls Stimme. Sie kam gemeinsam mit Dolores Hume herauf, beide gegen die Kälte bis über die Ohren vermummt.

»Ach, hier bist du, René«, sagte Dolores munter. »Wir haben hier dreimal und überall in der Stadt angerufen. Wir wollten, daß Noël zum Abendessen bei uns bleibt, aber sie denkt immer, du machst dir Sorgen. Was ist das bloß für eine Geschichte mit diesem Plan? Müßt ihr alle irgendwelche Züge erwischen?«

»Was ist was?« antwortete er benommen. »Bist du dir im klaren, Dolores, was hier in diesem Raum geschehen ist?«

»Es ist sehr kalt geworden.«

»Das Wasser in unseren Kolben ist gefroren. Wir hätten sie um ein Haar alle verloren!«

Er hörte die Tür zum Heizungskeller zuschlagen und den Hausmeister die Treppe heraufkommen.

Außer sich über das, was er für den Gipfel der Gleichgültigkeit hielt, wiederholte er:

»Wir hätten sie um ein Haar alle verloren!«

»Naja, solange es aber nicht passiert ist – –« Dolores heftete ihren Blick auf einen unbestimmten Punkt weit hinten auf dem ehemaligen Schlachtfeld funkelnder Kolben. »Wenn wir schon mal hier sind, René, möchte ich dir gern etwas sagen – etwas, was mir mindestens genauso wichtig scheint wie deine Kolben. Es hat nämlich etwas sehr Schönes, wenn ein Witwer allein mit einer kleinen Tochter zurückbleibt, um die er sich kümmert, die er beschützt und leitet. Mir scheint, daß etwas so Schönes nicht leichtfertig zerstört werden sollte.«

Zum zweitenmal an diesem Tag setzte René dazu an, seine Hände in die Luft zu werfen, aber beim letztenmal hatte er seine Handgelenke ein wenig verstreckt, und in seiner großen Aufregung war er sich absolut nicht sicher, ob er sie diesmal würde auffangen können.

»Dazu gibt es nichts zu sagen«, stöhnte er. »Schau, Dolores; du solltest öfter hierher in mein Labor kommen. Eine Platinelektrode hat auch etwas sehr Schönes.

»Ich denke dabei nur an Noël«, sagte Dolores gelassen.

An dieser Stelle betrat der Hausmeister, wirkungsvoll verborgen unter einer dicken Maske aus Kohlenstaub, den Raum. Es war Noël, die als erste erriet, daß es sich beim Hausmeister um Becky Snyder handelte.

IV

Unter diesen gänzlich unmethodischen Umständen wurde die Verlobung von René und Becky der Öffentlichkeit bekanntgegeben – der Öffentlichkeit, personifiziert und repräsentiert durch Dolores Hume. Für René aber wurde selbst dieses Ereignis überschattet von seinem Erstaunen zu erfahren, daß der erste Kolben in genau dem Augenblick geborsten war, als Becky das Labor betreten hatte; daß sie sich daran erinnert hatte, daß sich Wasser beim Gefrieren ausdehnt, und sofort die Gefahr abgeschätzt hatte; daß sie schon eine ganze Dreiviertelstunde geschuftet hatte, um die Heizung in Gang zu bekommen, bevor er eingetroffen war; und schließlich, daß sie sich daheim in Bingham schon seit zwei Jahren um die Heizung gekümmert hatte – »weil es sonst nicht viel anderes zu tun gab.«

Dolores trug es mit Fassung, obwohl sie es für richtig hielt, Becky daran zu erinnern, daß sie etwas schwierig wiederzuerkennen sein würde, wenn sie dauernd nur unter so äußerst widrigen Umständen anzutreffen sei.

»Ich nehme an, das hat alles etwas mit diesem Stundenplan zu tun, von dem ich soviel gehört habe.«

»Ich habe das Feuer mit dem Plan angezündet«, bemerkte Becky, um sich zu korrigieren, als René mit plötzlich schmerzverzerrtem Gesichtsausdruck aufsprang: »Nicht mit dem mit den Notizen hinten drauf – der lag im Auto zwischen den Sitzen.«

»Das ist zuviel für mich«, gestand Dolores. »Ich nehme an, ihr werdet schlußendlich noch allesamt heute nacht hier schlafen – vermutlich in den Kolben.«

Noël krümmte sich vor Lachen.

»Warum nicht? Schau mal auf den Plan, Daddy, und sieh nach, ob's da so vorgesehen ist.«

Sieh nur, der arme Pfau!

1

Miss McCrary stülpte den Lederschutz über die Schreibmaschine. Da es das letzte Mal war, kam Jason herüber und half ihr in den Mantel, was sie eher verlegen machte.

»Mr. Davis, denken Sie daran, falls sich irgend etwas ergibt, was ich in meinem Memo nicht behandelt habe, rufen Sie mich einfach an. Die Post ist erledigt; die Akten in Ordnung. Am Montag wird wegen der Maschine angerufen.«

»Sie waren sehr nett.«

»Oh, nicht der Rede wert. Es war mir eine Freude. Es tut mir nur leid, daß –«

Jason murmelte die übliche Floskel: »Wenn die Zeiten wieder besser werden –«

Kaum war sie gegangen, da tauchte ihr Gesicht noch einmal im Eingang auf:

»Alles Liebe für die Kleine. Und ich hoffe, daß es Mrs. Davis wieder besser geht.«

Augenblicklich war es einsam im Büro. Nicht etwa aufgrund von Miss McCrarys körperlicher Abwesenheit – ihre Gegenwart fiel ihm oft lästig –, sondern weil sie *für immer* fort war. Indem er sein Jackett anzog, schaute Jason auf ihr letztes Memorandum – es enthielt nichts, was noch heute erledigt werden mußte – auch nicht in drei Tagen. Es war angenehm, einen aufgeräumten Schreibtisch zu haben, aber er erinnerte sich an Zeiten, da ihn sein Beruf derart in Atem, ja in Trab hielt, daß er seine Anweisungen telefonisch von Eisenbahnen, telegraphisch von Schiffen herunter hierher durchgab.

Als er nach Hause kam, spielten Jo und zwei andere kleine Mädchen im Wohnzimmer Greta Garbo. Jo wirkte so glücklich und so lächerlich, so clownesk mit dem kindlichen Klecks Rouge und Mascara, daß er beschloß, bis nach dem Lunch zu warten, ehe er ihr die Tragödie eröffnete.

Auf dem Weg durch die Anrichte warf er den immer noch verkleideten kleinen Mädchen aus den Augenwinkeln einen Blick zu und begriff, daß er schon bald einen Phantasieballon würde zum Platzen bringen müssen. Das Kind, das Mae West spielte – bis hin zu dem Spruch »*Come up and see me sometime*« –, gab zu, daß man ihr noch nie erlaubt hatte, Mae West auf der Leinwand zu *sehen;* dieses Privileg war ihr zu ihrem vierzehnten Geburtstag versprochen worden.

Jason war alt genug gewesen für den Krieg; er war achtunddreißig. Er trug einen Salz-und-Pfeffer-Schnurrbart; er war mittelgroß und machte sich gut in dem ersten Anzug von der Stange, den er je besessen hatte.

Jo kam zu ihm und fragte in schnellem Französisch: »Dürfen die Mädchen zum Essen bleiben?«

»*Pas aujourd'hui.*«

»*Bien.*«

Doch jetzt mußte man es ihr sagen. Er wollte ihr nicht am Abend schlechte Nachrichten erzählen, wenn sie müde sein würde.

Nach dem Lunch, als das Hausmädchen sich zurückgezogen hatte, sagte er:

»Ich muß mit dir etwas besprechen, etwas Ernstes.«

Die Ernsthaftigkeit seines Tonfalls ließ sie ihren Blick von einem herumliegenden Krümel abwenden.

»Es ist wegen der Schule«, sagte er.

»Wegen der Schule?«

Er stürzte sich in seinen Vortrag.

»Es gab viele Rechnungen vom Krankenhaus, aber im Geschäft wenig zu tun. Ich habe einen Haushaltsplan aufgestellt – Du weißt, was das ist: Da steht drin, wieviel man hat, und auf der anderen Seite, wieviel man ausgeben kann. Für Kleidung und Essen und Ausbildung und so weiter. Miss McCrary hat mir dabei geholfen, bevor sie gegangen ist.«

»Sie ist *gegangen?* Warum denn?«

»Ihre Mutter ist krank, und sie meint, sie sollte besser zu Hause bleiben und sich um sie kümmern. Und jetzt, Jo, ist der größte Posten in unserem Haushaltsplan die Schule.«

Ohne recht zu begreifen, worauf er abzielte, hatte Jos Gesicht begonnen, den unglücklichen Ausdruck auf dem ihres Vaters zu übernehmen.

»Es ist eine teure Schule mit den Extras und allem Drumherum – eine der teuersten Tagesschulen hier im Osten.«

Er kämpfte sich an sein Hauptanliegen heran, und der ihr bevorstehende Schmerz schnürte ihm die eigene Kehle zu.

»Es sieht ganz so aus, als könnten wir sie uns in diesem Jahr nicht mehr leisten.«

Jo begriff noch immer nicht recht, aber im Eßzimmer herrschte Totenstille.

»Du meinst, ich kann dieses Semester nicht zur Schule gehen?« fragte sie endlich.

»O doch, zur Schule schon. Aber nicht mehr Tunstall.«

»Also gehe ich am Montag nicht in die Tunstall«, sagte sie mit flacher Stimme. »Aber wohin denn dann?«

»Du machst das zweite Semester in einer ganz normalen Schule. Die sind heute sehr gut. Mama ist nie in eine Privatschule gegangen.«

»Daddy!« Ihre Stimme, endlich begreifend, klang schockiert.

»Wir dürfen aus einer Mücke keinen Elefanten machen. Wahrscheinlich kannst du ja nächstes Jahr schon wieder zurück in die Tunstall und dort abschließen –«

»Aber, *Da*ddy! Tunstall gilt als die beste. Und du hast selbst gesagt, daß du dieses Semester mit meinen Zensuren zufrieden warst –«

»Das hat doch gar nichts damit zu tun. Wir sind zu dritt, Jo, und wir müssen an alle drei denken. Wir haben sehr viel Geld verloren. Wir haben einfach nicht genug, um dich dorthin schicken zu können.«

Zwei vorgeschobene Tränen passierten die Grenze ihrer Augen und erkundeten ihre Wangen.

Unfähig, ihren Kummer zu ertragen, sprach er automatisch weiter:

»Was ist denn wohl besser – zuviel ausgeben und

Schulden machen – oder den Gürtel für einige Zeit etwas enger schnallen?«

Noch immer weinte sie still. Auf der ganzen Fahrt zum Krankenhaus, wo sie ihren wöchentlichen Besuch abstatten wollten, vergoß sie unfreiwillige Tränen.

Jason hatte sie zweifellos verwöhnt. Zehn Jahre lang hatte der Haushalt der Familie Davis verschwenderisch in Paris gelebt; von dort war Jason von Stockholm bis nach Instanbul gereist, um amerikanisches Kapital in viele Unternehmen zu investieren. Es war ein prächtiges Unterfangen – solange es dauerte. Sie bewohnten ein schönes Haus an der Avenue Kléber oder eine Villa in Beaulieu. Man beschäftigte eine englische Kinderschwester, später eine Gouvernante, die Jo das Gefühl einimpfte, ihr Vater verfüge über fast unbegrenzte Macht. Sie wurde mit der gleichen kostspieligen Einfachheit erzogen wie die Kinder, mit denen sie auf den Champs Elysées spielte. Wie sie akzeptierte auch sie die Vorstellung, daß man für Luxus im Leben nichts weiter tun mußte, als älter zu werden – für das Recht auf eine privilegierte Stellung, auf große Motoren, schnelle Boote, Logen in der Oper und beim Ballett; Jo hatte sich sehr früh angewöhnt, heimlich das meiste von dem Überschuß an Geschenken wegzugeben, mit denen sie überhäuft wurde.

Vor zwei Jahren dann begann sich alles zu ändern. Die Gesundheit ihrer Mutter verfiel, und ihr Vater hörte auf, der mysteriöse Mann zu sein, der immer gerade aus Italien zurückkam, mit einer Familie Lenci-Puppen für sie. Doch sie war jung und anpassungsfähig und fügte sich in das Leben in der Tunstall-Schule ein, ohne sich bewußt zu werden, wie sehr sie an dem alten Leben hing. Jo versuchte aufrichtig, auch das neue Leben liebzugewinnen, denn sie liebte Dinge und Menschen, und sie war auch bereit, diese noch neuere Veränderung zu mögen. Allerdings dauerte das seine gewisse Zeit, aufgrund der Tatsache, daß sie liebte, daß sie geschaffen war zu lieben, tief und auf ewig zu lieben.

Als sie beim Krankenhaus ankamen, sagte Jason:

»Sag Mutter nichts von der Schule. Sie könnte merken, daß es dich ziemlich schwer getroffen hat, und das würde sie unglücklich machen. Wenn du dich – ein bißchen daran gewöhnt hast, können wir es ihr immer noch sagen.«

»Ich sage nichts.«

Sie folgten einem ihnen beiden bekannten gekachelten Durchgang zu einer offenen Tür.

»Dürfen wir hereinkommen?«

»Ob ihr *dürft?*«

Gemeinsam nahmen Vater und Tochter sie, fast eifersüchtig, von beiden Seiten des Bettes her in die Arme. In tiefer Stille drängten sie Arme und Hals zueinander. Annie Lees Augen füllten sich mit Tränen.

»Setzt euch doch. Nehmt euch doch beide Stühle. Miss Carson, wir brauchen noch einen Stuhl.«

Sie hatten die Anwesenheit der Schwester kaum bemerkt.

»So, und jetzt erzählt mir mal alles. Nehmt euch ein paar Pralinen. Tante Vi hat sie geschickt. Sie kann sich nie merken, was ich essen darf und was nicht.«

Ihr Gesicht, elfenbeinkalt im Winter, im Frühling vor Schmerzen zart wildrosa, dann im Sommer bleich wie die weißen Tasten eines Klaviers, veränderte sich selten. Nur die Ärzte und Jason wußten, wie krank sie wirklich war.

»Alles in bester Ordnung«, sagte er. »Wir halten das Haus in Schwung.«

»Was ist mit dir, Jo? Was macht die Schule? Hast du deine Prüfungen bestanden?«

»Natürlich, Mama.«

»Gute Zensuren, *viel* besser als letztes Jahr«, fügte Jason hinzu.

»Was ist mit dem Stück?« fuhr Annie Lee unschuldig fort. »Wirst du jetzt die Titania spielen?«

»Ich weiß noch nicht, Mama.«

Jason wechselte das Thema auf »die Farm«, einem Überbleibsel der einst ausgedehnten Besitzungen von Annie Lee.

»Ich würde sie verkaufen, wenn ich könnte. Ich verstehe einfach nicht, wie deine Mutter es geschafft hat, sie zum Rentieren zu bringen.«

»Sie hat es aber. Bis zu dem Tag, an dem sie starb.«

»Es war die Wurst. Und es sieht so aus, als gäbe es dafür heute keinen Markt mehr.«

Die Krankenschwester ermahnte sie, die Besuchszeit wäre zu Ende. Als wollte sie die kostbaren Minuten bewahren, streckte Annie Lee beiden eine weiße Hand entgegen.

Als sie in den Wagen stiegen, fragte Jo:

»Daddy, was ist eigentlich mit unserem Geld passiert?«

Nun – man sagte es ihr besser, als sie darüber brüten zu lassen.

»Ziemlich komplizierte Sache. Die Europäer konnten keine Zinsen mehr auf das bezahlen, was wir ihnen geborgt hatten. Du weißt, was Zinsen sind?«

»Natürlich. Hatten wir schon im zweiten Jahr.«

»Meine Aufgabe war es zu beurteilen, ob ein Geschäft vielversprechend war, und wenn ich das glaubte, haben wir ihnen Geld geliehen. Als schlechte Zeiten kamen und sie nicht mehr zahlen konnten, haben wir ihnen auch nichts mehr geliehen. Deshalb wurde mein Job überflüssig, und wir kamen nach Hause.«

Er fuhr fort zu erzählen, daß das Geld, das er in das Unternehmen investiert hatte – oh, tausende von Dollar, oh, egal, wieviel genau, – Jo –, und jetzt war das ganze Geld »festgelegt«.

Unter dem Schutz des alten Schrotturms bremsten sie bei einer Garage ab, um zu tanken.

»Warum hältst du so gern an dieser Tankstelle, Daddy? So nah an diesem häßlichen alten Schornstein da drüben?«

»Das ist kein Schornstein. Weißt du denn nicht, was das ist? Während des Unabhängigkeitskriegs mußten sie Blei heruntertropfen lassen, aus dem sie die Kugeln machten, mit denen sie dann auf die Briten geschossen haben. Das ist ein historisches Monument.«

... Sie umrundeten das Denkmal für die Opfer des Sezessionskrieges. Plötzlich sprach Jo wieder:

»Amerikaner haben es schwer, nicht, Daddy? Lauter Kämpfe um nichts.«

»Ach, weißt du, wir sind nun mal ein kämpferischer Menschenschlag. Darum haben wir es ja überhaupt bis hier hinüber geschafft.«

»Aber man ist nicht glücklich hier – wie in Europa.«

»Die haben auch ihre Sorgen. Aber du warst halt nur ein Kind, von allem abgeschirmt.« Und als sie vor ihrem Haus hielten, fügte er hinzu: »Und wozu das nun?«

»Mami ist herzkrank, und du hast dein Geld verloren, und –«

»Um Himmels willen, fang nicht an, dir selber leid zu tun!« sagte er schroff. »Das verdirbt einen vollständig. Wir haben ja schließlich immer noch ein hübsches Haus.« Er verspürte bei diesen Worten heftige Gewissensbisse, denn er wußte, daß sie auch das würden aufgeben müssen, aber er wollte sie an einem einzigen Tag nicht mit zu viel belasten.

Doch auch im Flur blieb Jo versunken in die Geschichte, die in ihrem Innern abrollte.

»Daddy, wir sind wie die Figuren in *Little Orphan Annie,* nur daß wir nicht diesen Hund haben, der immerzu ›Arp‹ sagt. Ich hab noch nie einen Hund ›Arp‹ sagen hören, du etwa? Jetzt haben sie in den Comicstrips immer solche Hunde, die entweder ›Arp‹ oder ›Wuff‹ sagen, und ich hab noch keinen Hund gehört, der eins von beiden sagen kann.«

Er war erleichtert über die Wendung, die das Gespräch genommen hatte.

»Ich finde sowieso nur die Gumps gut. Außer wenn ich mich mies fühle, dann finde ich auch Dick Tracy und X-9 gut.«

Jo seufzte, als sie auf ihr Zimmer zusteuerte.

»Nichts ist so richtig schlimm – wenn man nur darüber lesen muß«, sagte sie bekümmert.

II

Fast noch bevor sich Jo an die normale Schule gewöhnt hatte, erfuhr sie vom bevorstehenden Umzug. Es bestand ein himmelweiter Unterschied zwischen dem geräumigen Haus mit den gemeinsamen, zaunlosen Rasenflächen der neuen Vorstädte und dem kleinen Apartment. In das das große Sofa und das große Bett einfach nicht hineingehen wollten und deshalb eingestellt werden mußten, wie so viele andere Dinge auch. Jo schöpfte melancholischen Trost aus der Erlaubnis, als Innendekorateurin fungieren zu dürfen. Mit einiger Mühe hielt ihr Vater seine Erheiterung im Zaum.

»Ich finde, es sieht *wunder*schön aus, Baby.«

»Oh, ich weiß, daß du das nicht tust. Aber *Da*ddy, ich dachte, ich hole beim Krämer Stanniol und mache das ganze Zimmer silbrig, wie ein Zimmer in *Schöner Wohnen*. Aber es ist zer*knit*tert. Und jetzt geht es nicht mehr *runter* – ich kann machen, was ich will – es wird nur noch schlimmer!«

Am Feiertag zu Washingtons Geburtstag strich sie ihre Möbel neu. Der Mann von der Chemischen Reinigung betrachtete fassungslos den Teppich, den er restaurieren sollte. Und an diesem Abend in der Tanzschule befahlen Mütter ihren Kindern, sich vom heftigen Ausschlag auf ihren Armen fernzuhalten, und waren entsetzt – eine Untertreibung ist nicht möglich – über das eindeutig lepröse Aussehen der grünen oder violetten Flecken, die wie drohende Augen – stumpfe und düstere Augen – aus ihrem Haar hervorstarrten. Man hatte nichts dagegen ausrichten können; Haare werden von Tränen nicht sauber. Die Flecken blieben,

blieben sogar wochenlang. Nach vierzehn Tagen nahmen sie eine nicht unattraktive Färbung an – das heißt, attraktiv für jedermann außer für Jo selbst –, die Färbung der Dächer in vielen europäischen Dörfern, die eine Lawine heruntergewaschen hat. Und sie variierte. Variierte extrem.

Die Katastrophe entmutigte Jo dermaßen, daß sie den Tanzunterricht in Beacon's Barn aufgeben wollte.

Jason trat für ihn ein – er war nicht teuer.

»Aber es hat keinen *Sinn«*, sagte sie, »– jetzt, wo ich nicht mehr auf die Tunstall gehe. Sie haben Geheimnisse vor mir. Ich mag jetzt viele von den Leuten in der neuen Schule.«

»Solltest du auch«, sagte ihr Vater.

»Wieso sagst du, ich *sollte?«*

In ihrer neuen Isolation sprachen und kämpften die beiden miteinander wie Erwachsene, fast den alten, immerwährenden Disput zwischen Mann und Frau.

Jason haßte es, daß es so sein mußte, haßte es, daß sie ihn in Momenten von Mutlosigkeit erlebte.

»Laß uns raus auf die Farm fahren«, sagte er an einem Samstag beim Frühstück. »Du warst noch nie dort.«

»Können wir uns denn den Wagen überhaupt noch leisten?«

»Jo, kannst du nicht mal eine Minute vergessen, daß ich arm bin? Ich hab's dir doch erklärt; in der Textilbranche gibt es nur drei oder vier Vertretungen, die Provision bringen. Das ist ungefähr sowas wie Zinsen. Du hast doch gesagt, du hättest das verstanden.«

»Ja.«

»Und die Agenten, die sie haben, halten sie natürlich fest – sie hatten sie schon, bevor ich hierherkam. Solange ich zweitklassige Ware verkaufen muß an- Vergessen wir das Ganze und genießen die Fahrt.«

»Der ist aber ganz schön schnell, Daddy. Können wir es uns wirklich leisten, ihn zu fahren?«

»Es ist billiger, wenn man schnell fährt. Ich möchte gerne dort sein, bevor sie den ersten Schub Würste fertig haben.«

Vor ihnen lagen siebzig Meilen zwischen Feldern voll reifüberzogenen Gerölls, zwischen den ewig teilenden purpurnen Schultern der Appalachen, zwischen Dörfern, deren Namen er nie hatte erfragen wollen, so sehr hegte er ihr Bild in seinem Herzen...

Jos Herz jedoch war immer noch in Frankreich. Sie dachte mehr nach, als daß sie sich umschaute.

»Daddy – warum können wir eigentlich nicht einfach mit der Farm einen Haufen Geld machen? So wie Großmutter. Und einfach davon leben. Und reich werden?«

»Aber ich sage dir doch, es gibt gar keine Farm mehr. Da gibt's nur noch einen – – nur noch einen großen Schweinestall!«

Er gab den derben Ton auf, als er sah, wie sich ihr Gesicht verzog.

»Na, ganz so ist es nun auch wieder nicht, Baby. Der junge Seneca baut ein bißchen Gemüse an –«

»Wer ist der junge Seneca?«

»Es gab mal einen alten Seneca, und jetzt gibt's eben einen jungen Seneca –«

»Als sie noch eine große Farm war, wie groß war sie da, Daddy?«

»Soweit man sehen kann.«

»So weit wie bis zu den Bergen?«

»Nicht ganz.«

»Sie war eine große Farm, stimmt's?«

»Sie war schön und groß – sogar für hier herum«, antwortete er, in den hiesigen Dialekt verfallend.

Nach einer Weile fragte Jo:

»Wie machen sie denn die Wurst, Daddy?«

»Hab ich fast vergessen. Ich glaube – wart mal – ich glaube, das Rezept ist sechzehn Pfund mageres Fleisch auf sechzehn fettes Fleisch. Und dann drehen sie alles zusammen durch den Wolf. Dann kneten sie die Gewürze hinein – neun Eßlöffel Salz, neun Pfeffer, neun Salbei –«

»Warum gerade *neun?«*

»So hat es deine Großmutter immer gemacht.«

– – Jason hatte Jos unersättliche Neugierde mit allem gefüttert, was ihm von dem Vorgang in Erinnerung geblieben war, als sie in den ausgewaschenen Pfad einbogen, der zur Farm führte.

Der junge Seneca, eben noch in seine Arbeit vertieft, eilte herbei, sie zu begrüßen.

»Wie geht's?« fragte Jason.

»Grad angefangen, Mr. Davis. Wir haben gestern abend geschlachtet. Dann dachten ein paar von den Jungs, sie hätten das Recht, den ganzen Tag durchzuschlafen. Muß ich sie für diese Zeit auch bezahlen? Sie halten ja doch nur die Hunde ab.«

»Die *Hunde?«* wollte Jo wissen.

Jetzt erst bemerkte er ihre Anwesenheit.

»Richtig, Missy. Die Hunde hier unten stellen alles mögliche an. Wir sagen ja auch: ›Ein armer Hund ist der, der sich nicht selber erhalten kann‹.«

Sie stiegen aus dem Wagen und machten sich auf den Weg zum Räucherhaus.

»Wir zahlen diese Handlanger gut«, sagte Jason. »Sie bekommen doch noch Gekröse und Grieben und Schweinsköpfe?«

»Sie kriegen das Normale, Mr. Davis. Sogar die schaufeln müssen, arbeiten echt hart. Nehmen Sie nur mal Tante Rose, die schon für Ihre Schwiegermutter gearbeitet hat – die hat diese Würze da geknetet, bis ihr fast die Arme abgefallen sind.«

Die fragliche Negerin begrüßte sie fröhlich.

»Tag! Mr. Davis. Tag! Junge Dame.«

Sie ließ ihre Arbeit eine kleine Weile ruhen, um das Kind zu inspizieren, und wischte sich an einem großen alten Küchenhandtuch die scharfen Gewürze von den Händen.

»Und *siehst* du nicht genauso aus wie deine Mutter?«

Jo spazierte ins Räucherhaus hinein. Sie kam an Fässern voll Mehl, Salz, Schmalz vorbei – voll Rohzucker, gelbem Farinzucker, Kristallzucker. Im Hinausgehen stieß sie mit einem farbigen Mädchen zusammen, das einen Eimer Milch auf dem Kopf trug.

»Tut mir leid.«

Ohne im geringsten aus dem Gleichgewicht zu geraten, lachte die junge Frau ausgelassen.

»Braucht dir nicht leid zu tun. Ein paar Gören drohen mir schon drei Jahre, sie würden mich umschmeißen, aber geschafft hat's noch keine.«

... Jo kam aus dem Räucherhaus heraus, um ihren Vater in eine Diskussion mit dem jungen Seneca verwickelt vorzufinden, der sich zwischendurch immer wieder unterbrach, um seinen Helfern Anweisungen zuzurufen.

»Das ist ein Mehlsieb, was du da hast, Tante Jinnie. Du mußt ein Maismehlsieb nehmen, damit du die Salbeistiele rauskriegst.«

Jo konnte sich nicht entscheiden, ob sie das Gespräch ihres Vaters mit dem jungen Seneca verfolgen sollte, oder wie das Fleisch durch den Wolf gedreht wurde.

»Wir machen hier schließlich keine Billigwurst, und hör dir mal das an.«

Er zog einen Brief aus der Tasche und las laut vor: »›Wir sehen uns außerstande, Ihr Produkt noch länger zu vertreiben, da nicht mehr genug Bestellungen vorliegen.‹ Und ich kann nun mal nicht glauben, daß das nur an den schlechten Zeiten liegen soll. Früher war das die bekannteste Wurst dieser Art im ganzen Osten. Die Qualität hat nachgelassen. Wo ist also dein Stolz geblieben, Mann? Früher konnten sie den Bestellungen kaum nachkommen. Irgendwas fehlt doch.«

»Aber ehrlich, ich weiß nicht, was es ist, Mr. Davis.«

Als sie sich auf den Rückweg machten, flackerte ein Hickoryfeuer vor den weißen Platanen, und es war kalt.

»Daddy, wenn das hier meine Farm wäre, würde ich versuchen herauszufinden, was mit der Wurst los ist.«

Jeden Tag verlor Jo ein wenig mehr Vertrauen in ihren Vater. Früher einmal war Vater »wunderbar« gewesen, und sie machte weiter, weil man sie präzise auf die Vorstellung eingestimmt hatte, Pflichterfüllung sei alles. Früh schon war ihr beigebracht worden, sich mit

Haut und Haaren dieser großen Erkenntnis zu verschreiben – Arbeit besteht nicht nur aus Enthusiasmus, obwohl er einen wesentlichen Bestandteil darstellt – in den langen Hetzen und Mühen des Lebens besteht sie häufiger in etwas, was man nicht mehr länger tun möchte.

III

In der High School lag Jo zwar in einigen Fächern zurück, aber in den Sprachen bestand ihre einzige Schwierigkeit darin, ihren Akzent auf das Niveau der anderen herunterzubringen; ihr schwacher Punkt war Alte Geschichte, die sie bis dahin noch nie belegt hatte – ihre Bemerkung, Julius Caesar sei König von Ägypten gewesen, eine vage Erinnerung an eine flüchtige Lektüre von *Antonius und Kleopatra*, wurde zur Lieblingsanekdote des gesamten Lehrkörpers. Sie schloß in der Schule nur wenige Freundschaften; sie war in dem Alter, in dem man hauptsächlich in der eigenen Phantasie existiert.

Für Jason wiederum bildete es gegen Ende dieses trüben Winters keine besondere Hilfe zu wissen, daß Jo ihren Glauben an ihn verlor. Auch ihr Recht auf Sicherheit und besondere Privilegien – diese Tatsache, die ebenso einen Teil von ihr darstellte wie ihr Verantwortungsgefühl – erzeugte Reibungen zwischen ihnen beiden. Doch etwas war nicht mehr da – Jos Achtung vor dem All-Weisen, All-Gerechten, All-Versorgenden.

Er versuchte indessen seine Moral durch Sport und unermüdliche Jagd nach besseren Textil-Vertretungen aufrechtzuerhalten. Sein schmaler Strom an Provisionsgeldern reichte kaum aus, um seinen Kopf über Wasser zu halten. Mit einer der ganz großen würde er wieder festen Boden unter die Füße bekommen; denn er genoß hier einen guten Ruf. Wohlgesonnene Großhändler versuchten ihm entgegenzukommen, doch sie wurden durch eine Warenqualität davon abgehalten, auf deren Vorkommen in ihrem Sortiment sie keinen Wert legten.

Dann kam der schwarze Tag, an dem er zusammenklappte – der blauschwarze, violettschwarze, grünschwarze Tag derer, die nicht daran gewöhnt sind. Am Morgen kam die Frau des Krämers; sie sagte im Wohnzimmer laut, sie und ihr Mann wären nicht länger bereit, für ihn anzuschreiben.

»Seien Sie doch leise!« beschwor er sie. »Warten Sie doch, bis die Kleine zur Schule gegangen ist.«

»Ihre Kleine! Und was ist mit meiner? Hundertzehn Dollar –«

Jos Schritte waren auf der Treppe zu hören.

»Morgen, Daddy. Oh! Morgen, Mrs. Deshhacker.«

»Guten Morgen.«

Vorübergehend hatte Jos Unerschütterlichkeit Mrs. Deshhacker entwaffnet, aber sobald sie ins Eßzimmer hinübergegangen war, stellte sie ihr Ultimatum umso resoluter. Jason konnte nur sagen:

»Ich versuch's... Mitte nächster Woche... Auf jeden Fall eine Teilzahlung.«

Da war das Silber: Bestimmte Stücke waren unantastbar – die Schale vom Obersten Bundesgericht, die Lee-Löffel mit dem Wappen seines Großvaters –

Jason hatte das Schild viele Male gesehen. Mr. Cale akzeptierte jede Art von Sicherheit – war äußerst großmütig, äußerst verläßlich.

»Wie geht es, Sir?«

Mit den unfehlbar guten Manieren des Marylanders, sogar bescheideneren Standes, blieb er wartend stehen. Seine Käuflichkeit drang kaum durch seine Maske hindurch.

Jason murmelte etwas mit beschämtem Gesichtsausdruck. Mr. Cale war das gewohnt und unterbrach ihn.

»Sie wollen Geld leihen?«

»Ja – auf etwas Silber.«

»Welcher Art?«

»Tafelsilber. Einige Pokale, die lange Zeit –« Er brach ab – die Schmach war unerträglich – »und ein Kaffeeservice.«

»Natürlich müssen Sie mir die Stücke erst zeigen.«

»Selbstverständlich. Vielleicht gibt es da auch noch anderes – einiges an Möbeln. Einige wenige Stücke – ich werde sie in einem Monat oder so wieder einlösen.«

»Oh, bestimmt werden Sie das.«

Sicher, todsicher wird er das, fügte er in Gedanken aus eigener Erfahrung hinzu...

Im Krankenhaus wurde er im Korridor von der Stationsschwester aufgehalten und zum Platznehmen aufgefordert. Doktor Keyster sei gleich mit seiner Visite fertig und wolle mit ihm sprechen, bevor er zu seiner Frau hineingehe.

»Worüber denn?«

»Das hat er nicht gesagt.«

»Geht es ihr *schlechter?*«

»Ich weiß es nicht, Mr. Davis. Er will halt mit Ihnen sprechen –« Sie reinigte Fieberthermometer, während sie mit ihm sprach.

Eine halbe Stunde später sagte ihm Dr. Keyster in einem kleinen Aufnahmezimmer die Wahrheit.

»Sie spricht nicht an. Sie hat nichts mehr vor sich, außer jahrelanger Bettruhe, das ist alles, was ich sagen kann – jahrelange Bettruhe. Wir haben sie hier alle sehr liebgewonnen, aber ich würde Ihnen keinen Dienst erweisen, indem ich Ihnen etwas vormache.«

»Sie wird nie wieder gesund?«

»Wahrscheinlich nicht.«

»Sie glauben nicht, daß sie je wieder gesund wird?«

»Es *hat* schon solche Fälle gegeben –«

... Dann hatte das Leben keinen Frühling mehr. April, Mai und Juni, das alles war vorbei.

... April, als sie zu ihm kam wie ein Bach voll Lieblichkeit. Mai, als sie ein Berghang war. Juni, als sie sich so eng umschlungen hielten, daß es nichts anderes mehr gab als das Kitzeln der Wimpern an ihren Augen...

Dr. Keyster sagte:

»Sie können sich ebensogut damit abfinden, Mr. Davis.«

Wieder einmal auf dem Heimweg von einer der vielen Pietàs seiner Liebe, durchquerte Jasons Taxi einen aufgeregten Fleischmarkt; ein Gewerkschafts-Agitator sprach zu der Menge; als er Jason in seinem Taxi erblickte, wälzte er die Last seiner Rede auf ihn ab:

»Da haben wir so einen! Und hier sind *wir!* Wir

werden sie umdrehn und so lange schütteln, bis die Pfennige und Groschen nur so herausrollen!«

Jason fragte sich, was aus ihm herausrollen würde. Er hatte gerade noch genug, das Taxi zu bezahlen.

Oben in seinem Schlafzimmer prüfte er zum dritten Male die Ausbalancierung des 38er Revolvers – – die Lebensversicherung war voll bezahlt.

»Hilf mir, mich umzubringen!« betete er. »Jetzt nicht schlappmachen. Steck ihn in den Mund.«

– – Das Telefon schrillte durchdringend, und er warf die Waffe auf das leere Doppelbett.

Eine Frauenstimme sagte: »Sind Sie Mr. Davis? Hier spricht die Sekretärin von Rektor McCutcheon. Einen Moment, bitte.«

Dann die Stimme eines Mannes, ausgeglichen und direkt.

»Hier spricht Mr. McCutcheon von der High School. Eine unangenehme Sache, Mr. Davis. Wir müssen Sie ersuchen, Ihre Tochter Josephine von unserer Schule zu nehmen.«

Jasons verkrampfter Atemzug blieb ihm in der Kehle stecken.

»Ich hielt es für besser, Sie davon zu unterrichten, bevor sie nach Hause kommt. Ich habe es zuerst in Ihrem Büro versucht. Es entspricht zwar gar nicht unserem Feingefühl, aber wir sind gezwungen, drei der Mädchen von der Schule zu verweisen, da sie sich in einer Weise benommen haben, die absolut nicht mehr entschuldigt werden kann. Wenn ein Schüler unter das Niveau der Schule fällt, dann muß das Individuum zugunsten der Mehrheit geopfert werden. Ich habe eine

Lehrerkonferenz einberufen, Mr. Davis, und sie waren der gleichen Ansicht wie ich.«

»Welcher Natur war das Vergehen denn?«

»Das möchte ich am Telefon nicht näher erläutern, Mr. Davis. Ich stehe Ihnen gern, nach Terminabsprache, an irgendeinem Nachmittag außer Donnerstag zwischen zwei und vier zur Verfügung. Ich muß hinzufügen, daß wir alle mehr als überrascht waren, daß ausgerechnet Josephine in diese Sache verwickelt war. Sie blieb immer – also, ich muß sagen, etwas reserviert; sie hat sich auch nicht bei den Lehrern lieb Kind machen wollen, aber – nun ja, da haben wir's.«

»Ich verstehe«, sagte Jason trocken.

»Guten Tag, Sir.«

Jason griff nach dem Revolver und begann, die Patronen aus dem Magazin herauszunehmen.

– – Ich muß es noch – noch ein bißchen länger aushalten, dachte er.

Jo kam eine halbe Stunde später nach Hause, ihr sonst so ausdrucksvoller Mund zu einer harten Linie zusammengepreßt.

Dunkle Tränenspuren liefen kreuz und quer über ihre Wangen.

»Hallo.«

»Hal*loh*, Schatz.« Er hatte unten auf sie gewartet; er wartete, bis sie Hut und Mantel abgelegt hatte.

»Worum geht's eigentlich überhaupt?«

Wütend drehte sie sich zu ihm herum.

»Das sag ich dir nicht. Du kannst mich schütteln, Daddy! Du kannst mich verhauen!«

»Um *Gottes* willen – was soll denn das alles? Wann hab ich dich jemals verhauen?«

»Das wollten sie aber heute morgen, weil ich nicht sagen wollte, was sie wollten.«

Jo warf sich in eine Ecke der großen Couch und weinte hinein. Er ging im Zimmer herum, besorgt und verlegen.

»Ich will's ja gar nicht wissen, Jo. Was immer du auch tust, ich bin damit einverstanden. Ich vertraue dir, Baby, ganz und gar. Ich werd mich nicht einmal erkundigen.«

Sie schaute mit müden Augen zu ihm auf.

»Bestimmt nicht? Versprichst du's, Ehrenwort?«

»Ja.«

»Ich habe eine Idee, eine wirklich gute Idee. Wenn ich nicht – oder, sagen wir mal, bis ich die Gehrbohm-Vertretung bekomme, habe ich nachmittags jede Menge Zeit. Wie wär's, wenn ich eine Zeitlang dein Privatlehrer wäre? Ich war früher in Latein und Algebra mal ganz gut. Und für die Sprachen holen wir uns eine Bücherliste aus der Bücherei.«

Wieder schluchzte sie tief in die großen Kissen hinein.

»Oh, Baby! Hör auf. Wir sind doch keine Miesmacher, du und ich. Nimm erst mal ein Bad, und dann machen wir uns was zum Abendessen.«

Als sie in ihr Zimmer gegangen war, versuchte Jason an irgend etwas anderes als an sich selbst zu denken. Dann fiel ihm wieder ein, was Annie Lee ihm in der kurzen Viertelstunde an diesem Morgen gesagt hatte.

»Ich kann das mit der Farm überhaupt nicht begreifen – es war doch alles so einfach. Da waren die Gewürze – neun Eßlöffel Salz, dann neun Löffel Hikkory-Asche, dann der Pfeffer und der Salbei. Und natürlich immer das Lendenstück –«

»Hickory-Asche?« hatte Jason ausgerufen. »Lendenstück?«

Aufgeschreckt durch seine Überraschtheit, hatte sie sich im Bett aufgestützt, so daß er sie sanft wieder hinbetten mußte. »Jetzt sag bloß nicht, der junge Seneca nimmt kein Lendenstück – tut nicht die Eßlöffel *Hikkory*-Asche dazu?«

– – Im Wohnzimmer des Apartments setzte Jason sich hin und schrieb an den jungen Seneca.

Als Jo herunterkam, sagte er: »Bring das hier hinüber zur Post, ja? Es geht um die Farm.«

Nachdem sie die Adresse überprüft hatte, wollte Jo wissen:

»Vater – meinst du das *ernst,* daß du mich unterrichten willst?«

»Ob ich? Jede Wette! Ich bringe dir alles bei, was ich weiß.«

»In Ordnung.«

Doch in der grauen Abenddämmerung saß er noch immer über das zerfledderte Lehrbuch gebeugt.

»Caesar«, sagte er angesichts des ersten Textes. »Das richtet sich auch noch an die verdammten Helvetier!«

Er übersetzte:

»In der Schweiz neckten sie die Götter und die Männer –«

»*Was,* Daddy?«

»Moment mal. Nein, so: In der Schweiz, da neckten sie die Männer, und dann neckten sie die Götter – Das ist aber schwierig – Latein scheint auch nicht mehr das zu sein, was es zu meiner Zeit mal war.«

Ärgerlich wandte Jason sich an Jo. »Geben sie euch denn nicht so Sätze zum Konstruieren? *Helvetii qui nec Dēos nec hominēs verēbantur* – das heißt Zittern, glaube ich – *magnum dolorem.* Das heißt, daß die Geschichte sehr traurig ausgeht. Warum hast du mir überhaupt gesagt, ich soll das übersetzen?«

»Das *hab* ich nicht gesagt. Den Teil kenne ich. Das heißt, die Helvetier, die weder Götter noch Menschen fürchteten, gerieten in große Not, weil sie von allen Seiten von Bergen eingekesselt waren.«

Er las noch einmal: *»Patiebantur quod ex omnibus partibus,* und das heißt ein Wall von zehn Fuß«, rief er frohlockend im Schein der Lampe.

»Jaha! Das hast du in einer Fußnote gelesen.«

»Habe ich nicht«, log er.

»Ehrenwort?«

»Reden wir von was anderem.«

»Und du hältst dich für einen Lehrer.«

Damit endete am ersten Abend die Lateinstunde.

Jo blätterte in ihrem Buch, fand die gesuchte Stelle und las laut und langsam vor:

»Wenn die Staatseinnahmen aus Steuern von einer Milliarde Dollar im Jahre 1927 auf fünfhundert Milliarden Dollar im Jahre 1929 stiegen, wie groß ist dann dieser Zuwachs in Prozent ausgedrückt?«

»Weiter«, sagte Jason.

»Mach du weiter, Daddy. Du bist doch der tolle Mathematiker. Und versuch mal die hier!«

»Laß mich selber lesen:

›Wenn die Summe der Kehrwerte zweier aufeinanderfolgender gerader Zahlen Null ist, und wenn die Summe zweier anderer aufeinanderfolgender Zahlen 11/60 ist – wie heißen dann die Zahlen?«

Jason sagte: »Man setzt immer ein x für einen unbekannten Wert ein. Man muß die Sache ja schließlich mit System angehen, nicht?«

»Tolles System.«

»Muß ja irgendwo anfangen.« Er beugte sich wieder darüber:

»Wenn die Staatseinnahmen von fünf Milliarden im Jahre 1927 auf–«

Vorläufig war er am Ende seiner Weisheit angelangt.

»Liebling«, sagte er. »In einer Woche weiß ich mehr darüber –«

»Ja, Daddy.«

»Zeit für dich. Ab ins Bett.«

Bedeutungsschwangere Stille.

»Ich weiß.«

Sie kam zu ihm herüber und küßte ihn flüchtig auf eine alte Baseballnarbe an der Stirn.

IV

Um diese Chronik voranzubringen, müssen die Tage übersprungen werden, an denen Annie Lees Farm zu neuem Leben erwachte – als der junge Seneca nämlich begriff, daß Mr. Davis tats*äch*lich *Lendenstück* in die Wurst haben wollte – an dem Tag, an dem ihm ein wichtiger Zusatz wieder einfiel: *neun Eßlöffel Hikkory-Asche*.

Die Aufträge für große Mengen begannen zuzunehmen. Nachdem sie sich lange Zeit lediglich noch selbst getragen hatte, begann die Farm tröpfchenweise Profit abzugeben.

V

Manchmal ging Jason nachts in ihr Zimmer und setzte sich zu ihr auf den Bettrand. An diesem Abend jedoch nicht. Im Wohnzimmer nahm er die Ausgabe von *Caesar – Der Gallische Krieg* zur Hand.

Die Helvetier, die weder Götter noch Menschen fürchteten, gerieten...

»Wer bin ich, daß ich mich fürchte?« dachte Jason. Er, der acht Bauernjungen aus Ohio in einen Stall in Frankreich und in den Tod geführt hatte und selbst wieder herausgekommen war, ohne mehr dabei zu verlieren als die Spitze seines linken Schulterblatts!

Die Helvetier, die weder Götter noch Menschen fürchteten, gerieten –

Er zog die Lampe näher heran.

Die Nacht schleppte sich in einem Gemisch aus Verben und Partizipien voran. Gegen elf klingelte das Telefon.

»Hier spricht Mr. McCutcheon.«

»Oh, ja.«

»Ihrer Tochter ist ernsthaft Unrecht angetan worden.

Es scheint, als habe ein wilder Streifzug in den Umkleideraum der Jungen stattgefunden – währenddem jemand zum Schmierestehen vor der Tür postiert wurde. Das postenstehende Mädchen war weggelaufen, aber Jo war dort und versuchte, sie genau in dem Augenblick zu warnen, als die aufsichthabenden Schüler auftauchten.

Es tut mir aufrichtig leid, Mr. Davis. In solchen Fällen können wir leider nicht sehr viel tun – außer unser aufrichtiges Bedauern auszudrücken.«

»Ich weiß.«

Das Telefon nahm die Stimme von Mr. Halklite an.

Da war sie! Die Vertretung von Pan-American Textile.

»Hal*lo*, Mr. Davis! Ich bin gerade in Philadelphia. Wir stehen ja seit einiger Zeit in Briefkontakt – ich bin morgen in Ihrem Teil der Welt und dachte, ich komme mal auf einen Sprung vorbei. Entschuldigen Sie die späte Störung...«

Das Frühstück wartete, als Jason, der bereits eine Fahrt zu seinem Büro und zurück hinter sich hatte, sein Schlafzimmer betrat – fast augenblicklich klopfte Jo, die ihn kommen gehört hatte, an seine Tür und wollte aufgeregt wissen: »Was ist los?«

»Ich bin einfach nur müde. Ich habe die ganze Nacht gearbeitet. Hör mal, wenn du deine Freundinnen da hast zum Mittahessn –« die Wörter schienen ihm außergewöhnlich schwierig und lang –, »dann räum nachher das Zimmer auf. Sehr wichtig. Geschäftliche Besprechung.«

»Verstehe, Daddy.«

Er schwankte bedrohlich, hielt sich am Bettpfosten fest. »Ganze Zukunft hängt von diesem Mann ab. Mach's schön gemütlich für ihn.«

Ohne weitere Vorwarnung fiel er nach vorn quer übers Bett.

VI

Unerwartet ließ das farbige Hausmädchen um elf Uhr Mr. Halklite eintreten. Auf seiner Inspektionsreise war Mr. Halklite gezwungenermaßen immer weniger und weniger freundlich geworden, obwohl er von Natur aus ein freundlicher Mensch war. Sein Scharfsinn bildete im Geschäftsleben ein großes Plus – wenn es auch zeitweilig langweilig wurde, diese Eigenschaft einzusetzen –, denn es bestand nun mal die Notwendigkeit, Erschöpftes und Untaugliches auszumerzen. Halklite konnte die Toten von den Lebenden unterscheiden, und das war auch der halbe Grund dafür, daß er gerade zum Vizepräsidenten von Pan-American Textile gewählt worden war. Allerdings, wie gesagt, nur der halbe. Die andere Hälfte begründete sich durch seine Freundlichkeit.

Ein kleines Mädchen betrat das Zimmer.

»Guten Morgen. Ist dein Vater da? Ich glaube, er erwartet mich.«

»Möchten Sie nicht hereinkommen? Vater hat sich erkältet – er hat sich hingelegt.«

In Jasons Schlafzimmer schüttelte und schüttelte Jo den erschöpften Körper vergebens. Sie kehrte ins Wohnzimmer zurück.

»Daddy steht sofort auf«, sagte sie. »Es tut ihm leid, daß er noch nicht angezogen ist, um Sie zu begrüßen.«

»Oh, das ist schon in Ordnung. Du bist Mr. Davis' kleine Tochter?« fragte Mr. Halklite.

Wie zufällig ging Jo zur Klavierbank hinüber und drehte sich, plötzlich entschlossen, zu ihm um.

»Mr. Halklite, Vater hat eine Grippe gehabt, und

der Doktor möchte nicht, daß er aufsteht. Er versucht's aber trotzdem.«

»Oh, das dürfen wir aber nicht zulassen!«

»Der Doktor wollte es nicht. Aber Daddy ist eben so. Wenn er sagt, er tut etwas, dann tut er's auch. Daddy braucht eine Frau, die sich um ihn kümmert. Und ich muß so viel für die Schule machen –«

»Sag ihm, er soll nicht aufstehen«, wiederholte Mr. Halklite.

»Ich weiß nicht mal, ob er's überhaupt schafft.«

»Dann sag ihm, das macht gar nichts.«

Sie ging in das Zimmer ihres Vaters, kam nach kurzer Zeit wieder zurück. »Er läßt Sie herzlich grüßen. Es tut ihm so leid, daß er Sie nicht sehen kann.«

Ihr Herz war qualerfüllt. Sich diese Qual nicht anmerken zu lassen, war das Schwerste, das sie je hatte tun müssen.

»Ich bin doch auch gar nicht böse, es tut mir nur leid«, sagte Mr. Halklite. »Ich wollte ihn nur mal sprechen.

Wie alt ist denn dein Vater, kleines Fräulein?«

»Das weiß ich nicht genau. Ich glaube, so um die achtunddreißig.«

»Aber mit achtunddreißig kann ein Mann doch noch jung sein«, protestierte er. »Ist denn dein Vater nicht mehr jung?«

»Daddy ist jung, ja. Aber er ist ernst.« Sie zögerte.

»Sprich ruhig weiter«, sagte Halklite. »Erzähl mir von ihm. Ich lasse dich wieder zu deinen Schulaufgaben, wenn ich die Zigarette hier aufgeraucht habe. Aber ich glaube, du solltest nicht in das Zimmer deines Vaters gehen, solange er krank ist.«

»Tue ich auch nicht.«

»Du hast deinen Daddy gern?«

»Ja – jeder hat ihn gern.«

»Geht er viel aus?«

»Nicht viel – Oh, etwas schon. Einmal die Woche geht er Mama besuchen. Und dann geht er eine halbe Stunde spazieren, wenn ich ins Bett gehe. Er geht los, bevor ich ins Bett gehe, und dann ruf ich runter, wenn ich höre, wie er beim Zurückkommen die Tür aufmacht – pour dire bon soir.«

»Du sprichst Französisch?« Sie bedauerte, daß sie das angeschnitten hatte, aber dann gab sie doch zu: »Ich bin in Frankreich großgeworden.«

»Dein Daddy auch, nicht?«

»Oh, nein, Daddy ist sehr amerikanisch. Eigentlich kann er auch gar nicht so viel Französisch.«

Halklite stand auf, traf seine Entscheidung plötzlich, vielleicht irrational.

»Sag deinem Vater, daß wir die Vertretung für unsere Firma ihm übertragen. Vielleicht muntert ihn das ein bißchen auf, und er wird schneller gesund. ›Pan-Am-Tex‹. Kannst du das behalten? Er wird Bescheid wissen.«

VII

Und wieder war es April, und sie gingen in den Zoo.

»Das war ein hartes Jahr, Jo.«

»Ich weiß, Daddy. Aber schau doch mal! Die Pfauen!«

»Das ist deine Erziehung, Jo. Das meiste von dem,

was du je über das Leben lernen wirst. Später einmal wirst du das verstehen.«

»Ich weiß, daß wir es schwer hatten, Daddy. Aber jetzt ist alles wieder besser, stimmt's? Sieh mal die Pfauen, *mon père. Die* haben keine Sorgen.«

»Na gut, wenn du unbedingt willst; setzen wir uns auf die Bank da und starren sie an.«

Jo saß eine Weile schweigend da. Dann sagte sie:

»Wir waren auch mal Pfauen, nicht wahr?«

»Wie?«

»Wahrscheinlich haben sie ja manchmal auch Kummer und Sorgen, wenn ihre Schwänze nicht wachsen wollen.«

»Vermutlich. In welche Schule möchtest du eigentlich nächstes Jahr? Du kannst sie dir aussuchen.«

»Ich glaube, das ist nicht mehr so wichtig. Sieh mal den Pfau da – Sieh nur! Der eine da, der versucht, außerhalb vom Käfig herumzupicken. Den hab ich lieb – du auch?« Jason sagte: »Schließlich, alles in allem gesehen, war es ja auch gar kein so schlimmes Jahr.«

»Was?« Jo wandte sich von dem Käfig ab, zu dem sie hinübergegangen war, um – erfolglos – zu versuchen, dem Vogel eine geschälte Erdnuß zu verfüttern.

»Daddy, wir wollen uns keine Sorgen mehr machen, ja? Ich dachte, damit hätten wir schon vor Monaten aufgehört. Mutter kommt nächste Woche nach Hause. Vielleicht sind wir ja irgendwann mal wieder drei Pfauen.«

Jason trat an das Gitter heran.

»Vermutlich haben Pfauen auch so ihre Probleme.«

»Vermutlich. Sieh mal, *Da*ddy! Der hier frißt mein Popcorn.«

Die intimen Fremden

War sie glücklich? Ihre Strandsandalen fühlten sich auf den Klavierpedalen eigenartig an; der Wind blies vom Sund herüber durch die offene Verandatür herein, blies ihr eine Locke übers Auge, blies auf die gewagt entblößten Knie über knallblauen Socken. Man schrieb das Jahr 1914.

»*Der Schlüssel steckt im Schloß*«, sang sie,

»*Die Feuerstelle ist bereit*
Doch auf dem Schild an meinem Herzen steht
›*Zimmer frei*‹.«

Blas nur, Brise des Sunds, Brise meiner Jugend, dachte sie und improvisierte Akkorde zu der unterschwelligen Melodie, die in ihrem Herzen nachklang. Hier kann ich mich all die Dinge fragen, die ich in Frankreich nie fragen kann. Ich bin einundzwanzig. Mein kleines Mädchen ist am Strand und backt Kuchen aus nassem Sand, mein verlorenes Baby schläft auf einem Friedhof in der Bretagne; in zwanzig Minuten wird sich mein kleiner Junge zum letzten Male aus mir selber nähren. Dann folgt eine Stunde aus Himmel und Meer und den Rufen alter Freunde: »Also – *Sara*! Hast du deine Ukulele mitgebracht, Sara? Du mußt bald einmal wiederkommen, hörst du, Sara? *Bitte*, mach doch nochmal den alten Tanzlehrer nach, der den Turkey Trot vorzeigt.«

Schreib der Botschaft in Washington, sagte ein hartnäckiger Unterton in der Melodie. Sag Eduard, du kommst zu ihm und lebst dort wie ein gutes kleines Eheweib, bis du fährst. Langsam fängst du an, dein Heimatland zu gern zu haben für jemanden, der aus eigenem, freien Entschluß einen Franzosen geheiratet hat.

Ich bitte Sie, Herr Makler, ich hab ein dringendes Problem,
Und ich hoffe, Sie lösen es für mich.
Ich hab inseriert mit Lächeln, Seufzen und all dem,
Doch eine Antwort ist nirgendwo in Sicht –

Wieder spürte sie den Wind, der die Notenblätter zauste. Sie fühlte, wie sich das Leben in sie drängte, in ihren kindlichen, wendigen Körper mit den Beinen eines Kindes und der Zappligkeit eines Kindes, aber in ihrem Fall gedrillt auf eine virtuose Sparsamkeit der Bewegungen, so daß sie, wann immer sie es wollte (was häufig der Fall war), den Blick anderer Leute dazu bringen konnte, jede noch so kleine Geste zu verfolgen, die sie machte; wie sich das Leben in ihren Verstand drängte, winddurchweht, neu beflügelt jeden Morgen (»Eduard weiß ja gar nicht, was er geheiratet hat«, seufzten seine Verwandten in ihren Schlupfwinkeln draußen im Faubourg und prophezeiten die Katastrophe: »Eines Tages läßt er ihr zuviel Freiheit, und dann flattert sie ihm davon, einfach so.«); das Leben drängte sich in ihre Stimme, eine würzige Stimme mit viel Lachen darin, ein wenig Liebe, viel stiller Freude und riesiger Sympathie für die Menschen. »Zimmer frei« oder nicht, ihr Herz jedenfalls ergoß sich in ihre

Stimme, die das lange helle Musikzimmer erfüllte, während sie das Lied beendete:

Der Schlüssel steckt im Schloß, du wirst ihn sehn
Die Feuerstelle ist bereit
doch auf dem Schild an meinem Herzen –

Sie brach in einer Pause ab, als sie bemerkte, daß sie plötzlich nicht mehr allein auf der Klavierbank saß. Ein sehr großgewachsener Mann, mit einer Figur wie ein Zehnkämpfer und einem Gesicht so außer sich vor kontrolliertem Überschwang wie ihr eigenes, hatte sich neben sie gesetzt und klimperte jetzt die letzten Töne im Diskant mit Fingern ab, die für die Tasten zu groß waren.

»Wer sind Sie?« sagte sie, obwohl sie es im selben Augenblick erriet.

»Ich bin der neue Mieter, den Sie eben erwähnt haben«, antwortete er. »Ich lasse meine Möbel heute nachmittag nachkommen.«

»Sie sind Abbys Verehrer. Wie war noch Ihr Name – Killim Schlag-sie-tot oder sowas?«

»Killian. Killian, der Silberzüngige. Sind Sie dann die, die Madame Sans-Gêne ist oder die Königin von Frankreich?«

»Das muß ich wohl sein«, gestand sie.

Sie sahen sich beide an, sie starrten, ihre Unterkiefer klappten gleichzeitig ein kleines bißchen herunter. Dann lachten sie beide, krümmten sich fast über dem Klavier – und einen Augenblick später spielten sie zu zweit »Zimmer frei« in einem improvisierten Arrangement für zwei Stimmen, spielten es laut als Ragtime, sangen es, wechselten erste und zweite Stimme ohne den Schatten eines Mißtons.

Sie hörten auf, starrten wieder; lachten noch einmal. Sein blauer Anzug war staubig, und seine Stirn verschmierte Schmutz und etwas Blut.

Sein Zähne waren sehr regelmäßig und weiß; seine Augen, so aufrichtig und offen er sie auch blicken lassen wollte, als bemühe er sich angestrengt seit frühester Kindheit darum, verhießen irgend jemandem deutlich Ärger. Er hatte ihren Fuß sanft vom Diskantpedal gedrängt, und sie dachte, wie komisch ihr anderer Badeschuh wohl neben diesem monumentalen Sockel aus staubigem Korduan aussehen mochte. Zwei gelbe Schweinsledertaschen und ein Gitarrenkasten standen hinter ihm.

»Abby ist mit den andern unten am Strand«, sagte sie.

»Oh, tatsächlich? Schaun Sie, kennen Sie das...?«

...Zwanzig Minuten später sprang sie plötzlich auf.

»Himmel! Ich sollte schon lange meinen Sohn füttern – der arme Kleine – bis gleich im Wasser!«

Sie stürzte hinaus zum Kinderzimmer. Margot empfing sie seelenruhig an der Tür.

»Sie hätten sich gar nicht so zu beeilen brauchen, Madame. Ich hab ihm seine Flasche gegeben, und ausgetrunken hat er sie wie ein Vielfraß. Der Doktor hat gesagt, es kommt nicht darauf an, ob heute oder morgen.«

»Oh.«

Es kam sehr wohl darauf an. Sara kniete sich neben das Kinderbettchen.

»Ein ganz kleines Lebewohl«, flüsterte sie. »Ein

ganz kleines Lebewohl, kleiner Sohn. Wir sehen uns wieder.«

Ihre Brust war schwer von mehr als nur Milch.

...Dann kann ich sie ihm ja heute nacht geben, dachte sie.

Aber nein. Sentimental werden über einen so kleinen Meilenstein? Ein plötzlicher Stimmungswechsel, und sie dachte:

Ich bin doch erst einundzwanzig – das Leben fängt ganz von vorne an. Und in einer Anwandlung von Ekstase küßte sie Margot und stürzte treppab zum Strand hinunter.

Nach dem Schwimmen zogen sich Sara und Killian schnell wieder an; Saras Kamm zitterte in ihrem Haar, so daß sie dreimal Anlauf nehmen mußte, um einen Teil hochzustecken, bis ihre Stimme Abby mit den falschen Antworten antwortete, im falschen Ton oder mit bedeutungslosen Ausrufen, die in ihren Ohren »Los! Los!« bedeuteten.

Er wartete auf der Klavierbank. Sie sangen »Not That You Are Fair, Dear«, und sein Bariton folgte ihrem kleinen Alt mit vier Noten und vier Wörtern Abstand – das war zu jener Zeit die Mode. Als Abby hereinkam, war Sara auf den Beinen und spielte für ihn den Clown, und Abby war entsetzt, aber auch hypnotisiert angesichts des allumfassenden Entzückens, das sie um sich her geschaffen hatten. Sobald ihnen ihre Anwesenheit voll bewußt wurde – was einige Minuten dauerte –, behandelten sie sie mit größter Aufmerksamkeit. Abby trug es mit Sportsgeist – Sara hielt die privilegierte Position eines lebenslangen Vorbildes inne – und ihr eigener Anspruch auf Killian bestand nur aus einer zärtlichen Hoffnung. Außerdem war Sara glücklich verheiratet mit dem Marquis de la Guillet de la Guimpé und würde schon sehr bald mit ihm zusammen nach Frankreich zurückreisen.

Drei Tage später schrieb der Marquis von der französischen Botschaft in Washington aus an seine Frau:

»– ich bin aus zwei Gründen froh, daß wir fahren können, mein liebes Kleines; wenn die Situation in Europa noch ernster wird, möchte ich dort sein, wo ich mich meinem Regiment anschließen kann und nicht in einem neutralen Land an einen Schreibtisch gefesselt.«

... Als er diese Zeilen schrieb, war Sara gerade dabei, ihrem rotbraunen Haar den letzten Schliff mit einem Kamm zu geben, der ihren Fingern wieder ständig zu entgleiten, zu entschlüpfen drohte –

»– zweitens, und das ist weit wichtiger, weil ich nicht möchte, daß meine kleine Amerikanerin vergißt, daß sie jetzt einem anderen Land angehört, daß dies hier nichts weiter ist als eine angenehme Reise in die Vergangenheit – denn ihre Zukunft liegt noch vor ihr und in Frankreich.«

... Als er diese Zeilen schrieb, hatte Sara nicht so sehr Angst vor dem Klappern ihrer Absätze auf den stillen Stufen als vor dem Schlagen ihres Herzens, das jedermann hören mußte, weil es zu einem dröhnenden Trommeln angeschwollen war.

»– zwanzig Jahre schienen als lange Zeit zwischen uns zu liegen, als wir geheiratet haben, aber je mehr du heranwächst und dich entwickelst, desto kürzer und kürzer wird sie erscheinen –«

... Als er den Brief in Washington versiegelte, enthüllte das Sternenlicht über einer Veranda auf Long Island gerade das dunkle Band eines Arms um Saras schattengleiche Zerbrechlichkeit; da erklangen zwei leise Stimmen, wie zwei Menschen im Duett:

»Ja –«

»Oh, ja –«

»Überall hin, es ist mir egal –«

»So etwas ist mir noch nie passiert, nicht einmal annähernd.«

»Ich wußte nicht, daß es das überhaupt gibt.«

»Ich hab darüber gelesen, aber ich habe nicht geglaubt, daß es das auch wirklich gibt.«

»Ich hab das nie verstanden.«

Als sie ihren Entschluß faßten, gingen sie am Strand entlang, die Schuhe voller Sand, die Hände ineinander verschlungen wie die Hände zweier Kinder.

... Sie saßen in einem Zug nach Nord-Carolina. Killian hatte seine Gitarre und Sara ihre Ukulele. Sie veranstalteten mindestens sechs Stunden Konzert pro Tag, aus schierem Überschwang, schierer Lust am Krachmachen, an dem Ruf »Da sind wir!« Sie waren wie eine Kavallerieeinheit, die nach einem Überfall hinter die eigenen Linien zurückflieht, die donnernden Hufe eines aufgestachelten Feindes dicht hinter ihr. Manchmal legten sie die Instrumente beiseite und »machten« die deutsche Kapelle: Sara spielte mit den Händen an den Lippen das Kornett, Killian grollte die tiefen Töne der Tuba. Sie schlossen spontan Freundschaften mit Schaffnern und Bremsern und Kellnern, und immer, wenn die Tür zu ihrem Abteil offenstand, zog es die anderen Passagiere des Wagens auf die Sitze gleich nebenan. Selbst wenn sie es versucht hätten, hätten sie keine breitere Spur hinterlassen können, doch wenn sie von solchen Dingen sprachen, gerieten sie durcheinander, zusammenhanglos vor zu vielen Dingen, die sie sich zu sagen hatten.

»– und dann gingst du von Harvard ab.«

»Fast. Ich bekam dieses Angebot von den Red Sox, und ich wollte es annehmen. Ich hatte keine Lust, noch länger zu studieren. Naja, und Vater sagte, ich sollte mich ruhig so zum Narren machen, wie ich gern wollte, aber Mutter bekam einen Nervenzusammenbruch. Du kannst dir ja vorstellen, wie meine Mutter ist – ich heiße Cedric, weißt du. Irgendwann zeige ich dir mal ein Bild von mir mit Löckchen und Röckchen an.«

»Im Stil vom kleinen Lord.«

»Der kleine Lord war ein Straßenbengel im Vergleich zu mir. Aber dann hab ich sie alle reingelegt – ich wurde größer als alle. Na, jedenfalls, anstatt nach Süden zu den Red Sox zu gehen –«

»Mach die Tür zu.«

Er machte sie zu.

Wenn sie wirklich allein waren, hatten sie überhaupt kein Alter mehr – sie waren nur noch eine einzige unauflösliche Verquickung von Glück und Gelächter. Erst jetzt ging Sara die Last dieser letzten vier Jahre schwieriger Anpassung auf, eine Last, die sie anmutig und fröhlich getragen hatte, aufgrund der Disziplin ihres Trainings, eines Trainings in Stolz.

Als sie in Asheville ausstiegen und in einem miserablen Bus über die damals miserablen Straßen aus rutschigem rotem Lehm den Aufstieg nach Saluda begannen, summten schon die Telegraphenleitungen hinter ihnen. Mrs. Caxton Bisby, die älteste von Saras

Schwestern, berief in New York einen Kriegsrat ein, eine berühmte Detektei begann den Horizont abzusuchen, ein Reporter verdiente sich eine Gehaltserhöhung mit einem skrupellosen Sensationsbericht, und es dauerte eine ganze Woche, bis das österreichische Ultimatum an Serbien die Geschichte auf die zweite Seite zu verdrängen vermochte. Die Nachbeben erreichten den Faubourg St. Germaine, und die Ehrenwerte (und unermüdliche) Mrs. Burne-Dennison, eine weitere Schwester, kabelte von London, die Festung zu halten, sie sei auf dem Weg.

In der Zwischenzeit hatte Killian unter der Hand ein Blockhaus gemietet, eine wildromantische, baufällige Hütte oberhalb der Schneegrenze, in der sie hundert selige Stunden damit verbrachten, Liebe und Feuer zu machen. Nichts war verkehrt, das rosige Licht auf dem Schnee um fünf Uhr, das Einschlafen, das Aufwachen mit einem halbgeformten Namen auf den Lippen, als würde ein Hornsignal sie wecken.

Als Gegenpol gab es nur einen zerrissenen Kalender in dem Anbau, in dem das Holz lagerte, einen Kalender mit einer mehrfarbigen Lithographie der Madonna mit dem Kinde. Als sie sie zum erstenmal sah, betroffen und entsetzt, veränderte sich Saras Gesicht nicht weiter – sie stand einfach nur da, absolut regungslos, und – *regnete.* Danach schaute sie nie wieder zu dem Kalender hinüber, wenn sie Holz holen ging.

Zeit zum Pläneschmieden blieb ihnen nicht. Sie hatten keinerlei Entschuldigungen, nichts zu sagen. Eine Woche nachdem sie New York verlassen hatten, war Sara zurück, saß schweigend in geladenen Salonatmosphären, ohne zu verneinen oder zu bestätigen. Man stellte ihr eine Frage, und sie antwortete abwesend, »Was?« Killian war weiß Gott wo.

Wenige Tage später schiffte sie sich mit ihrem Mann und den Kindern nach Frankreich ein. Das ist der erste Teil der Geschichte.

Der Krieg bestand für Sara nur aus einem Lebewohl, das sie immer wieder sagte – zu Offizieren, die sie kannte, zu Soldaten, die sie versuchte mehr sein zu lassen als bloße Nummern an Hospitalbetten. Das Lebewohl zu Männern, die noch unversehrt waren, auf Türschwellen oder Bahnsteigen, war häufig härter als das Lebewohl zu den Sterbenden. Zwischen Männern und Frauen ging in jenen Tagen alles sehr schnell vor sich, nach allem wurde hastig gegriffen, unendlich kleine Zeitabschnitte hatten einen Wert, den sie zuvor niemals besessen hatten –

...Wie als Sara in einem Korridor des Ritz um die Ecke bog und für einen Moment vor einer offenen Tür stehenblieb, die nicht die ihre war. ›Stehenblieb‹ ist nicht ganz das richtige Wort – sie zögerte eher, sie schwankte. Nach einem weiteren Schritt allerdings blieb sie stehen, denn eine Stimme aus dem Zimmer rief nach ihr.

»Wohin so eilig?«

Sie gehörte einem gutaussehenden Mann, der sich gerade mit äußerster Sorgfalt vor einem Spiegel eine zivile Krawatte band.

»Einen Flur entlang.«

»Also, hören Sie – bleiben Sie hier. Kommen Sie doch eine Minute herein.«

Wie schon bemerkt, ging in jenen Tagen alles schnell vor sich. Im nächsten Augenblick saß Sara auf einer

Armlehne in dem Zimmer, die Tür gerade so weit zugezogen, daß niemand sie sehen konnte.

»Wie kam es, daß Sie hier zu mir hereingeschaut haben?« wollte der Mann wissen.

»Ich weiß nicht. Männer sind manchmal gerade dann anziehend, wenn sie es selber nicht wissen – Sie waren *so* vertieft und aus dem Häuschen wegen Ihrer Krawatte.«

»Ich wollte, daß sie richtig sitzt. Ich kaufe dauernd zivile Krawatten und komme doch nie dazu, sie zu tragen. Morgen zurück an die Front.«

»Ich muß bis morgen abend wieder dort sein.«

»Was sind Sie denn?«

»Krankenschwester – bei den Franzosen.«

Offensichtlich zufrieden mit sich selbst, schlüpfte er in eine weiße Weste und nahm ihr gegenüber Platz. Die leuchtenden, sternengleichen Augen waren im Spiegel den seinen begegnet, die geschmeidige Gestalt, die den Eindruck erweckte, sie schwanke ständig sorglos am Rand zum Nichts, die ausdrucksvollen Lippen, die jedes Wort, das sie aussprachen, gestochen klar formten, wirkten unmittelbar anziehend. Sein Herz, angeregt vom nahenden Umschwung, den das Morgen bringen würde, ging für sie auf.

»Warum essen wir heute abend nicht zusammen? Ich habe zwar eine Verabredung, aber ich rufe an und sage ab.«

»Das kann ich unmöglich«, sagte Sara. »Zu welcher Division gehören Sie?«

»Sechsundzwanzigste Neu-England. Praktisch ein Puritaner – schauen Sie, es wäre bestimmt sehr lustig.«

»Kann unmöglich.«

»Aber warum haben Sie dann zu mir hereingeschaut?«

»Das habe ich Ihnen gesagt. Wegen der Art, wie Sie Ihre Krawatte gebunden haben.« Sie lachte auf. »Der erste Junge, in den ich mich je verliebt habe, war ein Schiffshornist; weil seine Hosen immer so eng und glatt waren, wenn er sich zum Blasen vorbeugte.«

»Ändern Sie Ihre Meinung.«

»Nein – tut mir leid.«

In ihrem Zimmer weiter unten am Flur wechselte sie nachdenklich in ein Abendkleid. Sie hatte keine Verabredung zum Dinner, obwohl es eine Menge Ziele gab, wo sie hätte hingehen können. Ihr eigenes Haus in der Rue de Bac war unbewohnt; Eduard war bei Verwandten in Grenoble, wo er sich von einer Wirbelsäulenverletzung erholte, die seine Beine für den Rest seines Lebens zu lähmen drohte; von dort war sie gerade zurückgekehrt.

Der Krieg war jetzt vier Jahre müde, und während sie gemeinsam mit vielen Millionen durch den langen Alptraum ging, gab es ab und zu einfach Momente, in denen sie allein sein mußte, weg von den gebrochenen Männern, die unaufhörlich an ihrem Herzen zerrten. Einst hatte sie alles Glück des Lebens in ihren Fingerspitzen gefühlt – jetzt klammerte sie sich an kleine Ereignisse von heute oder gestern, fröhliche wie traurige. Sollte ihr Herz sterben, würde sie auch sterben.

Wenig später kam der amerikanische Offizier auf sie zu, als sie in der Hotelhalle saß.

»Ich wußte doch, daß Sie es sich anders überlegen würden«, sagte er. »Ich habe angerufen und die andere

Verabredung abgesagt. Kommen Sie – ich habe einen Wagen.«

»Aber ich habe Ihnen doch gesagt –«

»Nun stellen Sie sich nicht so an – das sieht Ihnen gar nicht ähnlich.«

»Woher wollen Sie wissen, was mir ähnlich sieht?«

Sie fuhren durch die dunkle »Lichterstadt« und dinierten – dann gingen sie in einen der wenigen, aber populären Nachtclubs – dieser, geleitet von einem Amerikaner mit Unternehmungsgeist, zog alle vierundzwanzig Stunden um, um die Aufmerksamkeit der *gendarmerie* nicht auf sich zu ziehen. Sie tanzten oft und hatten viele gemeinsame Bekannte; zum Teil deshalb, weil ein Gespräch mit einem Mann, der zurück an die Front mußte, einem Selbstgespräch glich, sprach Sara von Dingen, von denen sie seit Jahren nicht mehr gesprochen hatte.

»Nein, ich war nicht einsam in Frankreich«, sagte sie. »Meine Mutter war sehr klug, und sie hat uns beigebracht, nur auf ein Glück zu zählen, zu dessen Entstehen wir selbst etwas beigetragen haben.«

»Und Sie waren nie in Ihren Mann verliebt?«

»Nein, ich war nie in meinen Mann verliebt.«

»Waren Sie überhaupt noch nie verliebt?«

»Doch, einmal war ich verliebt«, sagte sie sehr leise.

»Wann war das?«

»Vor vier Jahren. Ich war nur zwei Wochen mit ihm zusammen. Ich – ich habe erfahren, daß er inzwischen geheiratet hat.«

Sie fügte nicht hinzu, daß sie seit jenen zwei Wochen immer Killians Stimme um sich herum singen hörte, seine Gitarre aus jeder Melodie heraushörte, seine

Hand vor jedem Feuer berührte. Den ganzen Krieg hindurch hatte sie seine Wunden verbunden, seinen Sorgen zugehört, für ihn Briefe geschrieben, seine Hände zum letzten Male zurechtgerückt und war mit ihm gestorben, denn er war alle Männer – Killian, der Erzengel, der Silberzüngige.

... Sie stand früh auf und begleitete den Offizier zum Gare du Nord. Er wirkte völlig verändert, mit Trenchcoat, Provianttasche und glänzendem Revolver.

»Sie sind etwas ganz Besonderes«, sagte er zärtlich. »Das ist eine sehr merkwürdige Sache gewesen. Ich hätte vielleicht – also, demonstrativer sein sollen gestern nacht, aber –«

»Nein, nein – es ist viel besser so.«

Dann fuhr der Zug hinaus, dem Donner entgegen, und hinterließ eine Leere aus grauem Himmel.

Im Kino läßt sich so leicht zeigen, wie die Zeit vergeht – der Film blendet aus auf einem Verbandsplatz hinter der Westfront, blendet wieder ein auf einem Opernball in Paris, und die durchlöcherten Uniformen werden zu Fräcken, die Schwesternhauben zu Diademen. Und warum auch nicht? Wir wollen ja nur von den einschneidenden oder glamourösen Augenblicken des Lebens hören. Nach dem Krieg ging Sara auf Bälle in Paris und London, und die Schauspielerin in ihr ließ sie die Flatterhafte für die Dummen spielen, die Neophytin für die Hochbegabten, die große Dame für die Snobs und – was zuweilen das Schwierigste von allem war – für ganz wenige sich selbst.

Schwierig, weil sie das Gefühl hatte, gar kein eigenes Selbst zu besitzen. Sie verbrachte eine herrlich fröhliche Zeit mit ihren Kindern; sie ging neben dem Rollstuhl des Marquis de la Guillet de la Guimpé während der letzten Jahre seines Lebens, doch sie verfügte über überschüssige Energie, die sie oft dazu trieb, verrufene Straßen zu erforschen oder sich stundenlang auf die Zaunpfähle verschrobener Bauern zu setzen; einfache Leute sagten weise und drollige Dinge zu ihr, die ihr irgendwie Trost brachten. Und durch deren Wiederholung machte sie das Beste aus diesen Dingen. Es machte Spaß, mit Sara zusammenzusein – sogar Leute, die ihr die Fröhlichkeit mißgönnten, behandelten sie gönnerhaft als unverbesserliche *gamine*.

Als der Krieg acht Jahre zurücklag und der Marquis seit zwölf Monaten in der Gruft seiner Vorfahren ruhte, ging Sara erneut auf einen Ball; sie ging allein, fühlte sich erhitzt und aufgeregt, und sehr frei – am Eingang blieb sie stehen, und ihre Augen leuchteten beim Anblick eines Lakais noch heller auf.

»Paul Pechard!« rief sie aus.

»Madame hat nicht vergessen.«

»Himmel, nein! Sind Sie nochmal verwundet worden? Haben Sie Virginie geheiratet?«

»Ich habe geheiratet, aber nicht Virginie. Ich habe eine alte Freundin von Madame geheiratet – Margot, die *bonne* für Ihre Babys war. Sie arbeitet auch in diesem Haus hier.«

»Aber das ist ja herrlich! Hören Sie – ich muß jetzt hinaufgehen und ein bißchen höflich sein – danach komme ich hinten herum wieder runter und treffe Sie und Margot in der Anrichte, und dann können wir uns richtig unterhalten. Na?«

»Madame sind zu liebenswürdig.«

Dann die Stufen empor in kleinen goldenen Slippern, Jahre jünger aussehend als dreiunddreißig, alterslos eigentlich, das Begrüßungsspalier entlang, Namen nennend aus den Schriften von Saint-Simon und Mme de Sévigné, und jedermann *so* froh, sie endlich wieder in die Gesellschaft zurückgekehrt zu sehen – obwohl, ganz privat, ein Jahr vielen doch eine sehr kurze Trauerfrist schien – dann eilig weiter, Männer abschüttelnd, die versuchten, sich an sie zu hängen, und eine schmale Hintertreppe hinunter. Sara hatte gefühlt, daß auf diesem Ball etwas geschehen würde, weshalb sie die Mißbilligung ihrer Schwägerin über ihr Ausgehen durchbrach. Und da waren sie, Paul Pechard und Margot, riefen Erinnerungen an intensivere Tage wach.

»Madame sind ja noch schöner als –«

»Aufhören – ich möchte jetzt etwas von Ihnen und Paul hören.«

»Ich glaube, wir haben geheiratet, weil wir Sie kannten, Madame.«

Das traf wahrscheinlich zu. So viele Dinge können geschehen im Schutz einer beschirmenden Persönlichkeit.

»Madame sind verwundet worden, haben wir gehört, und haben einen Orden bekommen.«

»Nur ein Splitter in der Ferse. Ich humple halt ein bißchen beim Gehen – darum renne oder tanze ich immer.«

»Madame sind immer schon gerannt oder getanzt. Ich kann Madame noch sehen, wie sie ins Kinderzimmer rennt und wieder hinaustanzt.«

»Ihr Lieben – hört zu, ich möchte gerne auf die hohe

Galerie über der Tanzfläche – schauen die Dienstmädchen und alle anderen in diesem Haus den Bällen immer noch von dort aus zu? Das erinnert mich immer daran, wie ich als Kind den Festen immer im Nachthemd durch einen Türspalt zugeschaut habe. Es sieht immer alles so strahlend aus, wenn man ihm so zuschaut.«

Sie stiegen hinauf zu der halbdunklen Galerie und blickten hinunter auf die vorüberziehenden Juwelen und schillernden Roben, auf frisiertes Haar, das im Licht der Kronleuchter glänzte, und all das vor dem schimmernden Hintergrund des Fußbodens. Von Zeit zu Zeit warf sich ein Kopf zurück, um zu lachen oder einen stummen, heimlichen Blick zu tauschen, womit er das Gefüge genau berechneter Perfektion ebenso zerstörte wie runde Blumen zwischen den geraden Linien eines Raums; über diesem Kaleidoskop vermischte sich die Musik mit feinem Puderstaub, um zu den Beobachtern am Himmel emporzuschweben.

Margot lehnte sich nahe zu Sara hinüber.

»Ich habe heute morgen einen alten Freund von Madame gesehen«, sagte sie stockend. »Ich habe auf der Fähre das älteste Kind aus England zurückbegleitet.«

In einer einzigen chaotischen Sekunde wußte Sara, was kommen würde.

»– Ich hab Mr. Killian gesehen – den großen, gutaussehenden Amerikaner.«

Oft schreiben wir bestimmten Menschen, daß wir »immer an Dich denken«, und dabei lügen wir natürlich; allerdings nicht ganz. Denn sie sind ja immer bei uns, einige wenige zumindest so tief in uns drinnen, daß sie zu einem Teil von uns werden. Manchmal bilden sie tatsächlich das Mark in unseren Knochen, so daß sie, wenn sie sterben, in uns weiterleben. Sara brauchte nur in sich hineinzuschauen, um Killian zu finden.

... Er weiß, daß ich frei bin, und er ist gekommen, mich zu finden, dachte sie. Ich muß sofort nach Hause.

Schon während sie die Treppe hinunterging, erklangen die Gitarrenakkorde von vor einem Dutzend Jahren lauter als die Musik; sie verschmolzen mit dem Juniwind in den Kastanienbäumen. Ihr Wagen war nicht bestellt, also rief sie sich ein Taxi, drängte es, schneller zu fahren.

»Hat irgend jemand angerufen?«

»Ja, Madame – Mrs. Selby und Madame de Villegris.«

»Sonst niemand?«

»Nein, Madame.«

Es war schon elf. Er war den ganzen Tag in Paris gewesen, aber vielleicht reiste er in Gesellschaft. Oder vielleicht war er müde und wollte erst einmal schlafen, um sich von seiner besten Seite zeigen zu können.

Sie betrachtete sich im Spiegel, kritischer als je zuvor in ihrem ganzen Leben. Sie war ausgesprochen auffallend angezogen und vor Aufregung etwas zerzaust und wünschte sich, er könnte sie so sehen. Aber zweifellos würde er am Morgen anrufen. Der Morgen war seine beste Zeit – er war ein typischer Früh-zu-Bett-Geher. Dennoch drehte sie an einem Knopf, damit das Telefon an ihrem Bett klingeln würde.

Den ganzen Morgen blieb sie im Haus, leicht müde um die Augen von einer unruhigen Nacht. Nach dem Mittagessen legte sie sich mit Fettcreme auf dem Gesicht hin und tat, als würde sie schlafen, um Noël, ihrer Schwägerin, aus dem Weg zu gehen, die sich fragte, ob ihre frühe Heimkehr von dem Ball nicht andeutete, daß man ihr die kalte Schulter gezeigt hatte, weil sie so bald wieder in die Gesellschaft zurückgekehrt war.

... Sicher würde er zur Teezeit anrufen, der sanfteren, süßeren Stunde, und sie nahm die Fettcreme ab, damit sie ihm nicht so gegenübertrete, nicht einmal am Telefon. Sie lauschte mit Tellerohren; sie hörte das Geplapper der Menschen, die um halb sechs aus den Läden strömten, sie hörte das Klirren von Geschirr, mit dem im Ritz und bei Ciro's zum Abendessen gedeckt wurde – dann das Klappern von Tellern, die gestapelt und weggeräumt wurden. Sie hörte schwarze Glocken die Stunde schlagen, dann Taxis ohne Hupen – es war spät. Sara versuchte, sehr weise und logisch zu reagieren; warum hätte sie ihn erwarten sollen – er konnte ja seit dem Krieg ein Dutzend Mal in Paris gewesen sein. Um zwölf löschte sie das Licht.

Etwa um drei weckte sie das Telefon. Eine belegte Stimme sagte auf Englisch:

»Ich möchte gern die Dame des Hauses sprechen – die Marquise.«

»Wer spricht denn dort?« murmelte Sara, und dann hellwach: »Ist dort – bist –«

Sie hörte ein Klicken, als ein zweiter Hörer im Haus abgenommen wurde.

»Qui parle?«

»Schon in Ordnung, Noël«, sagte Sara rasch. »Ich glaube, ich weiß, wer dran ist.« Doch der andere Hörer fiel nicht wieder auf die Gabel zurück.

»Ist dort Sara?« sagte der Mann.

»Ja, Killian.«

»Grade angekomm. Schuldje den späten Anruf, hatte zu tun.«

»Wo bist du?«

»Irgendwo in Montmartre – Lust rüberzukommen?«

– Ja, überallhin.

»Nein, natürlich nicht.«

»Dann komm ich zu dir.«

»Es ist zu spät.« Sie zögerte. »Wo wohnst du?«

»Meurice.«

Killian, der Silberzüngige, der ungeschickt nach Worten tastete – und Sara, die Betrunkenheit mehr haßte als alles in der Welt. Sie erkannte ihre eigene Stimme kaum, als sie sagte:

»Trink zwei Tassen schwarzen Kaffee, und ich treffe dich in der Halle im Meurice, auf eine Stunde.«

Der Hörer in Noëls Zimmer klickte unmittelbar vor ihrem eigenen.

In Gedanken hatte Sara schon längst das richtige Kleid für jede Tageszeit ausgesucht, zu der er anrufen könnte. Im unteren Flur erwartete sie Noël.

»Du gehst natürlich nicht.«

»Doch, Noël.«

»Du – die Witwe meines Bruders trifft sich um drei Uhr morgens in einer öffentlichen Hotelhalle mit einem Mann.«

»Bitte, ich –«

»– und ich weiß sehr genau, wer der Mann ist.«

Beinahe geistesabwesend ging Sara an ihr vorbei und zur Tür hinaus. Sie fand ein Taxi an der Ecke der Avenue de Bois und flog durch die Stadt, fühlte sich immer beschwingter und beschwingter, durch all die verlorenen Monate, die nach und nach in den Kalender zurückkehrten, mit jedem Platz, den sie überquerten...

Er sah gut aus, hielt sich gerade wie ein Athlet, makellos in Schale in seinem Abendanzug – er schwankte leicht.

»Hast du keine Suite hier?« wollte sie wissen. »Können wir da nicht hinaufgehen?«

Er nickte. »Nett von dir zu kommen.«

»Ich wäre auch einen weiteren Weg als diesen gekommen, Killian.«

Dunkel und ohne Überzeugungskraft murmelte er: »Immer wenn Mond war – weißt du – Mondschein.«

... Zwei Gitarren lehnten am Sofa – Sara stimmte die eine leise – Killian ging zum Fenster, steckte den Kopf weit hinaus und atmete Nachtluft ein.

»Wollte dich besuchn«, sagte er, in einem Sessel am Fenster sitzend. »Hab dann auf der Fähre zu viele Leute kennengelernt. War danach nicht mehr in Form, dich zu sehn.«

»Ist schon gut. Ich verstehe schon. Sprich nicht darüber. Komm her zu mir.«

»Nochn Moment.«

Die aufgeblähten Vorhänge flatterten um seinen Kopf, verhüllten ihn; sie stieß einen trockenen Schluchzer aus, den sie allzu lange in ihrer Kehle zurückgehalten hatte.

»Was ist denn?«

»Nichts – außer daß du auf einer Zechtour warst. Das hast du doch früher nie gemacht, Killian – du warst doch immer so stolz auf deinen schönen Körper.«

Sie spürte, wie ihr etwas zu entgleiten begann, und griff voller Verzweiflung nach der Gitarre.

»Komm, singen wir etwas zusammen. Wir dürfen doch nach all den Jahren nicht über so dumme Dinge reden.«

»Aber –«

»Sch-sch-sch!« Tief in ihrer Kehle sang sie:

Bei einem Güterzug, der sonst nach Osten rollt
Da lag ein Tramp im Sterben –

Dann sagte sie:

»Jetzt sing du was für *mich* – doch, du kannst. Ich möchte es aber – bitte, Killian.«

Er berührte unwillig die Saiten, und dann kam sein milder Bariton allmählich zum Klingen.

– Er hatte eine Million Dollar
Und Dimes in gleicher Zahl
Wieviel er hatte, wußte er
Hatt sie gezählt ein millionenmal.

Während er sang, dachte Sara nach: Ist dieser Halbwüchsige der Mann, den ich so geliebt habe, den ich noch immer liebe? Was jetzt? Sie brachte ihn dazu, weiterzusingen, wie um Zeit zu gewinnen, weiter und weiter zu singen, bis seine Finger schwächere und immer schwächere Akkorde strichen und seine Stimme zu einem schläfrigen Gemurmel geworden war.

»Aber das kann ich nicht«, rief sie plötzlich laut.

»Was?«

»Nichts.«

Ihr Ausruf war die Antwort auf den Gedanken: Kann ich die Erinnerung töten, von der ich so lange gelebt habe? Ach, wäre er doch nie gekommen!

»Bist du frei?« fragte sie ihn plötzlich. »Bist du gekommen, um mich zu fragen, ob ich deine Frau werden will?«

»So hatte ich es mir eigentlich gedacht. Türlich siehst du mich in ziemlich schlechtem Licht. Kann nicht abstreiten, daß ich letzte Woche einen zuviel über den Durst getrunken habe – und das ist nicht das erstemal.«

»Aber das ist jetzt natürlich vorbei«, sagte sie hastig.

Und doch, wie konnte sie das wissen? Sie mußten sich ja beide so verändert haben, und sie mußte ihn von Zeit zu Zeit nur deshalb ansehen, um sich sogar von seinem guten Aussehen zu überzeugen. Der düstere Schalk in seinen Augen funkelte ihr quer durchs Zimmer entgegen. Wenn es doch nur das wäre, seufzte sie.

Und doch konnte sie das Mädchen nicht vergessen, das in einer Berghütte wildes Entzücken erfahren hatte...

Killian döste, Sara bewegte sich durch den Raum, begutachtete ihn unverschämt aus verschiedenen Blickwinkeln, seine Rodinesken Füße, seine Kleider, geschneidert aus ganzen Stoffballen, seine große Hand, unbeweglich auf dem Griffbrett der Gitarre. Er klagte leise im Schlaf, und sie weckte ihn – automatisch entströmte ihm wieder seine Stimme, tief und voll, und die plumpen Finger begannen die Saiten zu schlagen.

»Oh, Killian, Killian.« Sie mußte gegen ihren Willen lachen und fiel in seinen Gesang ein:

So fröhlich machst du mich, daß
auffliegt mir mein Sinn,
Was ist in deinem Make-Up, daß ich
plötzlich so sorglos bin –

... Die Morgendämmerung drang ganz plötzlich durch die Fenster; ihr fiel ein, daß dies der längste Tag des Jahres war.

Als sei es ungeduldig, ihn zu beginnen, klingelte das Telefon.

»Der *beau-frère* und die *belle-soeur* von Madame sind unten und wünschen Madame umgehend zu sehen; es geht um eine Sache von größter –«

»Ich komme.«

Sanft schaukelte sie Killian in seinem Sessel aus einem neuen Schlummer, und als sich seine Augen widerwillig öffneten, legte sie ihre Wange an die seine, um ihm ins Ohr zu flüstern:

»Ich gehe für eine halbe Stunde weg, aber ich komme zurück.«

»In Ordnung«, murmelte er. »Ich werd solange Gitarre spielen.«

Die Besucher warteten in einem kleinen Empfangszimmer, Noël und Comte Paul, Eduards Bruder. Als sie die von der Dämmerung zersetzte Aufregung auf ihren Gesichtern sah, wußte sie, daß sich die Szenen von vor zwölf Jahren wiederholen würden.

»Das ist außergewöhnlich –« begann Paul, aber Noël fuhr ihm ins Wort.

»Dich hier zu finden, Sara! Dich, die Witwe eines Helden, die Mutter des Sohnes, der seinen Namen trägt, hier in einem *Hotel* zu dieser Stunde.«

»Du kannst eigentlich kaum sehr überrascht sein«, sagte Sara kalt. »Du wußtest doch, wo du mich finden würdest.«

»Damals, als mein Bruder noch lebte, da hast du seinen Namen durch alle Zeitungen gezerrt – jetzt, wo er in einem Heldengrab liegt und nicht mehr für sich selber sprechen kann, da hast du wieder die gleiche Absicht.«

»Eduard wollte, daß ich glücklich bin –«

Sie hielt inne – sie war ja gar nicht glücklich, nur elend und durcheinander. Müde nach zwei durchwachten Nächten, wollte sie jetzt vor allem schlafen. Doch sie wagte nicht zu schlafen; sie konnte nicht riskieren, daß ihr diese Sache noch einmal aus den Händen glitt.

»Wie wär's mit einem Kaffee?« schlug sie vor.

Noël lehnte ab, aber Paul stimmte lebhaft zu und ging, ihn zu bestellen.

»Bist du denn eine verhexte alte Frau, daß du einen hübschen Gigolo willst?« rief Noël. »Gibt es denn nicht Hunderte anderer Männer mit Kultur und Ansehen, die du kennenlernen könntest – du, die du dich in der besten Gesellschaft Europas bewegt hast. Ja, sogar Männer zum Heiraten, wenn es unbedingt sein muß, nach einer schicklichen Zeitspanne.«

»Du glaubst, daß ich Killian heiraten will?«

Noël zuckte zusammen.

»Naja, willst du das denn nicht? Ist das nicht deine –«

Paul kam aus der Halle zurück.

»Was uns hauptsächlich am Herzen liegt, das sind die Kinder«, sagte er. »Henri trägt den Titel des Erstgeborenen; er ist der einzige Marquis in Frankreich, der dank der Gnade des *Grand Monarque* Umgang mit Herzögen pflegt.«

»Das weiß ich alles. Ich bin auch stolz auf den Namen meines Sohnes, und ich habe versucht, ihn zu lehren, darauf stolz zu sein. Aber meine Rolle ist schon fast zu Ende – nächste Woche gehen sie für den Sommer in die Bretagne, und im Herbst wird Miette fünfzehn sein und Henri dreizehn, und sie kommen ins Internat.«

»Dann hast du dich also entschlossen, ihn zu heiraten, diesen – dieses Musterexemplar eines Sechstagerennfahrers?« sagte Paul. »Oh, wir haben von Zeit zu Zeit durchaus unsere Nachforschungen über ihn angestellt – unter anderem hat er sich auch als Boxpromoter betätigt. Igitt!«

»Ich habe nichts vom Heiraten gesagt.«

Sie trank schnell ihren Kaffee aus – in Gegenwart der beiden ließ sich nur schwer ein klarer Gedanke fassen. Im Rückblick auf viele öffentliche Skandale und Mesalliancen wunderte sie sich, wie sie in einem aufgeschnappten Gerücht oder einer Zeitungsschlagzeile alle so sonnenklar scheinen konnten. Ohne Zweifel steckten hinter jedem dieser Fälle in die Enge getriebene, konfuse Menschen, die das Für und Wider abwägten, ehe sie eine Fahrkarte nach Nirgendwo kauften, zu einem unbekannten Preis.

Der Portier brachte ihr ein Telegramm – sie las es und sagte zu Noël:

»Du hast Martha Burne-Dennison in London telegraphiert.«

»Das habe ich«, sagte Noël trotzig. »Und nach New

York habe ich auch telegraphiert, und was das gekostet hat!«

Die Nachricht lautete:

DU KANNST DICH NICHT WEGWERFEN AN EINEN WILDEN AUS DEM NICHTS DENK AN UNS UND DIE KINDER ANKOMME GARE ST. LAZARE UM FÜNF.

Als sie sie zerknüllte, fragte sich Sara, ob die Sonne oben Killian in die Augen schien und ihn am Einschlafen hinderte.

»Du kommst jetzt mit nach Hause«, sagten sie. »Wir werden uns ausruhen; und bald wirst du deine Verpflichtungen in einem ganz anderen Licht sehen.«

– Und dann ist es zu spät. Panikerfüllt erkannte sie, daß die beiden sie immer enger umzingelten. Ah, wenn Killian doch nur zu ihr gekommen wäre, ganz unversehrt und nüchtern.

»Mein Mantel ist noch oben.«

»Wir können ihn holen lassen.«

»Nein, ich gehe selber.«

Oben blinzelte Killian ihr schläfrig zu.

»Du hast aber lange gebraucht.«

Sie stieß eine Art stöhnendes Lachen aus.

»Hast du den Eindruck, du hättest die ganze Zeit Gitarre gespielt?«

Mit einem Mal stand er auf, schien sich überhaupt zusammenzureißen. Er streckte sich; seine Kleider rutschten an ihren Platz; seine Augen waren klar wie die eines Kindes, und die Farbe kehrte fast unmerklich wieder in sein Gesicht zurück. Mit dieser Veränderung kam eine weitere. Die schwache Albernheit der vergangenen Nacht schwand aus seinen Zügen, und all die Rücksichtnahme, all der Trost, all der Inbegriff unablässiger Fröhlichkeit und unermüdlicher Energie kehrten wieder in sie zurück. Er sah sie an, als sähe er sie zum ersten Male, tat einen Schritt – und dann preßte sich ihr Kleid an seine Hemdbrust, und sein Manschettenknopf, der auf ihren Hals drückte wie ein Klingelknopf, brachte ihr Herz zum Jagen und zum Weinen. Und da wußte sie es.

»Wir müssen uns beeilen«, keuchte sie, indem sie sich losriß. »Fang an zu packen.« Sie hob den Hörer ab und sagte, während sie auf die Verbindung wartete, mit ersticktem Lachen: »Wir brennen schon wieder durch – sie werden wieder hinter uns her sein – was für ein Spaß, nicht? Wir heiraten in Algier – Abbys Mann ist da Generalkonsul. Oh, ist das nicht wunderbar?!

Hallo – Henriette? Henriette, pack mir mein blaues Reisekostüm ein – Schuhe und alles – Toilettenartikel – meinen persönlichen Schmuck – und deinen eigenen Koffer – sei in einer Stunde am Gare de Lyon.«

Bereits rauschte die Dusche in Killians Bad. Dann hörte sie auf, und er rief hinaus:

»Ich habe ganz vergessen, daß ich gar keinen Straßenanzug habe, überhaupt kein Gepäck, nur ein paar getragene Frackhemden. Hab die Abendfähre von Southampton genommen, und meine ganzen Sachen sind am Zoll hängengeblieben –«

»Macht nichts, Killian«, rief sie zurück. »Wir haben mehr als genug – dich und mich – und zwei Gitarren.«

Ihre Strandsandalen fühlten sich auf den Klavierpedalen eigenartig an – der Wind blies vom Sund herüber durch die Fliederbäume, blies auf ihre nackten braunen Schultern, ihre braunen Kinderbeine – man schrieb das Jahr 1928.

Blas nur, Brise von Amerika, Brise meiner Jugend, dachte sie.

Ich bin sechsunddreißig; meine Tochter ist fast schon erwachsen, und jeden Morgen reitet sie im Bois de Boulogne aus; mein Sohn ist hier bei mir in Amerika über den Sommer. Gleich folgt eine Stunde aus Himmel und Meer und den Rufen alter Freunde. »*Bitte*, mach doch nochmal die Französin nach, die Englisch unterrichtet, Sara!«

Plötzlich schwang sie sich auf der Klavierbank herum.

»Gefällt dir das hübsche Bild?« wollte sie von Abby wissen.

»Bild von was?«

»Bild von Killian und Sara.«

»Warum nicht?«

»Du kannst deinen Besuch hier genausogut ohne Illusionen beenden«, sagte Sara. »Ich habe keine Ahnung, wo Killian in den letzten vier Tagen gesteckt hat – ich wußte nicht, daß er gehen würde, wohin er gegangen ist, wann er zurückkommt – wenn überhaupt. Das ist schon zweimal passiert, seit wir verheiratet sind. Jedenfalls habe ich in diesen vier Tagen über eine Menge nachgedacht – es kommt mir so vor, als ließe sich die ganze Zeit, die ich in meinem Leben mit Nachdenken verbracht habe, in ein paar Wochen hineinzwängen – und es ist durchaus möglich, daß ich nicht die richtige Frau für ihn bin. Ich habe versucht, ein zivilisiertes Haus zu führen, aber er scheint sich manchmal urplötzlich nach der Gesellschaft von freundlichen Polizisten zu sehnen.«

»Aber, Sara –«

»Killian ist nie erwachsen geworden – das ist alles. Manchmal versuche ich, es als Witz zu sehen – Herr und Frau Spaßvogel.«

»Aber wenn mein Mann nicht auch manchmal losziehen würde –«

»Das ist es ja nicht allein, Abby. Ich hatte nur gedacht, diesmal würde ich endlich einmal in meinem Leben den ganzen Kuchen haben, und nicht nur ein Stück. Ich bin mit Killian zum Boxen gegangen und zum Baseball und zum Sechs-Tage-Rennen, und habe mir das Herz gebrochen, indem ich auf niedliche, kleine Wachteln schoß. Ich habe seinen flaschengrünen Jagdanzug bewundert und mit ihm auf Partys Minstrel-Shows abgezogen, aber wir sprechen einfach nicht miteinander. Langsam lerne ich mich selbst sehr gut kennen.«

»Du liebst Killian«, sagte Abby.

»Ja, ich liebe ihn – alles, was ich von ihm finde. Manchmal sage ich mir, daß ich Buße tue – da haben wir ein hübsches neues Wort. Killian und ich haben falsch angefangen, und darum hat man mir jetzt die Buße zugeteilt. ›Die ehemalige Marquise de la Guillet de la Guimpé war wunderbar in ihrer Rolle als Mrs. Buße.‹« Sie unterbrach sich selbst, als schämte sie sich. »Ich habe bis jetzt noch nie darüber gesprochen – mein Stolz muß am Zusammenbrechen sein.«

Killian kam kurz vor dem Abendessen nach Hause und sah genauso aus wie die vier Tage, die er fort gewesen war. Sara hatte ihren Auftritt gut vorbereitet.

»Liebling! Ich wußte, du würdest heute abend heimkommen.« Sie zog weiter vor dem Spiegel ihre Lippen nach. »Geh gleich und rasier dich und nimm ein Bad, weil wir in die Oper gehen. Deine Karte habe ich.«

Ihre Stimme klang ruhig, doch in der schrecklichen Erleichterung seiner Heimkehr malte sie sich drei rote Schnurrbärte auf die Oberlippe.

Auf der Rückfahrt nach Hause war er wieder ganz er selbst, aber die Angelegenheit wurde erst am folgenden Morgen erwähnt.

»Du warst ziemlich lieb wegen dieser Sache«, sagte er.

Wenn er doch nur mehr sagen würde – was brachte ihn dazu, einfach so zu verschwinden? –, wenn doch nur etwas mehr zwischen ihnen wäre als die alte elektrische Anziehung. Seit einiger Zeit lebten sie in wachsender Stille, und ihre Intuition sagte ihr, daß es sich dabei um eine der entscheidenden Ruhephasen handelte, während denen die Dinge wirklich in Ordnung gebracht werden. Man lieferte sich die Schlacht noch nicht; die Botschaft, sofern es eine Botschaft gab, konnte noch immer übermittelt werden.

Am Nachmittag ritt er aus, und Sara ertappte sich dabei, daß sie ihn entsetzlich vermißte. Mit der vagen Vorstellung, daß sie vielleicht außerhalb der eigenen Wände freier miteinander würden sprechen können – Wände, deren Funktion darin besteht, Menschen voneinander zu trennen –, fuhr sie langsam die Landstraßen entlang, die er häufig wählte. Eine halbe Stunde später sah sie ihn weit entfernt vor sich – zuerst noch als eine Gestalt, die irgendein Mann auf irgendeinem

Pferd hätte sein können, und dann auf der nächsten Anhöhe Killian auf seiner großen Rotschimmelstute wurde. Die eindrucksvolle Gestalt vor dem Hintergrund des Himmels faszinierte sie – sie hielt ihren Wagen an, bis er durch eine neue Senke ihren Blicken entschwand.

Auf dem nächsten Hügel war er noch immer nicht wieder zu sehen, weshalb sie zu einem anderen Aussichtspunkt fuhr, von dem aus sie meilenweit sehen konnte, aber kein Killian – er war wohl irgendwo von der Straße in die Felder abgebogen.

Sie drehte selbst um und fuhr langsam zurück – nach einer Viertelmeile sah sie die Stute an einem Wiesenabhang nicht weit von der Straße grasen. Sie ließ den Wagen stehen und ging den Hügel hinauf. Dort, in einem kleinen Gehölz von einem halben Dutzend Bäumen, fand sie ihn.

Er lag seitlich auf dem Boden, den Kopf in eine Hand gestützt. Da es ihr widerstrebte, ihn in seiner Einsamkeit zu überraschen, blieb Sara still stehen. Nach ein paar Minuten kam er auf die Füße, schüttelte verwirrt den Kopf hin und her, schlug mehrere Male seine Handschuhe gegeneinander und wandte sich dann zum Gehen. In dem Moment, da er sich bewegte, sah sie einen Grabstein, an dem ein Strauß frischer Blumen lehnte.

Er kam auf sie zu, die Stirn leicht gerunzelt.

»Aber, Killian –«

Er nahm ihre Hand, und gemeinsam gingen sie den Hügel hinunter.

»Das ist Dorothys Grab«, sagte er. »Manchmal bringe ich Blumen.«

Eine gewaltige Stille legte sich über Sara. Killian hatte seine erste Frau seit ihrer Heirat kein halbes Dutzend Mal erwähnt.

»Oh, ich verstehe.«

»Sie liebte diesen kleinen Hügel hier – ich bin fast sicher, daß es der Hügel war – fast –« Ein Anflug von Besorgtheit schlich sich in seine Stimme, »– und wir sprachen darüber, darauf ein Haus zu bauen. Und darum habe ich nach ihrem Tod das Stück Land gekauft.«

Das alte Hinken vom Krieg her ließ Sara plötzlich straucheln, und er umfaßte ihre Taille, trug sie halb im Weitergehen. Erst als sie Asphalt und kein Gras mehr unter ihren Füßen spürte, sagte sie: »Sie stand dir sehr nahe, Killian?«

Er nickte, und sie nickte, als stimmte sie ihm zu.

»Das ist lange her«, sagte er. »Aber sie haßte meine wilden Phasen genauso wie du, und offenbar stärkt es mich, wenn ich ab und an hierherkomme.«

Seine Worte klangen in Saras Ohren unwirklich – sie hatte immer angenommen, er habe seine erste Frau aus Enttäuschung, als Ersatz geheiratet.

Etwas löste sich von ihrem Herzen, das sie augenblicklich bedauerte:

»Du hast mich sofort danach vergessen.«

Er zögerte; dann sagte er geradeheraus:

»Ich liebe dich heute so sehr, daß ich es dir sagen kann – daß ich damals, als wir zusammen durchbrannten, nicht wirklich in dich verliebt war. Am Anfang war mir überhaupt nicht klar, wie unglücklich du danach sein würdest.«

Sie nickte, überrascht von ihrer eigenen Ruhe.

»Ich fange an, einige Dinge zu begreifen«, sagte sie. »Es erklärt Paris.«

»Du meinst damals im Krieg?«

»Damals, als ich dich wiedertraf, wie du dir im Ritz vor einem Spiegel die Krawatte gebunden hast und wir die ganze Zeit so taten, als wären wir Fremde, die einander gerade aufgegabelt haben. Ich habe nie ganz verstanden, warum du in dieser Nacht nicht mit mir geschlafen hast. Ich nahm an, weil mein Mann verwundet war und du mir helfen wolltest, das Richtige zu tun.« Sie machte eine gedankenverlorene Pause. »Dabei warst du die ganze Zeit nur in deine Frau daheim verliebt.«

Sie standen am Wagen, die Hände noch immer fest umklammert. »Sie war sehr hübsch«, sagte Sara wie im Selbstgespräch. »Ich habe einmal ein Bild von ihr in einer Zeitschrift gesehen.«

»Ich sah keinen Nutzen darin, zu unserer Hochzeit Dorothys Geist zu beschwören«, sagte Killian. »Du glaubtest, daß du und ich die ganzen Jahre hindurch immer dasselbe füreinander gefühlt hätten – und ich ließ dich in diesem Glauben. Aber heute weiß ich, daß das verkehrt war – wenn man erst mal anfängt, Dinge in einem Schrank zu verschließen, dann wird man schnell so, daß man nie mehr auch nur die Hälfte von dem sagt, was man wirklich denkt.«

Das waren ihre eigenen Worte, die da zu ihr zurückkehrten.

»Was hat dich nach dem Krieg zu mir zurückgebracht?« fragte sie unbeirrt, um dann rasch hinzuzufügen: »Ach, was soll's – du bist gekommen, und das war genug.«

Ihre natürliche Lebensfreude bemühte sich, im Kampf mit ihrem Stolz wieder die Oberhand zu gewinnen. Sie hatte doch nur den Fehler gemacht zu glauben, Killians Herz sei der Spiegel ihres eigenen.

»Ich liebe dich jetzt mehr als noch vor zehn Minuten«, sagte sie.

Sie umarmten sich innig, Wange an Wange; ihre schmale Silhouette hätte die junger Liebender sein können, die sich einander gerade eine Stunde zuvor versprochen hatten. Schon bald wurde seine Aufmerksamkeit von ihr abgelenkt. Er rief:

»Jetzt schau dir diese verdammte Stute an!«

»Keine Sorge – die kriegen wir schon – schnell, steig ein!«

Als sie die Stute eingeholt hatten, stieg Killian aus und fing sie ein, Sara fuhr weiter und drehte sich an der nächsten Kurve um, um ihm zuzuwinken. An der übernächsten Kurve jedoch verschwamm die Straße für kurze Zeit vor ihren Augen, und sie hielt noch einmal an, in Gedanken an den grünen Hügel und die Blumen.

»Schlaf nur ruhig, Dorothy«, flüsterte sie. »Ich kümmere mich um ihn.«

Die ganze Dinner-Party an diesem Abend hindurch dachte sie darüber nach, versuchte die Tatsache zu akzeptieren, daß ein Teil von Killian und ein Teil ihrer selbst einander immer fremd bleiben würden. Sie fragte sich, ob das ihr eigenes, spezielles Schicksal war oder ob es allen so erging. Seit ihrer frühesten Kindheit, erinnerte sie sich, hatte sie immer einen Menschen ganz für sich allein gewollt.

Nach dem Kaffee erfüllten sie eine allgemeine Bitte, schoben die Klavierbank in die Mitte des Zimmers und ließen nur das Licht des Kamins den Raum erleuchten. Sie setzte sich neben Killian, schnitt eine ganz persönliche Grimasse, die mehr nach Lachen als nach Lächeln aussah, die Finger über ihrem Herzen zu einer Pyramide aneinandergepreßt, während er peinlich genau seine Gitarre stimmte. Auf sein Nicken hin fingen sie an. Zuerst kam der russische Kauderwelsch-Song – ohne ein Wort der Sprache zu kennen, hatten sie doch Tonfall und Klang so gut erfaßt, daß es bald keine Parodie mehr war, sondern etwas Unheimliches, das jedermanns Blick an ihre Gesichter fesselte und jedermanns Ohren auf die moskowitische Verzweiflung einstimmte, die sie voll Inbrunst ins Ende jeder Strophe legten. Danach ließen sie ihre stets beliebte Deutsche Kapelle folgen, dann die spanische Nummer und dann die Spirituals, und vor jeder neuen Nummer trafen sich für einen Moment ihre Blicke.

»Du bist doch nicht traurig, oder?« flüsterte er ihr einmal zu.

»Nein, du alter Wüstling«, spöttelte sie munter zurück. »He! He! Schubs eine Marquise, und sie fällt dir sofort in die Arme.«

Niemand wollte Killian und Sara je aufhören lassen, niemand hatte je genug davon, und während sie weitersangen, ihre Gesichter vor Aufregung und Vergnügen gerötet wie Kindergesichter, wuchs in Sara die Überzeugung, daß sie doch miteinander sprachen, daß sie sich Dinge sagten in jeder Note, in jedem Takt, die sie im Einklang vortrugen.

Sie sprachen miteinander so klar wie mit Worten –

einander inniger verbunden als jedes andere Paar in diesem Raum. Und plötzlich war sie für immer versöhnt – das würde immer da sein, so wie sie es von Anfang an besessen hatten: gemeinsame Musik, gemeinsames Lachen, und das war genug – das, und die Gewißheit, daß sie gleich, sobald die Gäste gegangen waren, in seinen Armen liegen würde.

Hinweis

F. Scott Fitzgerald im Diogenes Verlag

Der große Gatsby
Roman. Aus dem Amerikanischen von Walter Schürenberg. detebe 20183

Der letzte Taikun
Roman. Deutsch von Walter Schürenberg detebe 20395

Pat Hobby's Hollywood-Stories
Übersetzt und mit Anmerkungen von Harry Rowohlt. detebe 20510

Der Rest von Glück
Erzählungen 1920. Deutsch von Walter Schürenberg. detebe 20744

Ein Diamant – so groß wie das Ritz
Erzählungen 1922–1926. Deutsch von Walter Schürenberg, Elga Abramowitz und Günter Eichel. detebe 20745

Der gefangene Schatten
Erzählungen 1926–1928. Deutsch von Walter Schürenberg, Anna von Cramer-Klett, Elga Abramowitz und Walter E. Richartz detebe 20746

Die letzte Schöne des Südens
Erzählungen 1928–1930. Deutsch von Walter Schürenberg, Elga Abramowitz und Walter E. Richartz. detebe 20747

Wiedersehen mit Babylon
Erzählungen aus dem verlorenen Jahrzehnt 1930–1940. Deutsch von Walter Schürenberg, Elga Abramowitz und Walter E. Richartz. detebe 20748

Zärtlich ist die Nacht
Roman. Neu übersetzt von Walter E. Richartz und Hanna Neves. Vorwort von Malcolm Cowley. detebe 21119

Das Liebesschiff
Erzählungen. Deutsch von Alexander Schmitz. detebe 21187

Der ungedeckte Scheck
Erzählungen. Deutsch von Alexander Schmitz. detebe 21305

W. Somerset Maugham
Werkausgabe
in Diogenes Taschenbüchern

Die besten Geschichten von W. Somerset Maugham
Ausgewählt von Gerd Haffmans
Diogenes Evergreens

Gesammelte Erzählungen in zehn Bänden
Aus dem Englischen von Felix Gasbarra, Marta Hackel, Ilse Krämer, Claudia und Wolfgang Mertz, Wulf Teichmann, Friedrich Torberg, Kurt Wagenseil, Mimi Zoff u.a.

Honolulu
Gesammelte Erzählungen I. detebe 20331

Das glückliche Paar
Gesammelte Erzählungen II. detebe 20332

Vor der Party
Gesammelte Erzählungen III. detebe 20333

Die Macht der Umstände
Gesammelte Erzählungen IV. detebe 20334

Lord Mountdrago
Gesammelte Erzählungen V. detebe 20335

Fußspuren im Dschungel
Gesammelte Erzählungen VI. detebe 20336

Ashenden oder Der britische Geheimagent
Gesammelte Erzählungen VII. detebe 20337

Entlegene Welten
Gesammelte Erzählungen VIII. detebe 20338

Winter-Kreuzfahrt
Gesammelte Erzählungen IX. detebe 20339

Fata Morgana
Gesammelte Erzählungen X. detebe 20340

Das gesammelte Romanwerk in bisher elf Bänden

Rosie und die Künstler
Roman. Deutsch von Hans Kauders und Claudia Schmölders. detebe 20086

Silbermond und Kupfermünze
Roman. Deutsch von Susanne Feigl
detebe 20087

Auf Messers Schneide
Roman. Deutsch von N. O. Scarpi
detebe 20088

Theater
Roman. Deutsch von Renate Seiller und Ute Haffmans. detebe 20163

Damals und heute
Roman. Deutsch von Hans Flesch und Ann Mottier. detebe 20164

Der Magier
Roman. Deutsch von Melanie Steinmetz und Ute Haffmans. detebe 20165

Oben in der Villa
Roman. Deutsch von William G. Frank und Ann Mottier. detebe 20166

Mrs. Craddock
Roman. Deutsch von Elisabeth Schnack
detebe 20167

Der Menschen Hörigkeit
Roman. Deutsch von Mimi Zoff und Susanne Feigl. detebe 20298, 2 Bände in Kassette

Südsee-Romanze
Roman. Deutsch von Mimi Zoff
detebe 21003

Liza von Lambeth
Ein Liebesroman. Deutsch von Irene Muehlon
detebe 21307